Mörderisch Bergisch

12 Krimis

Impressum

Alle Nutzungsrechte dieser Ausgabe bei
Gardez! Verlag
Michael Itschert
Richthofenstraße 14
42899 Remscheid
www.gardez.de

JUHR Verlag
Waldweg 34a
51688 Wipperfürth
www.juhrverlag.de

Lektorat: Michael Itschert und Daniel Juhr

Satz: Daniel Juhr

Titelbild und Covergestaltung: © Oliver Haarmann 2013, www.oh-kommunikation.de, Fotolia-Foto © jamenpercy

Druck:
AALEXX Buchproduktion, Großburgwedel. Printed in Germany.

ISBN: 978-3-89796-247-7

Inhalt

Oliver Buslau:

Rott und die Lady in Pink

„Keine Chance, Rott. Mit der Karre lass ich dich nicht vom Hof."

Robby griff in seine dunklen Haare und kratzte sich am Kopf. Dann starrte er auf das fleckige Papier, das vor ihm auf dem Schreibtisch lag. „Es ist ja nicht nur der Auspuff, weißt du …"

Ich hatte es mit ohrenbetäubendem Geknatter gerade noch bis zu Robbys Kfz-Werkstatt in der Arrenberger Straße geschafft. Ein paar Meter weiter, und das Rohr wäre wahrscheinlich nach unten geknickt und hätte auf dem Pflaster Funken geschlagen.

Verdammter Mist. Ich brauchte das Auto. Ohne Auto kein Job.

„Mach den Auspuff", sagte ich. „Dann kann ich wenigstens fahren. Der Rest kommt halt später. Und beeil dich. Ich muss los."

Robby schnaufte. Es dauerte einen Moment, bis ich begriff, dass er einen Lachanfall unterdrückte. „Rest? Später?" Er schüttelte den Kopf, pulte umständlich ein Taschentuch aus der Brusttasche seines Overalls und schnäuzte sich. „Hast du dir mal die Bremsen angesehen? Mensch, du machst mir Spaß."

Bremsen angesehen? Ich legte keinen Wert darauf, Zeit unter meinem Wagen zu verbringen. Ich betrachtete ihn lieber von der Seite, von vorne oder von hinten. Oder – am allerliebsten – von innen.

Robby steckte das Tuch weg. „Und wann hast du eigentlich das letzte Mal den Zahnriemen gewechselt?"

Ich unterließ es, Robby darüber aufzuklären, dass ich außer so mancher Glühbirne noch nie selbst etwas an meinem Golf ausgetauscht hatte. Außerdem wusste ich gar nicht, dass er Zähne besaß. Geschweige denn einen Riemen dafür.

„Wie gesagt“, erklärte er. „Ich lass dich nicht weg. Sogar wenn der Auspuff repariert wäre ...“

Ich lenkte mich ab, indem ich mir ein lächelndes nacktes Mädchen auf einem Kalenderblatt an der Wand ansah.

„Drei- oder vierstellig?“, fragte ich schließlich.

„Was?“

„Die Kosten, Robby. Drei- oder vierstellig?“

Seinem Mund entrang sich ein klägliches Seufzen. Ich hatte verstanden und erhob mich. Draußen nickte ich noch einmal freundlich meinem Golf zu. „Machs gut, Partner“, sagte ich. „Wir sehen uns, wenn du wieder auf dem Damm bist.“

Plötzlich war mir so, als ob er mich traurig ansah. Ich wandte den Blick ab und ging nach Hause.

Aus dem Briefkasten neben dem Messingschild mit der Aufschrift „Remigius Rott – Privatermittlungen aller Art“ ragte die *WZ*. Ich nahm sie, ging nach oben und machte Kaffee. Dann vertiefte ich mich in die Lektüre.

Wahrscheinlich hatten sie in der Redaktion selbst die Nase voll von Finanzierungsskandalen und Pleitewellen. So beherrschte die erste Seite des Lokalteils heute mal ein Bericht über eine Beerdigung. Der Maler Thilo von der Weide war – wie es hieß – unter großer Anteilnahme auf dem Friedhof Varresbeck beigesetzt worden. Die Zeitung brachte sogar ein Foto mit Unterzeile: *Eine der Trauernden war die Lebensgefährtin des Künstlers, Viola Morsbach ...*

Ich hatte vom Tod des Malers gehört. Er war gar nicht weit von meiner Wohnung-Büro-Kombination umgekommen. In seinem Atelier im Luisenviertel. Er hatte sich erhängt. In der Blüte seiner 55 Lenze. Fünf Jahre älter als ich.

Das elektronische Dudeln des Telefons unterbrach meinen einsamen Kaffeeklatsch. Ich meldete mich, und als eine Frauenstimme einen Namen nannte, war ich der festen Überzeugung, ich hätte mich verhört.

„Viola Morsbach“, verstand ich.

Na so was, gerade habe ich über Sie was in der Zeitung gelesen, hätte ich beinahe gesagt.

„Spreche ich mit der Detektei Remigius Rott?“, fragte die Frau. Ihre Stimme wirkte sehr jung. Ich zog die *WZ* heran und studierte das Foto. Höchstens fünfundzwanzig. Aber allerhöchstens.

„Ganz recht“, sagte ich. „Was kann ich für Sie tun?“

Eine halbe Stunde später hatte ich das Büro notdürftig aufgeräumt und auch darauf geachtet, dass der Weg vom Flur in meine Diensträume vorzeigbar war. Einen Korb voller dreckiger Wäsche und einen halb geleerten Bierkasten hatte ich ebenso wie drei Kartons Altpapier einfach in dem Raum verstaut, den sich meine Besucherin sicher nicht ansehen würde: in meinem Schlafzimmer.

Genau vierunddreißig Minuten, nachdem ich das Telefonat beendet hatte, klingelte es. Ich drückte den Öffner, und kurz darauf kam sie die Treppe herauf – ein wandelndes Bonbon in pink.

Hose pink, Turnschuhe pink, T-Shirt pink, Haarband in der blonden Pracht pink. Sogar die Tasche, die sie über der Schulter trug, war pink, außerdem die Hülle des Smartphones, das sie auf meinen Schreibtisch legte, bevor sie auf dem Besucherstuhl Platz nahm. Und die Geldbörse, aus der ein paar Hunderteuroscheine gerade so weit herausragten, dass ich die Zahlen erkennen konnte. Unwillkürlich musste ich an meinen Golf denken, den ich krank bei Robby zurückgelassen hatte.

„Wie Sie wahrscheinlich wissen, ist mein Lebensgefährte verstorben ...“, begann sie.

„Herr von der Weide ... ja, ich habe davon gehört.“ Die Zeitung hatte ich verschwinden lassen.

Ich überlegte, ob ich etwas Mitfühlendes zum Ausdruck bringen oder distanzierte Professionalität an den Tag legen sollte. Ich wartete erst mal ab. Viola Morsbach hatte derweil den Blick gesenkt und betrachtete nachdenklich ihr Telefon mit der rosa Hülle. Dann sah sie mich mit ihren blauen Augen an. Sie wirkte, als hätte sie sich erst in diesem Moment dazu durchgerungen, das zu Ende zu führen, weshalb sie gekommen war.

„Sie wissen auch, was geschehen ist? Der Selbstmord?“

Ich nickte. Sie nickte ebenfalls.

„Es ist so … Ich glaube nicht, dass er sich selbst getötet hat. Und ich brauche jemanden, der die wahren Umstände herausfindet. Könnten Sie das machen?“

Jetzt war ich einen Schritt weiter. Kein Zweifel, die Professionalitätskarte war gefragt.

„Natürlich könnte ich das.“ Ich riss einen Zettel von einem Block ab und schrieb ihren Namen hin.

„Ist denn die Polizei Ihrem Verdacht nachgegangen?“, fragte ich dann.

„Selbstmord ist die offizielle Todesursache. Eine Kundin hat ihn in seinem Atelier gefunden. Sie hat sogar versucht, Thilo wiederzubeleben. Sie kannte sich wohl mit Erster Hilfe aus. Aber es war zu spät.“ Sie legte ihre Stirn in Falten und starrte wieder ihr Handy an. „Aber wissen Sie“, fuhr sie fort. „Das passt alles nicht. Thilo hatte Erfolg. Er war glücklich.“ Sie sah auf. „Er hatte mich.“

„Wie lange sind Sie … ich meine, wie lange waren Sie zusammen?“

„Ein Jahr … Aber ich glaube es nicht nur wegen mir.“ Sie biss sich auf die Lippe und sah kopfschüttelnd aus dem Fenster. „Für ihn fing es auch beruflich gerade an, wirklich gut zu werden.“

Mit 55?, dachte ich. Na, dann hatte ich ja noch Chancen.

„Künstler brauchen manchmal lange, um sich durchzusetzen“, sagte sie. „So war es auch bei ihm. Er hat schlimme Durststrecken durchgestanden. Vor zwei Jahren ist ein ganz berühmter Kritiker auf ihn aufmerksam geworden. Jobst Ziffus. Er ist einer der ganz großen Fachjournalisten für Malerei in Deutschland. Er hat eine Menge Artikel über Thilo geschrieben und arbeitete sogar an einem Buch über ihn. Die beiden haben sich angefreundet … Thilo hat in den letzten Jahren mehr Bilder verkauft als in seiner gesamten Laufbahn davor.“ Sie sah mich an. „In so einer Situation bringt man sich doch nicht um …“

„Was machen Sie eigentlich beruflich?“, fragte ich.

„Ich studiere Kunstgeschichte. Viertes Semester. Ich habe vor anderthalb Jahren ein Praktikum bei einer Ausstellung gemacht und dabei Thilo kennengelernt. Und lieben …“

„Wissen Sie schon, worüber Sie Ihre Abschlussarbeit schreiben? Heute heißt das ja Bachelor oder so. Wir hatten damals ja noch den Magister. Lassen Sie mich raten – die rosa Periode von Picasso?“

Sie sah mich erstaunt an. „Wie kommen Sie darauf? Sie haben recht!“

Ich blickte wichtig auf den Zettel. „Ach, nur so … Ich gehe der Sache nach. Aber ich benötige noch ein paar Informationen – Ihre Adresse und die Adresse Ihres verstorbenen Freundes. Haben Sie auch Name und Anschrift der Frau, die ihn gefunden hat?“ Sie schüttelte den Kopf. „Na gut, ich werde mich mal bei der Polizei umhören.“

Sie erzählte, dass sie vor einem Monat nach Wuppertal gezogen war, um Thilo von der Weide näher zu sein. „Zusammenziehen wollten wir noch nicht direkt. Aber wir hatten es vor.“

„Ich müsste mir den Ort, an dem er umkam, ansehen“, sagte ich.

Sie öffnete ihre Tasche und legte zwei Schlüssel auf den Tisch. „Der eine ist für die Toreinfahrt, falls sie geschlossen ist. Der andere für das Atelier. Dahinter liegt auch seine Wohnung. Ich kann mich doch darauf verlassen, dass Sie nichts durcheinanderbringen?“

„Natürlich. Hat sonst noch jemand Zugang dort? Ich meine, Verwandte? Oder Erben?“

„Nein. Er hatte niemanden. Außer mir.“

Schließlich klärten wir das Finanzielle. Ich durfte ein paar der Hunderter aus ihrer Geldbörse als Vorschuss einstecken. Nicht genug für Robby, aber immerhin.

Als sie gegangen war, surfte ich ein wenig im Internet. Ich fand eine Seite über offene Galerien und Ateliers, die sich gemeinsam präsentierten und im Oktober eine Art Tag der offenen Tür veranstalteten. Thilo von der Weides Atelier war auch dabei.

Ich fand Fotos von ihm. Er war ein kantiger, grauhaariger Typ mit festem Blick gewesen. Ein Bild zeigte ihn in einem Türrahmen stehend – barfuß und nur mit einem grauen T-Shirt und einer sommerlichen Leinenhose bekleidet. Er reichte noch nicht mal bis zum oberen Drittel der Türhöhe. Er musste ziemlich klein gewesen sein.

Ich ging in die Küche, machte mir neuen Kaffee und dachte nach. Dann griff ich zum Telefon.

„Schulz“, meldete sich eine weibliche Stimme, die genervt und unsympathisch klang.

„Ist Hauptkommissar Opladen da?“, fragte ich.

„Wer sind Sie?“

Jemand der ihn sprechen will, hätte ich am liebsten gesagt. „Ist er zu sprechen oder nicht?“

„Kommt drauf an, für wen.“ Zuerst hatte sich Frau Schulz noch so angehört, als hätte sie es eilig. Jetzt sprach sie langsamer, schien alle Zeit der Welt zu haben. „Sagen Sie mir Ihren Namen, dann sehen wir weiter.“

Zwei Sachen fielen mir gleichzeitig ein.

Die erste Sache: Es konnte sein, dass Opladen versetzt worden war. Oder gekündigt hatte. Oder sie hatten rausgekriegt, dass er ab und zu Informationen an Außenstehende wie zum Beispiel einen gewissen Detektiv herausrückte. Oder er war tot.

Die zweite Sache: Frau Schulz betrachtete jetzt sicher gerade die Telefonnummer auf dem Display ihres Apparats und war damit beschäftigt, sie bei der Rückwärtssuche auf der entsprechenden Website einzugeben. Mir war sogar so, als hörte ich das Tippen ihrer Tastatur.

„Es geht um was Privates“, sagte ich und tat so, als hätte ich die Aufforderung, meinen Namen zu nennen, einfach überhört. „Soll ich es später noch mal probieren?“

„Nicht nötig.“ Sie wirkte auf einmal richtig aufgeräumt. „Da kommt er schon.“

Dann meldete sich der Hauptkommissar.

„Rott hier“, sagte ich. „Ist es gerade ungünstig?“

„Im Dienst immer“, sagte Opladen und flüsterte etwas in den Hörer: „Das habe ich Ihnen schon tausendmal gesagt.“

Ich sah auf die Uhr. Sie zeigte zwei Minuten vor halb eins. „Haben Sie nicht bald mal Mittagspause?“, fragte ich.

„Das ist eine Idee“, erklärte Opladen etwas zusammenhanglos, aber mir war klar, dass er im Büro nicht reden konnte. „Wie gesagt, später. Ihre Handynummer habe ich, oder?“

Sicher hatte er sie. Aber ich sagte sie ihm sicherheitshalber noch mal. Dann legte ich auf, trank ein bisschen Kaffee und beobachtete, wie die Schatten auf meiner Wand ein Stück weiterwanderten.

Um zwanzig vor eins ging das Telefon.

„Sie sollen mich doch nicht im Büro anrufen“, sagte Opladen. „Und wenn Sie es doch tun und jemand anders meldet sich, dann sagen Sie gefälligst, Sie hätten sich verwählt und legen einfach auf, klar?“

Ich ließ ihn reden. Ich hatte was gut bei ihm, seit ich ihm geholfen hatte, einen flüchtigen Bankräuber zu finden, der vorher nur wegen Opladens Blödheit hatte fliehen können.

„Thilo von der Weide“, sagte ich.

„Und?“

Ich erklärte Opladen, was ich wissen wollte.

„Lange kann ich Ihnen diese Gefallen auch nicht mehr tun“, meinte er. „Ich komme in Teufels Küche.“

„Ich verlange nichts Verbotenes, Herr Opladen. Es sind Informationen, die jeder Journalist abfragen könnte. Dinge, die im Interesse der Öffentlichkeit stehen.“

„Dann suchen Sie sich doch einen Journalisten, der Sie informiert.“

„Sie sind aber so praktisch als Quelle. Also fangen wir an. Je schneller ich den Kram habe, desto eher lasse ich Sie in Ruhe.“

Ich diktierte, und Opladen schrieb mit. So hatte ich das gerne. Dann verabschiedete ich mich, sah wieder eine Weile den Schatten beim Wandern zu, verlor nach etwa zwanzig Minuten die Geduld und schob eine Tiefkühlpizza in den Backofen. Kurz nach halb zwei hatte ich alle Informationen.

Mit den Schlüsseln, die Viola Morsbach mir gegeben hatte, machte ich mich auf den Weg zu von der Weides Atelier. Zum Glück war es nicht weit. Es lag in der Untergrünewalder Straße, also nur einen kleinen Spaziergang von meinem Bürozuhause entfernt.

Ich rekapitulierte innerlich, was Opladen in Erfahrung gebracht hatte. Vor sechs Tagen war gegen achtzehn Uhr eine gewisse Marion Jakubowski in das Atelier gekommen und hatte von der Weide gefunden. Nach den Angaben der Polizei hatte sie sofort gehandelt. Sie nahm den Körper des Malers herunter, legte ihn hin und versuchte sogar, den Mann wiederzubeleben. Ohne Erfolg. Dann holte sie über ihr Handy Notarzt und Polizei. Von der Weides Leiche wurde obduziert, aber das war eigentlich nur eine Routinesache. Todesursache war die Strangulation. Allerdings hatte der Maler vorher Alkohol getrunken. Er hatte 1,7 Promille im Blut. Die offizielle Vermutung war, dass er sich damit Mut machen wollte.

Mir fiel ein, dass von der Weide klein gewesen war. Eine kräftige Frau hatte ihn sicher herunterheben können. Wahrscheinlich hatte sie ja ohnehin einfach das Seil zerschnitten. Wenn er sich nicht umgebracht hatte, wie Viola Morsbach vermutete, dann stellte sich ja auch eher die Frage, wer ihn hinaufgehoben hatte. Und das konnte auch jeder getan haben, der nur ein bisschen kräftig war.

Mein Spaziergang führte mich über die Friedrich-Ebert-Straße, wo es sich am Laurentiusplatz vor dem Café Engel die Menschen in der ersten Frühlingssonne gut gehen ließen. Es hatte ja auch lange genug gedauert, bis der Winter endlich abgezogen war. Mir fiel auf, dass die Bäume links und rechts des einspurigen Sträßchens wieder ein bisschen gewachsen waren. Und dieses Gefühl verstärkte das Flair von südländischem Stadtleben, das ich jedes Mal empfand, wenn ich hier entlang ging.

Hinter den roten Markisen der Metzgerei Kaufmann bog ich rechts in die stille und noch etwas schmalere Untergrünewalder Straße ab. Links erhoben sich klassizistische Fassaden, die zeigten, dass man sich hier in der „Kleinen Altstadt“ Wuppertals befand. Die Restaurateure hatten sogar auf stilechte Straßenlaternen geachtet, die, von geschwungenen schmiedeeisernen Armen getragen, auf das Sträßchen ragten.

Das Tor stand offen. Ich ging hindurch und gelangte auf einen winzigen asphaltierten Parkplatz. Ein Hinterhaus mit grauem Putz drängte sich in einer Ecke. Neben der schmalen, blau gestrichenen Tür gab es ein mehr breites als hohes Fenster mit Metallsprossen und geriffeltem Glas. Mit gelben Buchstaben waren die Worte VON DER WEIDE auf die Tür gepinselt.

Ich schloss auf und ging hinein. Massiver Geruch nach Farbe und Verdünnung schlug mir entgegen. An den Wänden lehnten die Bilder.

Sie waren nicht besonders abstrakt. Ich erkannte Figuren und Gegenstände mit dicken Konturen, sehr bunt, regelrecht knallig. Hinter einigen Staffeleien, auf denen auch noch ein unvollendetes Bild stand, gab es eine weitere Tür, die nicht verschlossen war. Ich gelangte auf einen schmalen Flur, kam an einer offenstehenden Küchentür vorbei und stieß auf eine Treppe. Sie führte in die Wohnräume im ersten Stock. Ein Bad, ein Schlafzimmer, ein Raum mit einem kleinen Fernseher, schier unter ihrer Last von Büchern zusammenbrechende Regale. Der Farbgeruch war auch hier oben noch sehr stark. Ich fragte mich, wie man in solchen Dünsten wohnen konnte, aber Maler waren an so was wahrscheinlich gewöhnt. Vielleicht war es sogar die Droge, die sie brauchten.

Ich ging wieder hinunter. Der Raum war hoch. Die Wände waren weiß gestrichen. Ganz oben lief eine Stahlstange vorbei. Sicher war das ein Relikt aus einer Zeit, als sich hier noch eine Werkstatt oder ein Laden befunden hatte.

Ich brauchte nicht lange zu rekonstruieren. Der obere Teil des Stricks war noch um den Stahlträger geschlungen. In der Ecke stand ein mit Farbklecksern übersäter Tisch. Ich rücke ihn heran, um mir ein besseres Bild zu machen. Keine Frage: Den hatte von der Weide verwenden können.

Auf der anderen Seite des Raumes, gleich neben der Tür zu den Wohnräumen, hatte sich der Maler einen kleinen Büroplatz eingerichtet. Da stand ein zugeklappter Laptop, der auch ein paar Farbspritzer abgekriegt hatte. Daneben ein ebenfalls unfreiwillig gesprenkeltes schnurloses Telefon in einer Ladeschale. Ein Lämpchen blinkte. Das Display zeigte, dass Anrufe eingegangen waren. Während ich den Computer hochfahren ließ, tippte ich auf dem Telefon herum. Der interne Anrufbeantworter war deaktiviert. Was aber die Leute nicht daran hinderte, anzurufen. Ich sah auf der Liste Telefonnummern aus Wuppertal, Düsseldorf, Köln und Berlin.

In einem elektronischen Adressbuch im Laptop fand ich den

Namen Marion Jakubowski. Sie wohnte in Barmen. Ich nahm von der Weides Telefon und wählte die Nummer, die neben der Adresse stand. Es klingelte lange. Während ich wartete, drehte ich den Bürostuhl nach vorne und betrachtete ein gut anderthalb Meter hohes Bild auf einer Staffelei. Es zeigte eine nackte Frau. Die Haut war gelblich, die Haare feuerrot. Die Farben blendeten richtig. Die Frau hielt die Hände auf der Brust und sah dem Betrachter entgegen. Die Frau war so dick, dass ihre Figur einer Kugel glich. Ich kniff die Augen zusammen. Jetzt sah das Bild wie eine Portion Pudding mit roter Soße aus. Von der Weide war wirklich ein Künstler gewesen.

„Ja!“, plärrte mir jemand schrill ins Ohr. Die Stimme klang weiblich.

„Äh – ist da Jakubowski?“

„Ja!“

„Marion Jakubowski?“

„Ja!“

„Entschuldigung, mein Name ist Rott. Ich würde Sie gerne sprechen. Es geht um den Tod von Herrn von der Weide. Es sind da noch ein paar Fragen offen …“

„Muss arbeiten, woll. Geht nicht.“

„Kann ich Sie besuchen? Nur ganz kurz …“

„Im Plus.“

„Wie bitte?“

„Im Plus. Da arbeite ich. Barmen, Berliner. Muss jetzt weg, woll. Tschö.“

Es tutete, sie hatte aufgelegt.

Von der Weides Computer war flott, und die Internetverbindung schien hier auch ziemlich gut zu sein. Ich überprüfte über Google, wo es in Barmen einen Plus gab. Und es lag tatsächlich einer in der Nähe des Berliner Platzes, keinen Kilometer von Marion Jakubowskis Adresse entfernt.

Wo ich schon mal dabei war, checkte ich auch gleich von der Weides Mails. Es ging um Termine, Verkäufe, Kontakte mit Galerien und mit diesem Fachjournalisten namens Ziffus. Die beiden waren wirklich eng befreundet, sie duzten sich. Mehrmals schien Ziffus aus dem Urlaub gemailt zu haben. Einmal war er in Bayern. Nein, das war kein Urlaub, sondern ein Klinikaufenthalt. Ich las etwas von einer OP. Doch dann schrieb er, dass er bald wieder nach Wuppertal zurückkehren würde. Offenbar war die Krankheit ausgestanden.

Die Schwebebahn schaukelte mich in Richtung Osten. In Oberbarmen stieg ich aus und machte mich auf der Berliner Straße auf die Suche nach dem Supermarkt. Ich fand ihn gleich neben einem kleinen DVD-Verleih. Ein pickliger Junge saß an der Kasse und wartete auf Kunden. Als ich nach Marion Jakubowski fragte, deutete er nach hinten.

Was ich als erstes sah, war ihr massiver Rücken. Darüber leuchtete rotes Haar. Sie sperrte mit ihrer Figur einen Gang ab, in dem Dosensuppen angeboten wurden. Vor ihr stand ein Hubwagen mit neuer Ware, die sie gerade nachfüllte. Als ich sie ansprach und sie sich umsah, wusste ich, wen ich vor mir hatte: die dicke Frau von dem Gemälde.

„Rott“, sagte ich, „wir haben telefoniert.“

„Muss arbeiten“, antwortete sie und schob die Dosen in das Regal. Ich nahm eine: Eierravioli. Sonderangebot. 1,19 Euro die Dose. Warum nicht? Ich hatte keinen Wagen genommen, also behielt ich die Ware in der Hand. „Sie können ja weitermachen, während wir uns kurz unterhalten.“

Sie füllte in die Lücke Dosen nach. Dann bewegte sie sich langsam den Gang entlang, immer den Hubwagen hinter sich herziehend.

„Sie haben Herrn von der Weide also gefunden.“

„Jau.“

„Und Sie hatten die Nerven, ihn runterzunehmen?“

„Kenn mich mit so was aus, woll.“

„Wie kommt das? Ich meine, nicht jeder ist fit in Erster Hilfe.“

„War bei den Johannitern, woll.“

„Was?“

„Johanniter.“

Gut, wieso nicht. „Noch eine Frage: Ich hatte gedacht, Sie wären eine Kundin von Herrn von der Weide. Und sie hätten ein Bild kaufen wollen. Aber Sie waren ja sein Modell.“

„Und?“

Gut, die zweite Runde geht an sie. Vielleicht hatte er ihr dafür ein bisschen Geld bezahlt. Maler machten so was.

Aber Maler und ihre Modelle …

„Waren Sie mit ihm ... Ich meine, kannten Sie ihn näher?“

Sie stoppte ihre Befüllungstätigkeit und sah mich erstaunt an.

„Hä?“ Ich deutete das als „Nein“.

„Gut, eine andere Frage. Können Sie sich vorstellen, warum er sich umgebracht haben soll?“ Sie wandte sich wieder dem Regal zu. „Nee. So was wundert einen dann, woll.“

„War er … eigentlich schon tot, als Sie kamen?“

Sie hob die massive Schulter. „Glaub nicht. Aber dann. Als der Wagen kam.“

„Und Sie haben niemanden sonst gesehen?“

„Nee.“

„Die Tür zum Atelier war offen?“

Sie nickte: „Offen.“

„Ich nehme an, Sie hatten einen Termin für eine Malsitzung?“

Sie nickte wieder.

„Ist das nicht seltsam, dass er sich umbringen will, die Tür nicht abschließt – und das auch noch zu einem Zeitpunkt, an dem er jemanden erwartet?“

Schulterzucken.

Ich sah mich um. Gut, dass der Laden fast leer war. Niemand bekam unser für Außenstehende sicher befremdlich wirkendes Gespräch mit. Ich wandte mich wieder ihr zu.

„Wie muss ich mir das vorstellen? Gehen wir das mal genau durch. Sie sind da rein, Sie sehen ihn hängen, und Sie reagieren sofort?“

„Genau.“

„Sie gehen rauf auf den Tisch, schneiden das Seil ab.“

„Genau.“

„Der Mann fällt runter. Sie untersuchen ihn, machen, was auch immer notwendig ist. Puls fühlen. Beatmung.“

„Erst die Schlinge weg.“

„Verstehe. Sie lockern die Schlinge.“

Sie überlegte kurz. „Zopf raus.“

„Was für ein Zopf?“ Mir dämmerte etwas. Die Fotos im Internet. Thilo von der Weide hatte einen Zopf getragen. „Sein Zopf war in der Schlinge? Meinen Sie das?“

„Genau.“

„Und dann kamen die Sanitäter, dann kam die Polizei, und das wars?“

„Genau.“

Ich bedankte mich, ging zur Kasse und bezahlte die Ravioli. Mit der Dose in der Hand verließ ich den Laden, blieb auf der Straße stehen und betrachtete nachdenklich den vorbeifließenden Verkehr.

Verdammt, dachte ich. Viola Morsbach hat wahrscheinlich Recht.

Das war eine alte Geschichte, die oft erwähnt wurde. Menschen, die sich erhängen wollten und einen Zopf oder langes Haar trugen, achteten beim Umlegen der Schlinge automatisch darauf, das Haar über das Seil zu legen. Es war ein Reflex. Als wenn man einen Pullover anzieht. Mörder, die einen Selbstmord vortäuschen wollen, vergessen das. Nur ein Indiz, aber immerhin.

Mein Handy klingelte. Es war Viola. „Haben Sie was rausgekriegt?“

Ich berichtete ihr, dass ich im Atelier gewesen war. „Kennen Sie eine Marion Jakubowski?“, fragte ich dann.

„Nicht, dass ich wüsste. Wer ist das?“

Ich fügte meinem Bericht hinzu, was ich wusste. Dass sie die Frau war, die Thilo von der Weide gefunden hatte. Dass sie für ihn Modell gestanden oder gesessen hatte. Meine Überlegungen bezüglich des Zopfs behielt ich für mich.

„Sie meinen, sie war keine Kundin?“, fragte sie. „Sie wollte keine Bilder kaufen?“

„Nein. Sie kam zu ihm, weil er einen Termin mit ihr hatte. Zum Malen.“

Gerne hätte ich jetzt Viola Morsbachs Gesicht gesehen. Wie nahm sie die Nachricht auf? War sie eifersüchtig?

„Ich wusste gar nicht, dass Thilo Modelle hatte. Früher, ja – das hat er mir erzählt. Aber jetzt noch … Aber ist es nicht komisch, dass er sich umgebracht haben soll – kurz bevor er diese Sitzung hatte?“

„Darüber habe ich auch nachgedacht.“

„Mir geht es vor allem um eines“, sagte sie. „Und das ist auch der Grund, warum ich anrufe. Bitte lassen Sie nichts von meinem Verdacht durchsickern. Schon gar nicht an die Presse.“

„Selbstverständlich. Ich arbeite vollkommen diskret. Allerdings werde ich mit Herrn Ziffus reden müssen.“

„Das geht in Ordnung. Er war ja eng mit Thilo befreundet ... Er darf wissen, dass Sie für mich ermitteln.“

„Haben Sie ihm etwas von meinem Auftrag gesagt?“

„Nein, das habe ich nicht.“

Ich trat den Rückweg mit der Schwebebahn an, stieg Ohligsmühle aus und machte zu Hause Mittagspause. Es gab Ravioli, zwei Scheiben Brot und zwei Gläser Cola.

Das Internetadressbuch verriet mir, dass Jobst Ziffus am Toelleturm residierte. In der Adolf-Vorwerk-Straße. Dorthin würde mich die Schwebebahn nicht bringen. Da war Wandern angesagt. Oder Busfahren. Oder beides. Und dann auch noch bergauf.

Ich sparte es mir. Ich rief den Herrn Kulturjournalisten einfach an. Während der Rufton tutete, hielt ich das Telefon zwischen Schulter und Kinn geklemmt und gab Ziffus' Namen ins Suchprogramm ein. Ich klickte auf „Bilder anzeigen“. Es ist immer besser zu wissen, wie jemand aussieht, mit dem man spricht.

„Ziffus.“

Die Stimme klang ein wenig heiser. Wie alt mochte der Mann sein? Ah, hier gab es sogar einen Wikipedia-Artikel. Etwas jünger als von der Weide – 52 Jahre alt. Studium der Kunstgeschichte in Köln. Studienaufenthalte in New York. Promotion in Köln. Thema: irgendwas mit Kubismus.

„Guten Tag, Herr Doktor Ziffus“, sagte ich. „Mein Name ist Rott.“

Es war sicher besser, bei Doktoren den Doktor in der Anrede unterzubringen. So lange man den Titel noch hatte heutzutage. Aber nach Plagiaten wurde ja vor allem bei Politikern gesucht. Und wenn dieser Ziffus nicht Minister werden wollte ...

„Herr Rott. Was kann ich für Sie tun?"

Der Mann ist Akademiker und Journalist, dachte ich mir. Und so schilderte ich ihm ganz sachlich, warum ich anrief. Dass mich Viola Morsbach beauftragt hatte. Dass sie an dem Selbstmord zweifelte. Dass ich halt nun mal vom besten Freund des Verstorbenen wissen wollte, ob er sich vorstellen konnte, dass ...

„Bester Freund ... also das ist ein wenig übertrieben", sagte er.

„Aber Sie waren doch gut befreundet, oder nicht? Frau Morsbach sagte, dass Ihre Unterstützung zu einer guten Entwicklung in Herrn von der Weides Karriere geführt hat ..."

„Sicher. Das kann man sagen. Ich war der Ansicht, dass Thilos Laufbahn viel zu spät begonnen hat. Und ich halte ihn für eine der größten Kunstentdeckungen der letzten Jahre hier bei uns in Nordrhein-Westfalen. Gerade weil seine Entdeckung so spät kam, musste jetzt sehr viel nachgeholt werden, verstehen Sie?"

„Sie meinen, Herr von der Weide stand vor einer großen Veränderung."

„Das kann in seinem Alter sehr anstrengend sein, Herr Rott. Und wenn ich ehrlich bin … Ich fürchte, dass er diese Dinge einfach nicht verkraftet hat."

„Aber was gibt es da zu verkraften? Er hat sich doch den Erfolg sicher gewünscht. Und nun tritt er ein, der Erfolg – und da bringt er sich um?"

„Mit einer solchen Entwicklung kommen auch Ansprüche. Man hat plötzlich viele Termine. Man muss Verhandlungen führen. Man muss sich mit Dingen beschäftigen, die auf einmal ganz neu für einen sind. Man steht schöpferisch unter Druck. Das Leben ändert sich. Und zwar grundlegend. Man hat als kleiner Künstler im Hinterhof im Luisenviertel vor sich hin gelebt, und nun soll sich alles ändern. Wissen Sie – Thilo hatte sein Atelier mit der Wohnung, also den Ort, wo er schon seit fast zwanzig Jahren lebte und arbeitete, gekündigt. Er sollte bald was anderes beziehen, was ich ihm besorgt habe. Auf seinem Terminplan standen jede Menge Reisen ins Ausland. Ich bereite gerade eine Ausstellung in New York vor."

„Das heißt, Sie schreiben nicht nur über ihn, sondern Sie managen ihn auch?"

„Wenn Sie so wollen, ja. Und viele dieser neuen Ideen, dieser Veränderungen, habe ich selbst bei ihm durchgesetzt. Und wenn ich ehrlich bin – auch ich habe eine gewisse Schuld an dem, was passiert ist. Ich habe ihn mit diesen Dingen überfordert. Es ist furchtbar, aber jetzt ist es nicht mehr zu ändern."

Er machte eine Pause. Ließ sacken, was er gesagt hatte.

„Sie hatten ja selbst vor einiger Zeit einen kleinen Schicksalsschlag zu verkraften", sagte ich.

„Wieso?"

„Haben Sie nicht Herrn von der Weide eine Mail aus einer Klinik geschrieben? Ich glaube, darin stand etwas von einer Operation."

„Haben Sie etwa in seinen Mails gelesen?" Plötzlich verschwand die sachliche Freundlichkeit. Er wirkte ärgerlich. „Na sicher, das hätte ich mir denken können. Dieses Früchtchen Viola hat Ihnen ja den Schlüssel gegeben. Und Sie als Privatschnüffler machen diesem Ausdruck alle Ehre ..."

„Es gibt einen bestimmten Verdacht, und ich gehe allem nach ..."

„Aber das, was Sie gerade angesprochen haben, geht Sie nichts an, Herr Rott. Das ist Privatsache. Und was Viola Morsbach betrifft: Denken Sie mal darüber nach, wer von Thilos Tod profitiert."

„Wie meinen Sie das?"

„Sie beerbt Thilo. Alle Bilder, den gesamten Nachlass. Er hat ein Testament gemacht. Und für sie sogar eine Lebensversicherung abgeschlossen. Zweihunderttausend Euro, so viel ich weiß. Aber sie bekommt das Geld bei Selbstmord nicht. Es ist doch offensichtlich, was hier läuft: Viola Morsbach versucht, einen Verdacht zu konstruieren, der etwas anderes nahelegt, um an das Geld aus der Versicherung zu kommen. Aber das wird ihr nicht gelingen. Soll sie sich doch mit dem Erbe zufriedengeben und fertig."

Ich rang ihm noch die Aussage ab, dass er keine Marion Jakubowski kannte und den Namen noch nie gehört hatte. Dann verabschiedete ich mich und entschied, einen weiteren kleinen Spaziergang ins Luisenviertel zu unternehmen und noch mal bei von der Weide hereinzuschauen. Diesmal nahm ich nicht die Friedrich-Ebert-Straße, sondern die Luisenstraße, und als ich die blauen Stühle und Tische vom „Katzengold“ an der Ecke zur Untergrünewalder Straße auftauchen sah, beschloss ich, mich von der Wanderschaft auszuruhen.

Mittlerweile war es kurz nach drei geworden. Der Feierabend rückte näher, ein Ermittlungstag war vorbei. Und ich hatte einen weiteren Plan: Diese Marion Jakubowski war vielleicht nicht Thilo von der Weides einziges Modell gewesen. Wenn es noch mehr gab, gab es auch mehr Potenzial für Eifersuchtsgeschichten. Die meisten Morde waren Beziehungstaten, hatte ich irgendwo mal gehört. Und wenn ein Freund eines Modells vielleicht etwas gegen von der Weiden hatte, weil der so viel Zeit mit der Freundin verbrachte – allein in seinem Atelier, und dazu noch nackt? Wenn das kein Motiv für eine Beziehungstat war!

Als ich so vor der begrünten Fassade des „Katzengold“ saß und ab und zu meine Kaffeetasse zum Mund führte, riss mich plötzlich etwas aus den Gedanken. Etwas in pink. Die Lady in pink. Viola Morsbach persönlich. Sie kam zu Fuß und eiligen Schrittes die steile Ottenbrucher Straße herunter.

Ohne mich zu bemerken lief von der Weides Freundin um den spitzen Winkel der Einmündung und bog in Richtung des Ateliers ab.

Ich kramte nach Kleingeld und legte ein paar Münzen hin. Als ich um die Ecke sah, war Viola Morsbach gerade dabei, das Tor aufzuschließen.

Sie hatte also noch einen zweiten Schlüssel.

Warum auch nicht? Sie war Thilo von der Weides Lebensgefährtin gewesen, und jetzt war sie dessen Alleinerbin.

Ich musste hinterher. Es war immer gut, Kunden gegenüber den fleißigen Detektiv herauszukehren. Den Mann für alle Fälle. Der zupackt und auch mal Überstunden macht. Ein Treffen im Atelier war perfekt, um diesen Ruf zu festigen. Und wir konnten gemeinsam nach Adressen von weiteren Modellen suchen.

Ich erreichte das Tor. Die blaue Tür war geschlossen. Wahrscheinlich war Viola Morsbach schon drin. Ich lief über den Hof, probierte die Klinke, die Tür ging auf.

„Hallo?“, rief ich in den Raum. „Ist da jemand?“

Viola Morsbach saß an dem kleinen Schreibtisch, das Notebook vor sich.

„Hallo Herr Rott“, sagte sie, ohne den Blick von dem Monitor des kleinen Computers abzuwenden.

„Was machen Sie hier?“, fragte ich.

„Ich gehe Ihren Verdachtsmomenten nach.“

Sie sah mich immer noch nicht an. Ich war näher herangekommen und konnte erkennen, dass sie sich mit dem Adressprogramm befasste.

„Sie haben mir doch von dieser Frau Jakubowski erzählt ... Und da habe ich mir gedacht, dass es sicher noch mehr Frauen gibt, mit denen Thilo ... Oder auch nicht ... Sie wissen schon. Ach, ich weiß auch nicht, was ich denken soll.“

Sie drehte den Bürostuhl zu mir und sah mich an. Das Bild, das Marion Jakubowski zeigte, stand direkt neben uns und es kam mir vor, als würde uns dieser Pudding mit roter Soße beobachten.

„Damit wollte ich mich auch befassen“, sagte ich. „Aber ich glaube nicht, dass Ihr Freund was mit einer anderen Frau hatte.“

Ich sagte die Wahrheit. Wissen konnte ich es ja nicht, aber ich konnte es glauben. „Es wäre natürlich möglich, dass jemand auf Ihren Freund eifersüchtig war. Das müsste man untersuchen. Aber er war Ihnen sicher nicht untreu. Er hat doch diese Versicherung für Sie abgeschlossen. Und er hat Ihnen alles vererbt.“

Sie machte große Augen. „Moment, was soll das heißen? Was sagen Sie da?“

„Wissen Sie das nicht? Herr Ziffus hat mir erzählt ...“

Sie wusste es nicht. Sie war die Erbin von ziemlich viel Geld, und wenn ich meinen Job gut erledigte, bekam sie noch mehr Geld, und sie hatte keine Ahnung. Oder war ihre Überraschung gespielt?

Zeit, den zupackenden Detektiv herauszukehren.

Ich ging an das Notebook und begann die Adressdatei zu durchsuchen. Gleichzeitig wurde mir klar, dass das wenig Zweck hatte. Ich musste mir selbst die Datenbank zumailen und sie zu Hause genau auswerten.

„Ich denke, ein Notar wird sich deswegen an Sie wenden“, sagte ich. Und ich erklärte ihr, was ich vorhatte. Eigentlich hätte ich schon bei meinem letzten Besuch darauf kommen können.

Viola Morsbach nickte nachdenklich. Was ihr im Kopf herumging, wusste ich nicht. War es das Geld? Dachte sie immer noch darüber nach, ob ihr Freund was mit einem Modell gehabt hatte?

Ich zog die ganze Datei auf den Desktop und öffnete das Mailprogramm, um eine Nachricht an mich zu schicken, der ich dann die Adressen anfügen konnte.

Dabei fielen mir die Mails auf, die ich durchgesehen hatte.

Ziffus' Mails aus dem Krankenhaus. Ich rief sie noch mal auf, las ein bisschen genauer. Es war eine neurologische Klinik gewesen. Die OP, der er sich unterzogen hatte, war keine Kleinigkeit. Irgendwas am Gehirn. Ein Tumor.

Und plötzlich kam mir ein Verdacht. Und ich verstand …

„Da kommt jemand“, sagte Viola Morsbach leise. Sie war aufgestanden und hatte sich das Bild von Marion Jakubowski angesehen, ohne zu wissen, wer dort dargestellt war.

Hinter dem geriffelten Fenster erschien der dunkle Umriss eines Menschen. Eine Silhouette. Die blaue Tür war zu, aber nicht abgeschlossen.

„Gehen Sie in den Wohnbereich“, sagte ich. „Schnell.“

Kaum war sie verschwunden, öffnete sich die Eingangstür und ein Mann kam herein. Ich hatte ihn nie in Natura gesehen, wusste aber, dass es Ziffus war. Er sah mich nicht, denn ich versteckte mich hinter einer Staffelei. Er ging schnurstracks auf das Notebook zu, setzte sich an den Tisch und begann darauf herumzutippen.

„Wundern Sie sich denn nicht, dass die Tür offen war?“, sagte ich laut, und trat aus meinem Versteck hervor. Ziffus war vor Schreck zusammengezuckt, fing sich aber sofort wieder und grinste mich an, wobei er Überlegenheit zu demonstrieren versuchte. „Oh, wer sind Sie denn?“, fragte er. „Ach, lassen Sie mich raten ... Herr … Wie haben Sie sich nochmal vorgestellt? Rott, glaube ich. Eigentlich hatte ich gehofft, Frau Morsbach hier zu treffen.“

„Falsch gehofft. Stattdessen treffen Sie halt mich. Und abgesehen davon: Ist das ein Grund, sich auf den Computer zu stürzen und …" Ich ging etwas näher heran und sah, dass er in dem Mailprogramm zugange war, das ich vorher wieder geschlossen hatte. „... und in den Mails herum zu suchen?"

„Ich wüsste nicht, was Sie das angeht, Herr Rott. Ich habe Ihnen doch schon gesagt, wie ich über diese Sache denke. Und nun denke ich noch mehr. Ich denke, dass Ihre Mitwirkung nicht mehr vonnöten ist. Wissen Sie was? Ich spreche mit Frau Morsbach. Ich übernehme sogar Ihr Honorar. Und Sie ziehen sich aus dem Fall zurück." Er klappte den Computer zu, zog das Stromkabel heraus und nahm ihn in beide Hände.

„Sie wollen den Laptop mitnehmen?", sagte ich. „Ich kann es ja verstehen. Aber es wird nichts nützen, Ihren Mailverkehr zu löschen. Soweit ich weiß, bleiben Mails auf dem Server. Und da kann man immer noch nachlesen, was Sie Herrn von der Weide geschrieben haben."

„Ach wirklich? Was denn?"

„Dass Sie schwer krank sind, Herr Ziffus."

„Und deswegen soll ich ihn umgebracht haben?"

„Gut, dass Sie darauf zu sprechen kommen. Nein, natürlich nicht. Sie haben ihn umgebracht, weil er als Einziger Ihr Geheimnis kannte. Und dieses Geheimnis bestand darin, dass Sie aufgrund Ihrer Erkrankung farbenblind geworden sind. Sie sehen fast nur noch grau, Herr Ziffus. Wer soll denn Ihre Artikel über Kunst noch ernst nehmen? Wenn Sie eine Kritik schreiben, wird man sie auslachen. Damit sind Sie als ernsthafter Kunstjournalist erledigt. Niemand darf das erfahren. Nur Thilo von der Weide wusste es. Und er hat Sie unter Druck gesetzt. Er hat von Ihnen verlangt, ihm bei seiner Karriere zu helfen. Aber auch für Sie ist es schwierig, einen Maler zu fördern, der nun einfach nicht zur Weltklasse gehört. Es lief nicht alles so, wie Herr von der Weide es sich wünschte. Sie haben angeboten, aus eigener Tasche ein neues Domizil zu mieten – aber auch das reichte ihm nicht."

„Hören Sie auf, Rott. Sie reden Blödsinn. Und wenn es stimmen sollte – Sie können nichts beweisen."

„Beweisen“, sagte ich, „müssen Sie mir, dass es nicht so war. Die Mails von diesem Notebook sind schon bei der Polizei, zusammen mit einem Bericht. Und in Kopie natürlich auch bei Viola Morsbach. Wissen Sie, Herr Ziffus, es gibt klare Anzeichen für einen vorgetäuschten Selbstmord. Manchmal werden diese Anzeichen übersehen, weil ein Ersthelfer Spuren verwischt oder vergisst, eine bestimmte Aussage zu machen. So war es auch hier.“

„Ist ja interessant. Und welche Anzeichen sollen das sein?“

„Das wüssten Sie gerne, was? Glauben Sie mir, ich habe sie protokolliert und meinem Bericht beigefügt. Und eben habe ich auch noch von einem Gast aus dem „Katzengold“ erfahren, dass er Sie hier gesehen hat – kurz nachdem Thilo von der Weide umkam. Etwa um viertel vor sechs.“ Das war natürlich gelogen, aber ich musste etwas Krawuppdich in die Sache bringen.

Ziffus sah mich immer noch ziemlich selbstsicher an. „Warum hätte ich nicht mit Thilo sprechen sollen? Warum hätte er sich nicht umbringen können, nachdem ich mit ihm gesprochen hatte?“

„Ganz einfach: Von der Weide war stark angetrunken, als er sich angeblich umbrachte. Ich weiß nicht, wie Sie ihn dazu gebracht haben, so viel zu trinken ...“

Plötzlich passierte etwas, womit ich nicht gerechnet hatte. Ziffus, Doktor der Kunstgeschichte und Kritiker der Kunstszene, ein – wie ich gedachte hatte – reiner Bücherwurm, schmiss das Notebook weg, das krachend in einer Ecke landete, und preschte auf mich zu. Er stieß mich nach hinten, so dass ich in das Pudding-mit-Soße-Gemälde fiel, und trat mit einer Wucht auf mich ein, dass ich das Gefühl hatte, ich sei unter eine Lokomotive geraten.

Ein roter Fleck explodierte vor meinen Augen, und auf einmal war ich blind. Etwas donnerte gegen meinen Kopf wie ein Glockenschlag und in dem gewaltigen Hall aus sich überlagernden Tönen hörte ich Ziffus’ Stimme: „Das haben Sie gut rausgekriegt, Rott. Aber diesen Quatsch mit der Mail an die Polizei glaube ich Ihnen nicht.“

Er unterstrich seine Worte mit weiteren Schlägen oder Tritten

– so genau konnte ich das nicht unterscheiden – in meine Weichteile. „Und wenn ich es getan habe, dann reicht es mir, wenn ich erreiche, dass diese Schlampe das Geld aus der Versicherung nicht bekommt. Ja, ich habe ihn da oben aufgehängt, verdammt noch mal. Und wenn schon. Er hat ja nicht genug bekommen."

Seine Stimme wurde zu einem Tosen. Und auf einmal herrschte Stille.

Ich öffnete die Augen und rappelte mich vorsichtig auf. Es schien, als sei nichts gebrochen. Dafür lag Ziffus ein Stück weiter auf dem Boden und rührte sich nicht. Die Überreste der Staffelei unter mir krachten, als ich langsam wieder in die Senkrechte kam.

Viola Morsbach stand in der Tür und hielt eine Bratpfanne in der Hand.

„Damit hat sich Thilo morgens immer Spiegelei gemacht", sagte sie. „Ich habe sie ihm selbst geschenkt. Ich hätte nie gedacht, dass ich sie mal als Waffe einsetzen kann."

Ich nickte. Dann bückte ich mich zu Ziffus. Er war nur bewusstlos.

Am nächsten Vormittag telefonierte ich mit Robby, der zweitausendfünfhundert Euro verlangte.

„Du spinnst", sagte ich. Das heißt, ich murmelte es, weil mein Gesicht immer noch ein wenig geschwollen war. Ein blaues Auge hatte ich auch.

„Du kriegst den Wagen, wenn du die Kohle rüberschiebst."

Ich legte auf und ging nach unten, um nach der Post zu sehen. Nicht so sehr aus Interesse, sondern mehr, um mich gegen die Härten des Lebens zu wappnen. Es waren sicher noch mehr Rechnungen dabei.

Aber es war nur ein einziger Brief.

Ein rosa Umschlag.

Nein, nicht rosa, sondern pink.

Viola Morsbach und ich hatten noch nicht abgerechnet. Ich hatte mir für diesen Tag wenigstens eine Freude aufheben wollen: die Freude, für den abgeschlossenen Fall die Rechnung zu schreiben.

Wie viel würde ich verlangen? Ich musste fair sein: Ein Tagessatz. Dreihundert. Klingt viel, aber man hat auch nicht jeden Tag zu tun.

Ich öffnete das Kuvert. Ein Blatt kam zum Vorschein. Muss ich erwähnen, dass es auch pink war?

In schwungvollen, mit dunkelpinker Tinte hingesetzten Buchstaben hatte sie ein einziges Wort geschrieben: Danke.

Darunter gab es noch mehr Papier.

Ich zählte. Es waren zwanzig 500-Euro-Scheine.

Ich lehnte mich in meinem Bürosessel zurück.

„Halt aus, Partner", sagte ich leise. „Ich hol dich nach Hause."

Vita:

Als Erfinder des Bergischen Pivatermittlers Remigius Rott begann Oliver Buslau, der in Bergisch Gladbach lebt, vor über zehn Jahren seine Schriftstellerkarriere. Der 1962 geborene Autor, der unter anderem bei der Plattenfirma EMI arbeitete und als Musikjournalist und PR-Texter tätig war, ließ den „Bergischen Marlowe" Rott mittlerweile in sieben Fällen (zuletzt in „Altenberger Requiem") ermitteln und schrieb darüber hinaus Krimis und Fantasy um das Thema klassische Musik: so die Romane „Das Gift der Engel", „Die fünfte Passion" und „Der Vampir von Melaten" – ein Buch um Kölns berühmten Friedhof. Buslau ist Gründer und Chefredakteur von „TextArt – Magazin für Kreatives Schreiben", einer Zeitschrift für angehende Autoren.
www.oliverbuslau.de

Martina Kempff: Höhere Gewalt

Beim frühmorgendlichen Blick aus dem Fenster kann der Tag schon gelaufen sein. Vor allem im Bergischen Land. Weil da nachweislich ein in ganz Europa unvergleichliches Klima herrscht. „Na, was macht der Regen?", wurde einst ein Radevormwalder Zulieferer von seinem Auftraggeber in der Wolfsburger Zentrale gefragt. Der Bergische blickte auf die vertikalen Bäche an der Fensterscheibe und seufzte: „Er läuft und läuft und läuft."

Das machte von da an zwar einen Käfer zum Renner, nicht aber den bergischen Zulieferer. Der ging pleite. Hat sich der Radevormwalder etwa beschwert? In Wolfsburg sein Urheberrecht eingeklagt? Das Plagiat öffentlich gemacht? Nein. Er zog sich Gummistiefel an, spannte den Regenschirm auf und ging zum Arbeitsamt, wie das damals noch hieß. Die Bergischen sind eben realistisch. Mit höherer Gewalt legen sie sich gar nicht erst an. Sie nehmen es hin, wenn der Tag beim frühmorgendlichen Blick aus dem Fenster schon gelaufen ist, weil der Regen wieder mal läuft und läuft und läuft.

An einem Frühmorgen Anfang März sah auch Roswitha aus Radevormwald aus dem Fenster. Nicht eine Wolke trübte den Himmel, doch ihr Tag war bereits gelaufen. Sie wünschte sich nichts sehnlicher als einen bergischen Platzregen herbei. Um augenblicklich das hinwegzuspülen, was wenige Meter weiter am Haus gegenüber zu entstehen drohte. Etwas Furchtbares. Weit mehr als nur eine Bausünde. Eher schon so etwas wie eine Todsünde. Ein Frevel, dem sie auf der Stelle Einhalt gebieten musste. Bevor die fertige Scheußlichkeit für alle Welt zu sehen war. Es entfuhr ihr ein gellender Schrei. Als Rüdiger ins Zimmer stürzte, stand seine Frau wie eine Salzsäule am Fenster. Nur der Arm, an dessen Ende ein Zeigefinger anklagend zum Nachbarhaus wies, zitterte gottserbärmlich.

„Du musst was tun!“

Rüdiger näherte sich dem Fenster, schob den blauweißen Vorhang ganz zur Seite und schüttelte den Kopf.

„Wogegen?“, fragte er ratlos. „Warum hast du so geschrien? Ich hab mich zu Tode erschreckt.“

„Da … da.“ Sie stieß den Finger gegen die Scheibe. „Was für eine bodenlose Unverschämtheit. Siehst du denn nicht, was da hinkommen soll?“

Er verstand nicht.

„Da … das Dach!“

„Eine neue Beschichtung für die Ziegel?“

„Bist du völlig verblödet, oder tust du nur so?“

Rüdiger duckte sich, um einer möglichen Handgreiflichkeit zu entgehen. In den vielen Jahren seines Lebensbundes hatte er gelernt, diese Umgangsformen zu handhaben. „Was siehst du denn, was ich nicht sehe?“

„Na das, was da hinkommen wird, das habe ich dir doch eben schon gesagt.“

„Was?“

Sie blitzte ihn an. Erwartete er wirklich, dass sie das Wort aussprach?

„Bist du farbenblind?“

Er sah genauer hin.

„Ach so.“

„Nicht ach so, Rüdiger, mach was!“

„Was denn, Roswitha?“

„Geh zu Hermann. Er muss es Elvira verbieten. Sonst passiert was!“

Als ob nicht dauernd was passierte. Rüdiger war es so leid. Seit vier Jahren hatte es keinen Tag Ruhe gegeben. Seine Frau hatte im vormals so friedlichen Neubaugebiet am Rande Radevormwalds den Krieg ausgerufen. Und zwar an jenem Tag, an dem Roswitha in der neuen Nachbarin ihre alte Schulfeindin Elvira wiedererkannt hatte. Das Mädchen, das immer alles gehabt und gekriegt hatte, von dem Roswitha fand, dass es eigentlich ihr zustand: schönere Haare, Haut und Kleider, Zuneigung von jedermann, vor allem von den Jungs, Nachsicht seitens der Lehrer und somit bessere Zeugnisse, aber vor allem reichere Eltern. Die waren inzwischen tot und hatten Elvira so viel Geld hinterlassen, dass sie es sich erlauben konnte, mit einem Riesenhaus Roswitha den Blick aufs liebliche Wiebachtal zu verbauen.

Als Stein gewordenen Hohn betrachtete die vom Schicksal Benachteiligte jene Villa, die vor ihrer kleinen Mietswohnung am Hang in die Höhe wuchs; als eklatanten Beweis dafür, dass es im Leben nicht gerecht zuging, dass die höhere Gewalt nie auf ihrer Seite war, auch nicht in der Stadt auf der Höhe, wie Radevormwald inzwischen offiziell bezeichnet wurde.

Und nicht einmal in der nächsten Generation. Während Roswitha und Rüdiger ihren Kindern immer noch Geld zustecken mussten, stellte Elviras Tochter der Mutter zum fünfzigsten Geburtstag ein schickes Cabrio vor die Tür. Da hatte Roswitha zum ersten Mal erfolgreich um einen total verregneten Sommer gebetet. Obendrein hatte Hermann zumindest einen Job. Rüdigers Stelle in der Autozulieferindustrie war gerade gestrichen worden. Anders als einst sein Vater hatte er dem Konzern nicht einmal einen Slogan geschenkt.

Roswitha bedauerte zutiefst, dass sie als Erwachsene ihrer Erzfeindin nicht einfach die Haare büschelweise ausreißen konnte. Als Kind hatte sie damit ihrer Wut über die ungerechte Verteilung des Lebensglücks Ausdruck verleihen können, als Frau im mittleren Alter brauchte sie einen handfesten Grund für eine Kriegserklärung sowie eine ordentliche Waffe.

Beides lieferte ihr dann ausgerechnet Rüdiger, der Mann, der eigentlich nur seine Ruhe wollte.

Um diese zu finden, verbrachte er seine Abende immer häufiger in einem der vielen Lokale der Rader Innenstadt, allerdings natürlich nie dort, wo Sport übertragen wurde. Rüdiger hasste Fußball. Wie schicksalhaft ihn das mit Elviras Mann Hermann verbinden sollte, stellte sich allerdings erst viel später heraus. Nach jenem unvergesslichen 26. September 2009, dem siebten Spieltag der Bundesliga.

An diesem Abend sah Rüdiger auf dem Weg zum „Matt“ seine ganz in schwarz-gelb gewandete Nachbarin plötzlich aufgelöst aus dem „Löwen“ stolpern, einer der Kneipen, die er mied. Denn dort sammelten sich Verrückte, um Fußballer auf den im Raum verteilten Bildschirmen anzufeuern. Der Lärm drang aus dem Keller bis auf die Straße. Und auf der spielte sich dann jene Szene ab, von der er Roswitha berichtete, und die ihr endlich die Waffe gegen die Erzfeindin in die Hand gab.

„Die Frau Nachbarin ist völlig ausgerastet“, sagte er zu Roswitha. „Nur weil ihr so ein Typ was völlig Harmloses gesagt hat.“ Roswitha hakte begierig nach.

„Irgendwas über den viel zu großen Parkplatz vor Lüdenscheid Nord“, entsann sich Rüdiger. „Ist das etwa ein Grund, auf jemanden einzuschlagen? Stell dir das mal vor, unsere elegante Nachbarin hat sich geprügelt!“

Hätte Rüdiger gewusst, was seine Bemerkung auslösen sollte, hätte er geschwiegen. So aber ahnte Roswitha, wie sie aus ihrem einseitigen kalten Krieg eine heiße Schlacht machen, wie sie Elvira doch noch die teuer gepflegten Haare ausraufen könnte.

Sie googelte erst großer Parkplatz vor Lüdenscheid Nord und danach Mitglied werden bei Schalke 04. Eine Nacht lang las sie sich durch die Geschichte zweier Fußballclubs. Müde, aber bester Dinge fiel sie im Morgengrauen ins Bett. Ja, endlich würde sie es Elvira zeigen können; endlich wurde ihr einmal die Chance geboten, auf der Siegerseite des Lebens zu stehen. Denn der Dortmunder BVB, abfällig Lüdenscheid Nord genannt, klopfte damals auf dem 15. Platz an die Tür des Tabellenkellers. Schalke 04 hingegen schnupperte auf Platz vier schon Meisterschaftsluft.

Roswitha wurde glühender Schalke-Fan. Vorbei die Zeit, da sie bei Gelsenkirchen an Barock dachte; vorbei die tristen Wochenenden, die sich nur so dahingeschleppt hatten, seitdem die Kinder aus dem Haus waren; vorbei das schlechte Gewissen, sich nicht genug zu bewegen: Sie hüpfte sich bei jedem Heimspiel in der Nordkurve fit. Und hüpfte nach allen Dortmunder Niederlagen zu Hause weiter.

Rüdiger war nicht glücklich über das neue Hobby seiner Frau. Würde die Fußball-WM im Wiebachtal ausgetragen, würde ich die Vorhänge zuziehen, hatte er immer gesagt. Inzwischen waren es blauweiße Vorhänge, überhaupt war fast alles in der Wohnung königsblau geworden. Sogar das neue Auto, das über und über mit dem Schalke-Emblem beklebt war. Und im Fernseher rollte nur noch der Ball.

„Genau wie bei uns“, seufzte Hermann, als ihm Rüdiger auf den Tag genau fünf Monate nach Roswithas Schalke-Beitritt beim Griechen sein Leid klagte. „Nur prangt bei uns überall das BVB-Logo.“ Es stand wieder ein Lokalderby an, und beiden Männern graute vor dem Heimkommen. Verdrossen kippten sie einen Ouzo nach dem anderen und trauerten den Zeiten nach, in denen Ehemänner ihren Frauen noch etwas verbieten durften.

„Ich kann mich nicht mal gegen ihre BVB-Bettwäsche auflehnen“, fuhr Hermann fort. „Dann würde sie mich glatt rausschmeißen.“

„Warum gehst du nicht einfach?“

„Dann könnte ich mir das Segelfliegen nicht mehr leisten. Sie hat das Geld.“

„Höhere Gewalt“, murmelte Rüdiger nickend. „Wie bei mir. Ich kann nicht gehen, weil wir beide kein Geld haben. Vom Segelfliegen kann ich nicht mal träumen!“

„Ich nehme dich mal mit“, bot Hermann an.

Rüdiger nickte begeistert und flüsterte: „Gegen Schalke-Bettwäsche habe ich mich aber immer gewehrt. Roswitha schläft jetzt allein.“

„Elvira doch auch.“

„Irgendwann wird Roswitha Elvira umbringen.“

„Oder Elvira Roswitha. Meine Frau macht nur auf fein; die kann ordentlich hinlangen.“

Rüdiger nickte. Das hatte er schon gesehen.

Versonnen blickte Hermann in sein leeres Ouzoglas.

„Stell dir mal vor, Rüdiger, nie wieder Fußball im Fernsehen!“

„Kein Königsblau mehr in der Wohnung!“

„Als Erstes geht die schwarzgelbe Küche!“

„Das S04 auf der Mülltonne wird sofort überklebt!“

„Das BVB-Logo auch.“

„Und du nimmst mich zum Segelfliegen mit!“

Auf dem Heimweg hingen die Männer weiteren Träumen eines fußballfreien Lebens nach. Dass dieses dann zwangsläufig auch Roswitha- und Elvira-frei sein müsste, sprachen sie nicht aus. Aber sie dachten an nichts anderes mehr.

„Könnte man die Eskalation nicht auf eine höhere Ebene heben?", fragte Rüdiger plötzlich.

„Gut möglich", murmelte Hermann. „Mir wird da schon was einfallen. Versprochen!"

Auf dem Heimweg hörten sie schon von weitem die Tröte, mit der Roswitha das Nachbarhaus beschallte. Sie versuchte die Klänge der dort bei offenen Fenstern voll aufgedrehten BVB-Hymne zu übertönen. Auf der Panoramascheibe hatte sie neben dem Schalke-Emblem ein riesiges illuminiertes 2:1 angebracht.

Roswitha war beseligt. Endlich stand sie auf der Sonnenseite des Lebens. Aber nicht sehr lange.

Ihr schlechtes Karma riss auch Schalke in den Abgrund; dagegen konnten sämtliche Trainer- und Spielerwechsel nichts ausrichten. Der Gelsenkirchener Verein rutschte immer weiter ab. Es war wieder so wie immer: Elvira hatte das Glück gepachtet. Und deshalb verloren die Königsblauen entgegen jeglicher Statistik in den darauffolgenden beiden Jahren alle, wirklich alle, Bundesligaspiele gegen die Dortmunder.

Für Roswitha war es schon schmerzhaft genug, nunmehr zwei Jahre lang an der Hauswand gegenüber auf die Nachbildung der für Schalke immer unerreichbarer werdenden Meisterschale zu starren. Oder auf das überlebensgroße Konterfei von Manuel Neuer, dem abtrünnig gewordenen Schalker Torwart. Darunter stand: „Die erste Ratte hat das sinkende Schiff schon verlassen."

Aber all das war nicht halb so schlimm wie das, was jetzt kommen sollte, was Elvira, von einem Gurt gesichert, in Eigenarbeit auf die Ziegel ihres steilen Dachs pinselte. Der riesige obere gelbe Halbkreis war schon fertiggestellt; die Rundung des ersten schwarzen Bs bereits erkennbar.

Roswitha stampfte mit dem Fuß auf.

„Tu endlich was!", fauchte sie ihren Mann an. „Was stehst du da mit offenem Mund rum!"

Rüdiger klappte den Mund wieder zu. Ihm war soeben etwas gedämmert. Hermann hatte sein Versprechen eingelöst, die Eskalation auf eine höhere Ebene zu heben. Viel höher ging nicht.

Jetzt war er, Rüdiger, am Zug. Mit einem stillen Gebet, dass Roswitha nur dieses eine einzige Mal auf ihn hören möge, bestätigte er rasch: „Ja, sieht wirklich schrecklich aus. Steig ihr einfach aufs Dach und tu's weg!"

„Ich mach mir doch nicht die Finger schmutzig!", brüllte Roswitha und griff zum Telefon.

Wozu gibt es schließlich Behörden? Jeder Radevormwalder weiß, wie streng das Bauamt über die Einhaltung sämtlicher Auflagen wacht. Es würde gewiss augenblicklich einschreiten. So wie es bislang allen Beschwerden Roswithas über das Nachbarhaus nachgegangen war.

Die Dame vom Bauamt atmete tief durch und mied die Antwort auf die Frage, ob sie es denn nicht auch für eine Zumutung halte, jeden Morgen von dieser schwarzgelben Hässlichkeit begrüßt zu werden. „Ich bin mir nicht sicher, ob wir dagegen wirklich etwas unternehmen können …"

Roswitha unterbrach sie. Das Bauamt habe einen Ruf zu verlieren. Es werde doch sonst immer sofort aktiv. Warum nicht jetzt, wo es um den Akt einer nicht hinnehmbaren Verschandlung am Bau gehe?

„Im Innenstadtbereich könnten wir alles verbieten, was die Gestaltung unserer Stadt stört", wich die Dame vom Bauamt aus. „Am Stadtrand haben wir da weniger Handhabe, noch dazu im sogenannten neuen Experimentiergebiet, wo Sie wohnen."

„Unlautere Werbung", platzte Roswitha heraus. „Und dazu noch eine ganz besonders perfide."

Die Dame vom Bauamt räusperte sich, was Roswitha als Zustimmung wertete.

„Werbung kann tatsächlich nur an der Stätte genehmigt werden, wo die Leistung erhältlich ist", sagte die Dame vom Bauamt vorsichtig.

Roswitha atmete erleichtert aus.

„Na also", seufzte sie. „Im Wiebachtal spielt Lüdenscheid Nord nicht. Weg mit dem Geschmiere!"

„Aber“, sagte die Dame vom Bauamt, „ich zweifele, ob ein Fußball-Logo wirklich unter den Begriff Werbung fällt.“

Sie versprach, der Sache weiter nachzugehen.

Für Roswithas Geschmack drehten sich die Mühlen der Behörde viel zu langsam. Unterstützt von erstaunlich freundlichem Frühlingswetter malte Elvira ungehindert weiter. Einen Tag vor dem 25. Spieltag der Saison 2012/13 betrachtete sie, in ihrem Gurt hängend, stolz das fertige V. Schließlich war es selbst für eine ehemalige Kunstlehrerin alles andere als einfach, auf Ziegeln ordentlich lesbare Buchstaben anzubringen. Als sie zum zweiten B ansetzte, griff Roswitha zur Notwehr. Von ihrem Fenster aus zielte sie mit blauen Farbbeuteln auf das verschandelte Dach. Doch sie verfehlte den gelben Teufelskreis im schwarzen Rand. Begleitet von ihren Flüchen und Elviras lautem „Borusssiaaaa!“-Gesang zerplatzten die Farbbeutel auf der unfertigen und mit Steinen und Gerätschaften vollgestellten Terrasse.

Der Lärm rief die beiden Männer auf den Plan. ‚Ah, deren Ehe ist auch im Eimer‘, dachte Roswitha befriedigt, als ihr Hermann riet, doch näher ranzugehen, wenn sie richtig treffen wolle. Er deutete auf die lange Aluminiumleiter an der Hauswand.

„Gute Idee“, antwortete sie fröhlich. Sie erwartete, dass Rüdiger sie aufhalten würde, aber der war sogar noch so freundlich, ihr die Leiter zu stützen. Hermann war im Haus verschwunden.

Mit drei um die Schulter gehängten Farbbeuteln kletterte Roswitha unter lauten Schimpfkanonaden flugs die Leiter empor. In jenem Moment, da sie die erste blaue Bombe losschleudern wollte, mündete Elviras Gesang in einen markerschütternden Schrei. Die Frau auf den Ziegeln griff nach dem Strick, der sie sichern sollte, doch das lose Seilende flatterte aus dem Dachfenster. Elvira kam ins Rutschen. Was Roswitha nicht sehen konnte. Denn ihre Leiter kippte nach hinten.

Es grenzte an ein Wunder, dass beide Frauen ihre Stürze überlebt hatten. Roswitha wäre um ein Haar von einer gelben Pfeilspitze des ansonsten schwarzen schmiedeeisernen Gartenzauns aufgespießt worden. Elvira war nur knapp dem Genickbruch entkommen, als sie direkt neben dem eisernen Wasserkran auf einem Haufen scharfkantiger Steine gelandet war.

„Sie haben großes Glück gehabt“, sagte der Chefarzt zu Elvira, als sie im Krankenhaus nach der Operation erwachte. Er nickte zu Roswitha im Nebenbett herüber. „Sie auch. Dieser Unfall hätte für Sie beide tödlich ausgehen können. Aber jetzt erholen Sie sich erst einmal.“ Er reichte Elvira eine Fernbedienung und deutete auf den Fernseher an der Wand.

„Nur für Sie beide haben wir extra *Bundesliga live* eingerichtet. Ihre Männer sagten, dass Sie großen Wert darauf legen. Das Lokalderby beginnt gleich; da werden Sie Ihre Schmerzen bestimmt schnell vergessen.“

An einem hinteren Tisch im „Matt“ saßen die beiden Männer und sprachen sehr leise miteinander.

„Ein Glück, dass niemand gesehen hat, wie du die Leiter weggestoßen hast“, sagte Hermann.

„Ein Glück, dass keiner nachgeforscht hat, warum sich das Halteseil plötzlich vom Dachbalken gelöst hat“, sagte Rüdiger.

Sie schwiegen eine Weile.

„Aber ansonsten hatten wir richtiges Pech.“

„Wird sich ja gleich im Johanniter-Krankenhaus ändern.“

„Das heißt jetzt Sana-Krankenhaus.“

„Du bist ein Besserwisser, Rüdiger. Genau wie meine Frau. Bin gespannt, wann unsere Handys klingeln.“

Die Handys blieben stumm.

„Aua“, sagte Elvira, lutschte das Blut vom Finger und zog verwundert ein Fleischermesser aus ihrer Handtasche. Roswitha starrte sprachlos auf den Eispickel, der sich in ihren Kulturbeutel verirrt hatte. Die beiden Frauen sahen einander an. Die Feindseligkeit in ihren Blicken bezog sich zum ersten Mal seit Jahren nicht auf die jeweils andere.

„Rüdiger soll sich das Genick brechen!“, knurrte Roswitha.

Elvira nickte.

„Strippen ziehen kann ich auch“, sagte sie, hob zum Nachbarbett die Hand zum Gruß und verkündete: „Nach dem Krieg ist vor dem Krieg.“

Der Fernseher blieb schwarz. Roswitha leistete sich nur ein verschämtes Lächeln, als sie aus den Abendnachrichten erfuhr, dass Schalke gewonnen hatte. Es ging wieder bergauf.

Drei Wochen später klingelten die Handys der beiden Frauen zur gleichen Zeit. Roswitha ging immer noch an Krücken. Elvira nahm sie in ihrem schwarz-gelben Wagen zur Absturzstelle nahe dem Radevormwalder Flugplatz mit. Sie zeigte Geduld, als Roswitha beim Aussteigen lange mit ihren Krücken herumfummelte, ehe sie die Beifahrertür zuschlug, und da dann auch einen Augenblick verharrte. Niemand verstand, weshalb der Segelflieger mit den beiden Männern beim Anflug auf den Flugplatz an der Leye abgestürzt war. Offenbar hatte ein Steuerungselement ausgesetzt, und zwar in einer Höhe, wo sich der Rettungsfallschirm nicht mehr hatte öffnen können. Ein ungewöhnlicher Unfall; da musste irgendwie höhere Gewalt im Spiel gewesen sein. Alle zogen sich respektvoll zurück, als die trauernden Witwen ihre Männer zum letzten Mal in die Arme nahmen.

„Steh auf, wenn du ein Schalker bist!“, zischte Roswitha dem toten Rüdiger ins Ohr.

„Schalalalala“, trällerte Elvira leise und blickte über Hermanns gebrochenes Genick hinweg an den Straßenrand, wo ihr Wagen stand. Entgeistert brach sie ihren Gesang ab. An der Beifahrertür des schwarz-gelben Autos klebte ein Schalke-Emblem.

Auf der Heimfahrt hielt Elvira beim Baumarkt und kaufte neue Farbe. Das unfertige BVB-Logo auf dem Dach musste aufgefrischt und vollendet werden.

Nach dem Krieg ist vor dem Krieg.

Vita:

Martina Kempff ist Autorin, Journalistin und Übersetzerin. Sie wuchs in San Francisco, Berlin und Helsinki auf und zog nach einer Zeit als Redakteurin und Reporterin bei „Berliner Morgenpost“, „Die Welt“ und „Bunte“ nach Griechenland. Später lebte sie in Amsterdam, wo sie ihren ersten von acht historischen Romanen schrieb. Später zog sie in die Eifel, wo unter anderem ihre Karolinger-Frauen-Trilogie entstand, zudem ihre Krimi-Serie um die Hobby-Gastronomin Katja Klein und den belgischen Polizeiinspektor Marcel Langer. Vor vier Jahren ist sie im Bergischen Land sesshaft geworden. www.martinakempff.de

Werner Geismar: Auf Messers Schneide

Das einzeln stehende geräumige zweistöckige Bürgerhaus in Solingen-Gräfrath, erbaut zu Beginn des zwanzigsten Jahrhunderts, das Dach mit Schiefer gedeckt und von bleigrauer Schwere, die Sprossenfenster hoch und schmal, hatte fast ein ganzes Jahr leer gestanden, als an einem Nachmittag im November drei große Umzugswagen vor ihm hielten. Herr Schmidt, der Pensionär, der auf der anderen Straßenseite mehr als fünfzig Meter Luftlinie entfernt in einem kleinen Einfamilienhaus lebte, rief: „Clara, das gibt es doch nicht! In die Villa gegenüber zieht wer ein. Warum haben wir davon nichts erfahren?"

Er wartete die Antwort seiner Frau nicht ab, zog hastig Jacke und Schal an, pfiff nach Oskar, dem Rauhaardackel, nahm ihn an die Leine und überquerte hastig die Straße. Die Ladeklappe des ersten Umzugswagens wurde geöffnet, doch zu seiner großen Enttäuschung konnte Herr Schmidt nur große, geschlossene Umzugskartons erkennen, die bis zum Dach gestapelt waren. Sechs Möbelpacker, kräftige Männer in blauen Overalls, begannen, die Kartons ins Haus zu tragen.

„Alter, mach Platz und steh nicht im Weg herum!", schnauzte ihn einer der Möbelpacker an.

„Schon gut! Man darf ja wohl noch mit seinem Hund Gassi gehen!", erwiderte Herr Schmidt pikiert. Aus den Augenwinkeln beobachtete er einen hochgewachsenen älteren Herrn, korrekt gekleidet in Jackett und gebügelten Hosen, einen Seidenschal um dem ungewöhnlich langen Hals, der für einen Moment in der hohen Eingangstür der Villa erschien und den Möbelpackern den Weg wies. Irgendetwas missfiel Herrn Schmidt an dem Mann.

Vielleicht war es die herrische Kopfbewegung, die zu den ungestümen Handbewegungen, die sie begleiteten, in einem starken Kontrast standen, vielleicht waren es die Blicke, die sich vom Boden zu den Gesichtern der Möbelpacker empor tasteten und auf ihren Gesichtern Spuren der Angst hinterließen.

‚Bestimmt der neue Besitzer! Und in meinem Alter!', machte Herr Schmidt sich Mut. ‚Vielleicht ergeben sich da gewisse Anknüpfungspunkte zu einer letztendlich doch noch erfreulichen Bekanntschaft.'

Doch Herr Schmidt merkte, dass es ihm heute nicht recht gelingen wollte, sich selbst zu belügen. Die Erkenntnis, wer der neue Nachbar in Wirklichkeit sein konnte, traf ihn einige Sekunden verspätet wie die Wirkung eines Leberhakens. Doch Zweifel blieben. Was wollte der denn nach so langer Zeit?

Erst einmal folgte er seinem Rauhaardackel, der an der Leine zog, zu einer schmalen Grünfläche, auf der sein Hund ausführlich schnüffelte und dann sein Geschäft verrichtete. Dabei beobachtete Herr Schmidt, wie die Möbelpacker aus dem zweiten Umzugswagen mit dicken wollenen Decken umhüllte Kästen auf Rollen schoben und damit im Haus verschwanden. Herr Schmidts verstorbener Bruder Erwin, ein Schmetterlingssammler, hatte seine Sammlerstücke in Kästen aufbewahrt, die eine ähnliche Form wie diese aufgewiesen hatten. Dann folgten sorgfältig in Schonbezüge umkleidete Möbelstücke, alle mit merkwürdig scharfen Kanten und Ecken.

Herr Schmidt ärgerte sich ein wenig, dass er nichts Genaues erkennen konnte, zumal die Dunkelheit hereinbrach und es zu nieseln begann. Der Hund zerrte an der Leine und wollte nach Hause zurück. Noch lange stand Herr Schmidt an diesem Abend am Fenster und spähte mit dem Opernglas zu den hell erleuchteten Fenstern der Villa gegenüber. Doch eines nach dem anderen wurden die Fenster von zwei Dekorateuren auf Stehleitern mit undurchsichtigen, schweren Seidenvorhängen verhangen, so dass Herr Schmidt nichts wirklich Interessantes in Erfahrung bringen konnte.

„Hör endlich auf, zur Villa hinüber zu starren, das schickt sich nicht, Ewald!", rief seine Frau aus der Küche, wo sie sich im aussichtslosen Kampf gegen ihre Inkontinenz einen ihrer furchtbar bitteren Kräutertees aufbrühte.

Herr Schmidt schloss seufzend die Vorhänge und legte das Opernglas weg. „Hast du den neuen Besitzer gesehen?“, fragte seine Frau Clara und nippte an ihrem dampfenden Kräutertee.

„Nur kurz“, erwiderte Herr Schmidt. „Er ist in meinem Alter und hält sich so kerzengerade, als hätte er eine Metallstange verschluckt. Außerdem hat er einen Raubvogelkopf, wenn du verstehst, was ich meine.“

Seine Frau antwortete nicht, ihre Inkontinenz ließ sie auf die Toilette eilen.

Auch in den darauffolgenden Monaten mehrte sich Herrn Schmidts Wissensstand über seinen neuen Nachbarn nicht entscheidend. Die Fenster blieben auch tagsüber meist verhangen. Offensichtlich lüftete der neue Nachbar nur des Nachts bei völliger Dunkelheit. Einmal wehten im darauffolgenden Frühling die Klänge eines Klaviers herüber. Herr Schmidt verstand nicht viel von Musik, dennoch erschien ihm das Klavierspiel etwas abgehackt und eintönig. Der neue Nachbar schien das Haus so gut wie nie zu verlassen. Seine Lebensmittel bezog er von einem Lieferservice und von einer Tiefkühlkostfirma. Ab und zu bekam der neue Nachbar Besuch, immer in den Abendstunden. Es handelte sich dabei zumeist um fremdländisch aussehende Männer, die Kästen oder Futterale in die Villa trugen und sie zumeist ohne diese Gepäckstücke verließen.

„Ein seltsamer Mann!“, pflegte Herr Schmidt auszurufen, wenn das Gespräch auf den neuen Nachbarn kam. „Und zweifelsohne ein Geheimniskrämer, der die Öffentlichkeit scheut. Aber ich werde ihm noch auf die Schliche kommen.“

Eine neue Gelegenheit, seinem Ziel etwas näher zu kommen, bot sich Herrn Schmidt an einem der ersten warmen Frühlingstage im April, der einem fast zweiwöchigen Dauerregen folgte. An diesem Samstagmorgen erschien Herrn Schmidt Solingen wie eine alte Dame, die voller Optimismus ihre Falten einfach weg lächelt. Auf dem Parkplatz der Drogeriekette war erst wenig Betrieb und Herr Schmidt stellte seinen altersschwachen Ford direkt gegenüber dem Eingang neben einer Taxe ab. Als er seinen

Wagen abschloss, schickte die Frühlingssonne ein Bündel ihrer schönsten Strahlen über das Flachdach des Drogeriemarktes und umhüllte Herrn Schmidts alten Ford mit ihrem Schimmer. In diesem Moment durchdrang Herrn Schmidt die unabänderliche Gewissheit, dass dieser Wagen der letzte war, den er besitzen würde. Solche Gedanken an ein nahes Ende seiner Tage kamen ihm in letzter Zeit immer häufiger, aber bis jetzt war es ihm noch stets gelungen, sie mit den kleinen Pflichten des Alltags problemlos zu verscheuchen.

Er eilte im Drogeriemarkt in den hinteren Bereich und auf die Regalwand mit den Windeln zu. Die Inkontinenz seiner Frau Clara war so schlimm geworden, dass sie tropfte wie ein Sieb und voller Scham darüber nur noch selten das Haus verließ. Scham war auch der Grund, warum Herr Schmidt den Drogeriemarkt am anderen Ende der Stadt aufsuchte, denn es wäre ihm unangenehm gewesen, wenn ihn einer seiner Bekannten beim Windelkauf beobachtet hätte.

Er hatte sich gerade zu dem Fach mit den Windeln vorgebeugt, als er aus den Augenwinkeln im Hauptgang eine Bewegung wahrnahm. Ein älterer Herr, korrekt in einen eleganten grauen Übergangsmantel gekleidet, die Bügelfalten seiner schwarzen Hose messerscharf, den Raubvogelkopf weit in den Nacken gelegt, den Blick aus nachtschwarzen, tiefliegenden Augen zur Hallendecke gerichtet, in den Armen mehr als ein Dutzend in Folien verpackter Tücher, strebte in einer Art Stechschritt wie ein Soldat bei einer Parade in Richtung Kasse.

Trotz seines fortgeschrittenen Alters hatte Herr Schmidt vorzügliche Augen und ein noch vorzüglicheres Personengedächtnis. Der Mann, der durch den Hauptgang paradierte, war zweifelsohne der neue Nachbar, der Heimlichtuer, der das Licht scheute. Herr Schmidt konnte nur mit Mühe einen Triumphschrei unterdrücken, aber die Überraschung war doch so groß, dass er unter beträchtlichem Zischen die aufgestaute Luft aus seinem Mund entweichen lassen musste. Er stieß die Windeln ins Regal zurück, eilte zum Gangende und lugte um das Eckregal. Von hier aus hatte er die Kasse und ihr kurzes Warenlaufband gut im Blick.

Er beobachtete, wie der neue Nachbar mit einer herrischen Geste voller Arroganz einen Geldschein auf die Theke warf, wobei er die Kassiererin keines einzigen Blickes würdigte, das Wechselgeld mit einer Hand aus dem Geldnapf in die hohle andere Hand schaufelte und achtlos in die Manteltasche stopfte. Als der neue Nachbar den Stapel Putztücher vom Band nahm, konnte Herr Schmidt einen schnellen Blick auf den Markennamen werfen, der auf der Folie aufgedruckt war. Dann verließ der neue Nachbar und große Heimlichtuer den Drogeriemarkt, wobei er die Putztücher so fest gepackt hielt wie ein Raubtier seine Beute. Draußen bestieg er das Taxi, das ohne Verzögerung davon fuhr. Herr Schmidt stellte ernüchtert fest, dass es ihm nicht mehr gelingen würde, die Identität dieses neuen Nachbarn zu verdrängen. Herr Schmidt brauchte einige Minuten, bis er in der hintersten Reihe das Fach mit den Putztüchern entdeckte. Es lagen nur noch zwei Pakete darin, die anderen hatte der neue Nachbar weggeschleppt. Herr Schmidt las sorgsam die Beschriftung mit der Gebrauchsanweisung auf der Rückseite der Folie. Es handelte sich um Spezialreinigungstücher für Silber und alle Arten von Stahl, und sie versprachen bei richtiger Anwendung frischen Glanz und sicheren Schutz vor Anlaufen und Verfärbung.

Wozu brauchte ein Mann ein gutes Dutzend dieser teuren Tücher? Gab es da einen Zusammenhang zwischen den Sammlerkästen auf Rollen, ihrem Inhalt und diesen Putztüchern? Herr Schmidt stand eine ganze Weile vor dem Regalfach, wobei er die Nase kräuselte und den Kopf schlackerte wie ein Spürhund, der Witterung aufgenommen und den Beginn einer Fährte entdeckt hatte.

„Ich werde dir noch auf die Schliche kommen", murmelte Herr Schmidt. Und zum ersten Mal klang in diesem so häufig von ihm gesagten Ausspruch eine Spur von Triumph mit.

In dieser Nacht träumte Herr Schmidt zum ersten Mal, dass es der Tod war, der in der Villa gegenüber eingezogen war. Und dieser Traum sollte ihn nun jede Nacht begleiten bis zu der letzten Nacht, die ihm auf Erden beschieden war.

Die nächste Begegnung mit dem Nachbarn, der so neu nicht mehr war, und dessen Existenz beunruhigend wie ein gefährlich abgekapselter Krankheitsherd sich in Herrn Schmidt eingenistet hatte, erfolgte schon zwei Tage später. Wie jeden Nachmittag, wenn das Wetter so gut war wie heute, nahm Herr Schmidt Oskar, den Rauhaardackel, an die Leine und drehte mit ihm eine Runde. Sie führte ihn wie immer quer über die Straße und bis zur Einfahrt der Villa gegenüber. Aber anders als in den vorangegangenen Monaten schnüffelte Oskar nicht nur flüchtig über die angestaubten Pflastersteine und zog dann in Richtung der schmalen Grünfläche, sondern prüfte ausführlich eine Geruchsspur, die er bis zum Straßenrand zurückverfolgte, um dann Halt zu machen, woraufhin er Herrn Schmidt einen auffordernden Blick zuwarf, einmal sein heiseres Bellen ausstieß und dann über die Straße wollte.

Herr Schmidt war sicher, dass Oskar die Spur des lichtscheuen Nachbarn aufgenommen hatte.

„Braver Hund!“, rief er und folgte Oskar über die Straße. Den Kopf so tief, dass sein graues Kinnhaar fast den Boden berührte, schnürte Oskar, immer exakt in der Mitte des Bürgersteigs, ein paar hundert Meter und um drei Straßenecken, bis er vor der gläsernen Eingangstür des Klingenmuseums anhielt, den Kopf hob, Herrn Schmidt einen langen, aufmerksamen Blick zuwarf und wieder sein kurzes, heiseres Bellen ausstieß. Diesmal fühlte sich Herr Schmidt verpflichtet, trotz seiner fortgeschrittenen Arthrose im rechten Knie in die Hocke zu gehen, den Kopf des Rauhaardackels mit beiden Händen zu umschließen und mit den Daumen das Haupthaar seines Hundes, das sich unangenehm wie Drahtwolle anfühlte, zu verwuscheln. „Außerordentlich braver Hund!“, lobte er das Tier.

Der freie Vorplatz des Museums bot kaum Deckung und so entschied Herr Schmidt, vor dem Museum auf und ab zu gehen und dabei einen so unauffälligen Eindruck wie möglich zu machen. Er hatte gerade die Längsseite des Vorplatzes abgeschritten, als er die hohe, kerzengerade aufgerichtete Gestalt des Nachbarn erblickte, der aus den Ausstellungsräumen ins Foyer trat, den Blick an die Decke gerichtet, die Lider über den tief liegenden Augen fast geschlossen, die Mundwinkel verächtlich herabgezogen. Instinktiv stellte Herr Schmidt den Kragen seiner Jacke hoch und zog den Kopf zwischen seine Schultern. Der Nachbar verharrte eine ganze Weile in dieser Haltung und wie geistesabwesend im Foyer, was Herrn Schmidt die Gelegenheit gab, sich langsam und ohne Hast seitwärts auf den ersten der drei Busse zuzubewegen, die auf dem Parkplatz standen. Er erreichte den ersten Bus gerade noch rechtzeitig, bevor der Nachbar das Museum verließ, und ging hinter ihm in Deckung, wobei er Oskar auf den Arm nahm und ihm mit einer Hand das Maul zuhielt.

In seinem abgehackten Stechschritt, zu dem die Bewegungen seiner Arme, die er in asymmetrischen Schwüngen seitlich weit weg vom kerzengerade aufgerichteten Körper warf, nicht recht passen wollten, marschierte der neue Nachbar auf den Bus zu und an ihm vorbei, wobei er in einer Art Selbstgespräch Satzfetzen in einem Ton ausstieß, der vor Verachtung triefte. „Wertloser Tand!“, vernahm Herr Schmidt und: „Völlig unbrauchbarer Kram!“ Die Worte wurden zwischen den dünnen Lippen des Nachbarn derart hervor gepresst, dass sie so scharf klangen, als könne man sich daran verletzen.

Herr Schmidt wagte es nicht, dem Nachbarn zu folgen, denn der Weg bot kaum Deckung. Dann beobachtete er, wie einer der Museumswärter das gläserne Foyer verließ und dem Standaschenbecher auf dem Vorplatz zustrebte. Er kannte den Mann, ein früh pensionierter Drahtzieher, der seine kleine Rente im Museum etwas aufbesserte. Sie hatten als Kinder im gleichen Verein Fußball gespielt. Vielleicht konnte er von ihm etwas über den unzufriedenen Besucher des Museums in Erfahrung bringen.

Er verließ die Deckung hinter dem Besucherbus und zog den widerstrebenden Oskar in Richtung des Aschenbechers, wobei er umständlich aus den Tiefen seiner Jackentasche eine zerknitterte Packung Zigaretten kramte. Am Aschenbecher angekommen, begrüßte er den Museumswärter mit Vornamen und Handschlag und steckte sich eine Zigarette an. Da er nur noch selten rauchte, erstickte ein Hustenanfall die ersten beiden Züge, aber Herr Schmidt paffte tapfer weiter. Nach ein paar belanglosen Worten über das schöne Frühlingswetter sagte der Museumswärter plötzlich: „Heute war ein echt komischer Vogel im Museum, so ein langer, dünner Kerl mit einer Nase im Gesicht, die so spitz war, dass man Angst bekommen konnte, sich daran zu schneiden", begann der Mann. „Stell dir vor, dieser Typ winkt mich plötzlich mit so einer Bewegung heran, als wäre ich ein Sklave oder etwas in der Art. Dann schaut er über mich hinweg, als wäre ich es nicht wert, von ihm beachtet zu werden, und fragt: Haben Sie auch Klingen mit echtem Blut dran?" Der Museumswärter hieb mit der Faust in die Innenseite seiner flachen Hand. „Stell dir vor, Ewald, dieser Verrückte wartet meine Antwort erst gar nicht ab, sondern gibt sie selbst. *Haben Sie natürlich nicht!*, sagt er. Dabei lacht er so hämisch, dass mir ein kalter Schauer über den Rücken rieselt, macht auf dem Absatz kehrt und marschiert zurück in die Eingangshalle."

„Ja, die Bekloppten sterben nicht aus!", erwiderte Herr Schmidt, drückte seine halb gerauchte Zigarette aus und verabschiedete sich von seinem Jugendfreund.

Zu Oskars Lebensrhythmus gehörte die Schnelligkeit nicht mehr, er hatte sie aus seinem Hundebewusstsein getilgt. Deswegen versteifte sich sein ganzer Leib, als Herr Schmidt ein ungewöhnlich hohes Tempo aufnahm, so dass sein Herrchen vergebens versuchte, ihn an der Leine hinter sich her zu ziehen, ohne das Tempo zu verringern. Es blieb Herrn Schmidt nichts anderes übrig, als den Hund auf den Arm zu nehmen, wobei Oskar sein graues Kinnhaar auf Herrn Schmidts Schulter presste und alle paar Meter ein ärgerliches Knurren ausstieß.

Herr Schmidt erreichte die letzte Häuserzeile, wo das stattliche Bürgerhaus in sein Blickfeld kam, gerade noch rechtzeitig, um mitzubekommen, wie der neue Nachbar, dieser zwielichtige Mann und Geheimniskrämer, die Einfahrt hinauf eilte. Doch anstatt die hohe zweiflüglige Eingangstür aufzuschließen, zwängte sich der Mann durch die schmale Lücke zwischen Haus und Garage und verschwand im schmalen Durchgang.

Herr Schmidt setzte seinen Rauhaardackel zu Boden und hielt ihn so kurz an der Leine, dass er nicht hinter dem Eckhaus hervor konnte. Zum Glück verließ Peter Erkenschwick, ein pensionierter Postbeamter, den er auf einer Kaffeefahrt zum Drachenfels kennen gelernt hatte, das Eckhaus und begann, seinen alten Kombi mit Mülltüten voller abgeschnittener dürrer Äste zu beladen. Herr Schmidt bot sofort an, seinem Bekannten beim Beladen des Fahrzeugs behilflich zu sein, stach sich dabei mehrmals an spitzen Dornen, weil er nicht so genau hinschaute, sondern den schmalen Durchgang zwischen Garage und Hauswand der einzeln stehenden Villa im Blick behielt.

Das Beladen des Kombis hatte keine zehn Minuten in Anspruch genommen. Herr Schmidt wusste, dass Peter Erkenschwick ein starker Raucher war und bot ihm aus der zerknitterten Packung, die er schon mehr als ein halbes Jahr mit sich in der Jackentasche herumtrug, eine Zigarette an. Während sie rauchten, erkundigte sich Peter Erkenschwick nach Clara, die man nur noch so selten zu Gesicht bekäme. „Ihre Nieren bereiten uns und den Ärzten großes Kopfzerbrechen“, erwiderte Herr Schmidt und warf seinem Bekannten einen so düsteren Blick zu, dass dieser lieber nicht weiter nachfragte.

Es waren zwanzig Minuten verstrichen, als Peter Erkenschwick schließlich losfuhr, um seine Gartenabfälle in der Städtischen Kompostierungsanlage im Bärenloch zu entsorgen. Herr Schmidt ruckte an der Leine und zog Oskar mit sich. Er war so gut wie sicher, dass es auf der Rückseite der Villa einen zweiten Eingang geben musste. Denn der neue Nachbar war nicht so gekleidet, um im Garten einer Arbeit nachzugehen. Dennoch stellte er sich, zu Hause angekommen, eine geschlagene Stunde ans Fenster und beobachtete mit dem Opernglas Durchlass und Fenster. Als er hinter einem der schweren seidenen Vorhänge an einem der Fenster im ersten Stock eine solche Bewegung wahrnahm, als habe ihn ein Ellbogen im Vorübergehen leicht berührt, war sich Herr Schmidt so gut wie gewiss, dass der Heimlichtuer von neuem Nachbar die Villa durch einen Hintereingang betreten haben musste.

Herr Schmidt hatte in seinem langen Leben die Erfahrung gemacht, dass man den Dingen Zeit geben musste, zu reifen. Heute war er zum ersten Mal von der Gewissheit durchdrungen, dass die Sache mit dem neuen Nachbarn den nötigen Reifegrad erreicht hatte, um selbst aktiv zu werden und die Ernte einzufahren. Er dachte eine Weile nach, dann öffnete er im Flur die Tür zur Abstellkammer und begann, in den staubigen Kartons zu wühlen, in denen er die Relikte seiner Vergangenheit aufbewahrte.

„Ewald, hör auf, in den alten Sachen zu stöbern!“, rief seine Frau Clara aus dem Wohnzimmer, in dem sie vor dem Fernseher saß und mit einer der schwachsinnigen Vorabendserien ihre Angst vor dem, was kommen mochte, zu übertünchen versuchte. „Danach ist wieder alles in Unordnung! Du weißt, dass ich das nicht mag!“

‚Warum klammern sich manche Menschen so sehr an ihre Hilflosigkeit?‘, dachte Herr Schmidt, wobei er beruhigend sagte: „Ich mach auch wieder Ordnung, das weißt du doch!“

Dann hatte er gefunden, wonach er gesucht hatte, und trug ein verstaubtes Fotoalbum und einen an den Ecken abgestoßenen Aktenordner in die Ecke des Wohnzimmers, in der sein Schreibtisch stand. Zuerst blätterte er das Fotoalbum durch, in das kleine Schwarzweißfotos mit breiten, gezackten Rändern geklebt waren. Manche waren so vergilbt, dass man kaum noch etwas auf ihnen erkennen konnte, andere waren von Wasserflecken entstellt. Sein Blick ruhte lange auf ein paar Fotos, die eine Gruppe zwölfjähriger Jungs in der Kluft der Jungpfadfinder zeigten, die den ausgelegten Spuren einer Schnitzeljagd folgten. Die Fotos zeigten ihn, den jungen Schmidt, stets an der Spitze des Trupps, die Ärmel seines Hemds tatendurstig aufgekrempelt, in den Händen einen Zettel, auf denen die Aufgaben jeder Station geschrieben standen. Auf zwei der Fotos sah man recht deutlich die Rückseite der einzeln stehenden Villa, deren gepflegter Garten, in dem sich Blumenrabatte mit Ziersträuchern abwechselten, von einem hohen Zaun mit einer mehr als ein Meter hohen Stacheldrahtkrone umgeben war. An der rechten äußeren Ecke des Zaunes wuchs eine windschiefe, knorrige Kiefer, deren Stamm in Hüfthöhe mit einem sanften Steigungswinkel zwei Meter Höhe gewann, um dann in einem scharfen Knick fast waagerecht den Zaun zu überragen. Ihr struppiges Astwerk reichte weit und tief hinab in den Villengarten. Die Enden der überhängenden Zweige berührten fast das Flachdach eines Geräteschuppens, der auf der anderen Seite des Zauns in der Gartenecke errichtet war.

Die Aufnahmen waren vor mehr als fünfundfünfzig Jahren

entstanden und seitdem hatte sich das Stadtbild stark verändert, aber Herr Schmidt war guten Mutes, dass die Zeit diesen selten besuchten Flecken Erde übersehen hatte wie so manch andere Orte in Solingen-Gräfrath, die in einem hundertjährigen Dornröschenschlaf versunken schienen. Und wenn dem so war, erschien es Herrn Schmidt selbst für einen Mann mit Arthrose im rechten Knie nicht unmöglich, an dieser Stelle den Zaun zu überwinden und in den Garten einzudringen.

Er klappte das alte Fotoalbum zu, blies den Staub vom Aktenordner, seufzte und öffnete ihn, wobei seine Hände zu zittern begannen. Er hatte diesen Aktenordner, dem er den Namen „Buch der Niederlagen" gegeben hatte, seit vielen Jahren nicht mehr angefasst. Ab einem gewissen Alter hatte er sich gescheut, sich mit den ungelösten Fällen seiner kriminalistischen Laufbahn zu beschäftigen, so als könne er dadurch die Geister der Vergangenheit wieder zum Leben erwecken. Er blätterte die Seiten mit vergilbten Zeitungsausschnitten, aufgeklebten Briefumschlägen mit Fotos von Tatorten, Gedächtnisprotokollen und Skizzen durch, bis er zu den Aufzeichnungen gelangte, die er sich damals zu dem Fall des Messermörders gemacht hatte. Drei Jahre hatte er damit verbracht, auf die Spur des vermeintlichen Täters zu kommen. Er öffnete den Umschlag, in dem er ein vergilbtes Foto des mutmaßlichen Täters aufbewahrte. Er hatte es von Anfang an gewusst, als er den neuen Nachbarn bei seinem Einzug in der schwach erleuchteten Tür der Villa gesehen hatte: Diesen Raubvogelkopf, diese schweren, tief herabgezogenen Augenlider, diese bald verächtlich herabgezogenen und im nächsten Moment aufbrausend gebleckten Lefzen – es gab gewisse charakteristische Details in Gesichtern, die ein fortschreitendes Alter nicht verdeckten, sondern im Gegenteil umso schärfer und unverhüllter hervortreten ließen.

Der Prozess, den er so akribisch vorbereitet hatte, endete in einem Fiasko. Der Angeklagte hatte einen Verteidiger engagiert, dem der Ruf vorauseilte, einer der Besten seiner Zunft zu sein. Und dieser Verteidiger verfolgte eine perfide Marschrichtung und schoss sich nicht etwa gegen den Staatsanwalt und seine Anklageschrift, sondern gegen ihn ein, den Kriminalbeamten, der die Ermittlungen geleitet hatte und den der Verteidiger stets nur „diesen Herrn Schmidt mit dt“ zu titulieren pflegte. Der Prozess endete mit einem Freispruch des Angeklagten mangels Beweisen. Es erschien Herrn Schmidt, dass der neue Nachbar hergezogen war, um die Vergangenheit und ihn zu verhöhnen und über beide zu triumphieren.

„Ich nehme meine Schlaftabletten und lege mich hin“, vernahm er die Stimme seiner Frau Clara, die in der Wohnzimmertür stand. „Und du hör auf, in den alten Sachen zu stöbern. Es bringt nichts Gutes, wenn man die Vergangenheit nicht ruhen lässt.“

Clara wusste so gut wie er, dass man die Gespenster der Vergangenheit nicht ruhen lassen kann, sie stehen in den Ecken herum, schneiden ganz katholische Gesichter und winken einem zu, ob man nun will oder nicht. Manchmal glaubte er, dass Clara selbst gar nicht mehr wirklich, sondern schon seit Jahren eines dieser Gespenster der Vergangenheit war.

Aufseufzend klappte er den vergilbten Aktenordner zu und trug ihn zusammen mit dem alten Fotoalbum zurück in den Abstellraum. Als er ihn verließ, hörte er Clara im Schlafzimmer rascheln. Es klang, als würde welkes Herbstlaub durch die Straßen geweht.

Herr Schmidt setzte sich zurück an den Schreibtisch und lauschte auf die immer leiseren Geräusche, die aus dem Schlafzimmer drangen und die schließlich ganz erstarben. Jetzt blieb ihm nur noch zu lauschen, wie die Zeit verrann. Dann tastete er über die Rückseite des Schreibtischs, drückte dort eine Sprungfeder und hob einen Kasten heraus. Er öffnete ihn und band sich die Scheide mit dem Wurfmesser darum um die rechte Wade. Dinge, die ein besonderes Maß an Geschicklichkeit erforderten, erledigte Herr Schmidt mit der linken Hand, außer Schreiben, das tat er mit rechts.

Dann beugte er sich über die Rückfront des Schreibtischs und tastete mit der linken Hand in dem schmalen Schacht, in dem die Kassette gesteckt hatte, und löste das Klebeband, mit dem der sechsschüssige Revolver samt zweier Halfter und zweier Patronenschachteln in einer seitlichen Aussparung festgeklebt waren. Er lud den Revolver, zog sein Hemd aus und schnallte einen leeren Halfter unter die Achsel, den zweiten Halfter mit dem Revolver aber so auf den Rücken, dass der Knauf der Waffe gerade noch vom Kragen seines Hemdes verdeckt sein würde. Dann ordnete er seine Kleidung, ging in den Flur, nahm den kleinen Rucksack, der auf dem Garderobenbrett lag, steckte eine Taschenlampe hinein, die Saugnäpfe und den Glasschneider, das zusammenklappbare Gestänge mit den Haken und der Schnur, zog seine Windjacke an und nahm die Hundeleine. Oskar wartete schon an der Tür.

Es war ein lauer Frühlingstag gewesen, doch Solingen behielt so manche Ruppigkeiten für seine Bewohner stets in der Hinterhand. Der Wind hatte abgekühlt und blies in starken Böen aus wechselnden Richtungen durch die Straßen.

Als wisse er, dass es heute Abend nicht in die gewohnte Richtung gehe, zog Oskar nach Verlassen des Hauses nach rechts und hielt sich in den Schatten der Reihenhäuser. Herr Schmidt warf einen kurzen Blick über die Schulter zur einzeln stehenden Villa, deren Fenster im Parterre alle hell erleuchtet waren, was er bisher außer am Einzugstag noch nie beobachtet hatte. Als er am Ende der Reihenhäuser einen zweiten Blick zurück warf, erstrahlten auch die Fenster im zweiten Stockwerk in hellem Glanz, so als träfe man im Haus letzte Vorbereitungen für ein Fest.

Als er in die nächste Querstraße bog, die leicht bergan führte, bemerkte er den staubbedeckten Wagen, der mit aufgeblendeten Scheinwerfern im Schritttempo nahe des Bürgersteigs fuhr. Als die Scheinwerfer ihn erfassten, erhöhte der Wagen seine Geschwindigkeit kurzfristig, nur um dann dicht vor ihm zu stoppen. Der Wagen hatte ein französisches Kennzeichen. An der Fahrerseite wurde das Fenster heruntergelassen und ein Mann in mittleren Jahren, das schwarze Haar straff zurückgekämmt, den obersten Kragenknopf seines klein gemusterten blauen Hemdes geöffnet, streckte den Kopf hervor. Sein Mund verzog sich zu einem Lächeln, das offen und freundlich wirken sollte, was dem Fahrer aber völlig misslang, wodurch die dahinter verborgene Niedertracht zum Vorschein gebracht wurde.

„Entschuldigen Sie, mein Herr, ich suche diese Adresse!“,

sagte der Fahrer mit einem ausgeprägten französischen Akzent und einer quäkenden Stimme, die Herrn Schmidt stark an einen aufgeblasenen Frosch erinnerte, und hielt ihm einen Brief so hin, dass nur eine untenstehende Adresse lesbar war. Dabei beugte er sich weit aus dem Seitenfenster vor, so dass sein klein gemustertes Hemd über den Achseln spannte. Dieser Mann trug zweifelsohne eine Waffe im Schulterhalfter. Herrn Schmidts Neugier war vollends geweckt, als er die Adresse las.

„Das muss hier ganz in der Nähe sein", sagte Herr Schmidt, trat einen Schritt vor und runzelte die Stirn, wobei er einen Finger an die Nasenwurzel legte, wie es Menschen zu tun pflegen, die angestrengt nachdenken. Er starrte eine Weile ausdruckslos und mit scheinbar leerem Blick vor sich hin, wobei ihm nicht entging, dass auf der zweigeteilten Rückbank des Wagens eine abgewetzte, mit Flecken übersäte Lederschatulle lag.

„Sie wissen nicht zufälligerweise, wie das Haus ungefähr aussieht?", fragte Herr Schmidt.

Der Fahrer schüttelte den Kopf. „Nein, tut mir leid, ich habe keine Ahnung."

„Wissen Sie, die Straße ist leicht zu finden, Sie fahren bis ans Ende dieser Straße, biegen nach rechts und dann gleich wieder links ab", sagte Herr Schmidt. „Das Problem ist die Hausnummer. Die Häuser auf der linken Seite haben alle gerade Nummern."

„Dann suche ich halt auf der rechten Seite", meinte der Mann.

„Das Problem ist, auf der rechten Seite steht nur ein einzelnes Haus, aber das ist seit Jahren unbewohnt", meinte Herr Schmidt. Dann schlug er sich mit der flachen Hand vor die Stirn. „Moment mal, als ich vorhin mit meinem Oskar dort entlang spaziert bin, brannten alle Lichter in diesem Haus! Vielleicht ist ja doch wieder jemand in den alten Kasten eingezogen?"

„Und sonst gibt es auf der rechten Seite keine anderen Häuser?", vergewisserte sich der Fahrer.

„Doch, aber erst wieder fast am Ende der Straße. Die Hausnummern dort sind zwar ungerade, aber alle im zweistelligen Bereich." Als er den fragenden Blick des Fahrers bemerkte, fügte er hinzu: „Alle über elf, aber Sie suchen ja Haus Nummer drei. Soll denn da etwas Bestimmtes sein? Ein Büro, ein Geschäft oder ein Hotel? Ein kleines Hotel liegt nämlich ganz am Ende der Straße."

„Nein, es müsste ein Privathaus sein", sagte der Mann. „Und ein kleines Haus ist es bestimmt nicht, denn der Mann, den ich suche, soll eine große Sammlung besitzen."

„Kommt drauf an, was der Herr sammelt", meinte Herr Schmidt. „Selbst eine große Briefmarkensammlung benötigt nicht viel Platz."

„Nein, nein, Briefmarken sind es nicht", sagte der Fahrer und hielt Herrn Schmidt eine Packung Zigaretten entgegen, die neben ihm auf dem Beifahrersitz gelegen hatte. „Darf ich Ihnen eine Zigarette anbieten?"

„Ja, gerne!", erwiderte Herr Schmidt und nahm eine der filterlosen Zigaretten, die mit tief schwarzem Tabak gestopft waren und deren Marke ihm unbekannt war.

Als er sich die Zigarette angezündet und den erste Zug getan hatte, schüttelte ihn ein Hustenanfall durch, den er erst nach einer geraumen Zeit unterdrücken konnte. „Darf ich raten?", fragte er, nachdem er seine Stimme wieder in der Gewalt hatte. „Solingen ist die Stadt der Klingen, der Messer und der Scheren. Hat die Sammlung etwas damit zu tun?"

„Im Prinzip schon", erwiderte der Fahrer, dessen Gesicht plötzlich verschlossen und abweisend wirkte. „Aber sehr speziell!"

„Und Sie wollen diesem Sammler ein Sammelstück anbieten, nehme ich an? Das muss ja schon etwas Besonderes sein, wenn Sie den weiten Weg von Bordeaux bis nach Solingen auf sich genommen haben", sagte Herr Schmidt.

Der Fahrer antwortete hierauf nicht, sondern bückte sich zur Seite und drückte die Zigarette im Aschenbecher unter dem Radio aus.

„Manche Sammler sind seltsame Vögel", fuhr Herr Schmidt fort. „Sie stecken voller fixer Ideen, besonders wenn sie sich allzu sehr in ihre Sammelwut hineinsteigern. Da würde ich Vorsicht walten lassen, zumal Sie den Mann offensichtlich heute zum ersten Mal sehen."

„Das lassen Sie meine Sorge sein“, sagte der Fahrer und ließ den Motor an. „Ich versuche es mal bei dem Haus, von dem Sie gesagt haben, es habe so lange leer gestanden.“

„Viel Glück“, sagte Herr Schmidt, blickte dem davon fahrenden Wagen nach und zertrat die Zigarette im Rinnstein. Dann schnallte er den Rucksack ab, setzte Oskar hinein, dem die Schnelligkeit abhanden gekommen war, und eilte mit weit ausholenden Schritten die kleine Anhöhe hinan.

Der Pfad durch das struppige Gehölz war morastig. Ab und zu, wenn eine Maus im Unterholz raschelte, stieß Oskar im Rucksack, aus dem nur noch sein Kopf ragte, ein leises Knurren aus. Dann hatte Herr Schmidt das Gehölz hinter sich gelassen und warf einen Blick hinab auf Gräfrath, das zu dieser Stunde wie ausgestorben unter ihm lag. Es erschien Herrn Schmidt, dass er von den steilen Rängen eines Theaters hinab schaute auf eine Bühne, auf der immer das gleiche Kammerspiel gegeben wurde.

Hier hatte sich nichts verändert, es schien, als sei diese Ecke in einem andauernden Dornröschenschlaf versunken. Die verkrüppelte Kiefer ragte noch immer über den Zaun mit seiner Stacheldrahtkrone, in der sich Papierfetzen und Gräser verfangen hatten und im Wind wehten wie die Bärte gesichtsloser Krieger, der Geräteschuppen schien seit vielen Jahren nicht benutzt worden zu sein. Die Teerpappe auf dem Flachdach hatte sich an einigen Stellen gelöst, die Tür hing schief in den Angeln. Am besten, er würde auf den Außenbalken balancieren, die sahen noch einigermaßen stabil aus.

Als er durch den ungepflegten Garten hastete, in dem noch das verfaulende Laub des vergangenen Herbstes moderte, glaubte er, aus der alten Villa, deren Rückseite dunkel und verlassen vor ihm aufragte, erstickte Schreie zu hören, aber es konnte auch der Wind sein, der weiter aufgefrischt hatte und um die Hausecken pfiff. Die schmale hohe Hintertür, die von der Rückseite des Hauses in den Garten führte, schien neu zu sein und war aus massivem, matt poliertem Stahl und fest verschlossen. Herr Schmidt ließ seine Blicke an der Hausfassade entlang gleiten, die auf der Rückseite schmuddelig und an manchen Stellen mit Flechten und Moos bewachsen war und so gar nicht zu der herausgeputzten Vorderfront passte. Die Fenster waren mit dicken, massiven Gittern versehen, bis auf ein schmales Eckfenster, das blind vor Staub und Schmutz war und so schmal, dass sich ein Mann nur seitlich hindurchzwängen konnte. Herr Schmidt säuberte die Scheibe, befeuchtete die Saugnäpfe mit Spucke, drückte sie auf das Glas und verklemmte das Gestänge so im morschen Rahmen, dass die Scheibe nicht nach innen fallen konnte. Dann bestrich er die Kanten des Glases daumenbreit mit einer zähen, weißen Paste und setzte den Glasschneider an. Der erste Schnitt war der wichtigste, denn wenn das Glas danach zu splittern begann, war alles vergebens.

Herr Schmidt arbeitete schnell und präzise. Nach kaum mehr als fünf Minuten löste er die Verschraubungen des Gestänges und hob das Glas aus dem Rahmen. Dann ließ er den Rucksack in die Kammer dahinter auf den Boden und zwängte sich durch den schmalen Durchlass hinein. Die Kammer war mit allerlei Gerümpel zugestellt, es roch nach Staub und vermoderndem Papier. Herr Schmidt tastete sich durch das Gerümpel und fand die Kammertür unverschlossen. Als er in dem schmalen, dunklen Flur stand, begann Oskar im Rucksack zu scharren und zu fiepen. Er schnallte den Rucksack ab, holte die Taschenlampe und Oskar hervor und flüsterte in sein Ohr: „Bei Fuß, Oskar!" Wenig später trippelte der Rauhaardackel neben ihm her über die dunkelbraun gebeizten Dielen des engen Flures, an dessen Decke lange Staubfäden und ein Heer von Spinnweben im schwachen Schein der Taschenlampe, die Herr Schmidt mit den Fingern einer Hand abgedeckt hatte, schon beim geringsten Lufthauch gespenstisch wehten und anzeigten, dass dieser Flur so gut wie nie benutzt wurde.

Er endete an einer Tür zu einem weiteren Flur, der zum Hintereingang der Villa führte. Dieser Flur war blitzblank, links und rechts standen deckenhohe Regale aus matt poliertem Stahl, angefüllt mit alten Büchern und Zeitschriften, darunter alle Jahrgänge der *Zeitschrift für historische Waffenkunde* und alle Jahrbücher der *Knives*. An diesen Flur schloss sich ein kleiner Salon an. An seinen hohen Wänden waren Dutzende von Macheten aller Größen angebracht, manche alt und schartig, andere hatten mit geschliffenen Edelsteinen bestückte Griffe, wiederum andere schienen ganz neu und aus einer Art Massenproduktion zu stammen. Doch alle hatten etwas gemeinsam: Ihre polierten Klingen wiesen dunkle, rostbraune Flecke auf, die offensichtlich beim Wienern und Polieren ausgespart worden waren.

Herr Schmidt trat dicht an eine doppelschneidige Machete heran und begutachtete den großen bräunlichen Fleck an ihrer Spitze. Er war sich nicht sicher, aber hierbei konnte es sich durchaus um eingetrocknetes Blut handeln. Das einzige Möbelstück, das die Mitte des Salons einnahm, war eine Art eisernes Streckbett, wie es bei der Inquisition als Folterinstrument sehr beliebt gewesen war. Keine einzige Roststelle war zu erkennen, es glänzte wie frisch poliert, nur auf seiner Liegefläche gab es ähnliche braune Flecke wie auf den Macheten. Dem kleinen Salon schloss sich ein großer an, von dem eine weit geschwungene Freitreppe in die obere Etage führte. Dieser Raum war angefüllt mit Vitrinen auf Rollen, in denen Messer aller Größen und Arten aufbewahrt waren. Einige Sitzmöbel standen an den Wänden, aber ihre besondere Eigenart war, dass sie vollständig aus matt poliertem Stahl bestanden und keinerlei Polster zur Bequemlichkeit beitrugen. Auch die großen Schränke, die Tische, der große Lüster, der von der hohen Decke hing, einfach alles in diesem Raum war aus blankem Stahl, was ihm ein bedrohliches Aussehen verlieh und bei Herrn Schmidt ein unwillkürliches Frösteln verursachte.

Jetzt drang aus der oberen Etage gedämpft und unverständlich der scharfe Klang einer herrischen Stimme herab. Es war ein unverwechselbarer Klang, der in Herrn Schmidts Seele tiefe, nie verheilende Stiche hinterlassen hatte. Er atmete tief durch und stieg langsam die Treppe hinauf, wobei er darauf achtete, auf den ausgetretenen Stufen kein Geräusch zu machen. Die Stahltür am Ende der Treppe war unverschlossen, er öffnete sie einen Spalt und gleißende Helligkeit blendete ihn.

Der hohe Raum dahinter war vollständig schwarz ausgemalt und bildete einen starken Kontrast zu dem weißen, unbarmherzig grellen Licht, das aus unzähligen Strahlern flutete, die im Boden, in den Wänden und an der Decke eingelassen waren.

Das Licht war so grell und seine Quellen so viele, dass nichts im Raum auch nur die Spur eines Schattens werfen konnte. In der Mitte des großen Raumes stand eine Art Schlachtbank, an deren rechter Seite ein Gestell mit Schienen angebracht war. An diesen Schienen hingen Fleischerhaken verschiedener Größen, die an den Schienen vor, zurück und zur Seite bewegt werden konnten. An einem der Haken hing der Mann, der Herrn Schmidt nach dem Weg gefragt hatte. Er war mit Stahltrossen an Armen und Beinen gefesselt, sein Mund war mit einem breiten, dünnen und biegsamen Stahlband, das wie ein Gürtel um seinen Kopf gespannt war, fest verschlossen. Auf einem Tisch lag eine Reihe von Fleischermessern und Knochensägen verschiedener Formen und Größen bereit, in einem Abstand von ein paar Metern davor eine offene Vitrine mit zierlichen Federmessern mit langen schmalen Griffen aus Elfenbein, neben dem der neue Nachbar stand, der eine bodenlange, blütenweiße Metzgerschürze umgebunden hatte. Das schweißnasse Haar hing tief in seine Stirn, vor Erregung hatten sich weiße Spuckebläschen in seinen Mundwinkeln gebildet. Er griff mit einer blitzschnellen Bewegung eines der Federmesser an der Klinge und schleuderte es auf den Mann am Fleischerhaken. Es bohrte sich neben dem Dutzend anderer Federmesser bis zum Heft in die linke Schulter des Mannes, aus der er so stark blutete, dass seine Kleidung sich dunkelrot zu färben begann und von seinen zuckenden Beinen erste Blutspritzer die Schlachtbank besudelten.

„Sie hätten sich für Ihren Betrugsversuch besser vorbereiten müssen!“, schrie der neue Nachbar und alte Widersacher von Herrn Schmidt, wobei sich seine Stimme am Ende eines jeden Satzes überschlug. „Sie hätten es in Dutzenden von Büchern und Dokumenten nachlesen können, dass Pierre Vincent Eliçabide das Mordmesser, mit dem er Mutter und Tochter die Kehle durchgeschnitten und die zahlreichen Schnitte im Gesicht versetzt hatte, zusammen mit dem Hammer, mit dem er ihre Schädel zertrümmerte, in die Mistgrube des Wirtshauses in Bordeaux geworfen hatte, wo es auch gefunden worden war. Das Messer aber, mit dem er Wochen zuvor dem Knaben und Sohn der Mutter in Paris die Kehle durchgeschnitten hatte und das Sie auf so unverschämte Weise mit plump gefälschten Echtheitszertifikaten für teures Geld verkaufen wollen, dessen hatte er sich drei Tage nach der Tat entledigt und es vom Pont Rohal in die Seine geworfen, in der es nie gefunden wurde."

Dem neuen Nachbarn und alten Feind stand der Schaum in den Mundwinkeln und er spritzte zur Seite weg, als er fortfuhr: „Ich werde dem wertlosen Messerlein, das Sie mir für teures Geld unterschieben wollten, einen neuen, unermesslichen Wert geben, indem ich mit seiner Schneide Ihre Kehle durchtrennen werde!"

Jetzt griff der neue Nachbar mit beiden Händen in den Kasten und warf zwei Federmesser gleichzeitig in die rechte Schulter des Mannes am Haken, um erneut in den Kasten zu greifen und weitere Messer folgen zu lassen.

Herr Schmidt nutzte die Gelegenheit, gab dem Rauhaardackel das Zeichen, sich seitlich durch die Büsche zu schlagen, wie sie es so oft auf dem Übungsplatz des Dackelvereins trainiert hatten, und schlüpfte, nachdem er sich überzeugt hatte, dass Oskar seine Position unter der Rollvitrine erreicht hatte, selbst durch den Spalt. Die volle Wucht des grellen Lichtes traf Herrn Schmidt, der sich seit mehr als einer Stunde im Dunkeln bewegt hatte, so hart, dass gleißende Blitze ihn blendeten und er zur Seite taumelte, wobei er seinen linken Arm nach oben bewegte, um den sechsschüssigen Revolver aus dem Rückenhalfter zu ziehen.

In diesem Moment wirbelte der neue Nachbar, von dem er nur die Konturen wahrnahm, so dass der Mann ihm zweidimensional wie ein Scherenschnitt erschien, herum und schleuderte ein Federmesser, das Herrn Schmidts linke Hand auf seine rechte Schulter nagelte.

„Herr Schmidt mit dt, wie schön, dass Sie sich endlich aufgerafft haben, damit wir's nach so vielen Jahren heute zu Ende bringen können!", kreischte der neue Nachbar und alte Widersacher. „Wie fantasielos von Ihnen, Ihre mitgeführte Waffe im Schulterhalfter umgeschnallt zu haben. Ich werde Ihr Schultergelenk jetzt mit einem Messer sprengen, das dafür besonders geeignet ist." Als er sich über die offene Vitrine beugte und aus einem der Fächer ein armlanges, auf beiden Seiten geschliffenes

Wurfmesser hervorzog und Schwung holte, ertönte ein heiseres Knurren. Oskar war unter der Rollvitrine hervorgekrochen und grub seine alten, aber noch stabilen Schneidezähne in die rechte Wade des Messerwerfers.

Das gab Herrn Schmidt die Gelegenheit, sich nach links fallen zu lassen und im Fallen mit der rechten Hand den sechsschüssigen Revolver aus dem Rückenhalfter zu ziehen. Das Wurfmesser bohrte sich seitlich von Herrn Schmidt tief in die schwarze Wand, wobei es noch eine ganze Weile hin und her federte.

Der neue Nachbar und alte Widersacher hatte sich gebückt und griff nach Oskar, doch es geschah ein Wunder: Oskar hatte die Schnelligkeit, die er schon seit Jahren vergessen zu haben schien, wieder entdeckt, entschlüpfte den Händen und biss kurz und fest in die linke Wade. Als die Hände des alten Widersachers vorzuckten, ließ Oskar los und biss in den Mittelfinger des alten Widersachers, der unnatürlich lang war und den Zeigefinger um mehr als drei Zentimeter überragte, mit einer Kraft, die man ihm keinesfalls zugetraut hätte, und durchtrennte das oberste Fingerglied, das er sofort zur Seite ausspuckte. Es kullerte ein Stück über das tief schwarz gebeizte Parkett, während das Blut aus der Wunde dem alten Widersacher ins Gesicht spritzte. Zum ersten Mal sah Herr Schmidt den alten Widersacher so, wie ihn alle hätten sehen müssen, mit blutverschmiertem Gesicht.

Herr Schmidt feuerte den ersten Schuss ab, doch mit der rechten Hand war er ein lausiger Schütze und verfehlte sein Ziel um eine ganze Armlänge. Der alte Widersacher schnellte aus der Hocke hoch und wollte mit der unverletzten Hand ein zweites Wurfmesser aus der Vitrine greifen. Diesmal war es die Kuppe des Mittelfingers der linken Hand, die Oskar erwischte. Im Eifer des Gefechtes schluckte er sie herunter. Das hervor spritzende Blut färbte das graue Kinnhaar des alten Hundes rot.

Herr Schmidt wusste, dass er es tun musste, wenn er den alten Widersacher treffen wollte. Er ließ den sechsschüssigen Revolver zu Boden fallen und griff mit der rechten Hand nach dem Griff des Messers, das seine linke Hand auf die Schulter genagelt hatte. Als er es hervorzog, spürte er einen scharfen Schmerz, der ihm für einen Moment die Sinne vernebelte.

Nur undeutlich nahm er wahr, wie der alte Widersacher, ein langes Messer mit der blutigen Faust umklammernd, losstürmte, gefolgt von Oskar, der nach der Wade des Nachbarn schnappte, sie aber verfehlte. Er wusste, dass er keine Chance hatte, den Revolver zu erreichen, bevor ihn der alte Widersacher zur Seite treten würde, und griff stattdessen mit der linken Hand nach dem Messer, das er um die Wade geschnallt hatte, und zog es aus der Scheide. Der alte Widersacher hatte sich über Herrn Schmidt gebeugt und holte mit dem langen Messer Schwung, um es ihm in die Brust zu stoßen, als sein rechtes Auge aus der Höhle trat. Die Spitze von Herrn Schmidts Messer durchschnitt den linken Augapfel und drang tief in die Kopfhöhle des alten Widersachers ein.

„Herr Schmidt mit dt!“, kreischte der alte Widersacher, seine Hände flatterten durch die Luft, als gehörten sie nicht zu ihm, dann sackte der Mann nach vorne und fiel aufs Gesicht. Der harte Aufschlag bewirkte, dass sich die Messerklinge noch tiefer in die Kopfhöhle des Sterbenden bohrte. Herr Schmidt beobachtete, wie unter dem Kopf des alten Widersachers eine Blutlache größer wurde und auf ihn zuzufließen begann.

Die Frühlingssonne ergoss ihr schönstes Morgenlicht über Gräfrath, als ein Streifenwagen Herrn Schmidt und seinen Rauhaardackel in einer der Querstraßen nahe seines Reihenhauses absetzte. Er hatte bei den ehemaligen Kollegen alle Aussagen gemacht, ein Notarzt hatte die Stichwunde untersucht und verpflastert. Oskar schien die Schnelligkeit wieder vergessen zu haben und zuckelte träge hinter Herrn Schmidt her.

Bevor er sein Haus betrat, warf Herr Schmidt noch einen Blick auf die alte Villa gegenüber. Die Vorhänge im obersten Stockwerk waren zur Seite gezogen. Hinter den Fenstern sah er die Jungs vom Spurensicherungsteam, die sich wie Fische im Aquarium hinter den Fenstern bewegten und noch viele Stunden ihrer Arbeit nachgehen würden.

„Warum warst du denn heute schon so früh mit Oskar Gassi?“, fragte seine Frau Clara, als er den Rucksack auf das Garderobenbrett stellte.

„Ich habe das Frühstück für dich auf dem Tisch gelassen“,

fuhr seine Frau fort, ohne seine Antwort abzuwarten. „Du kannst dir das Rührei ja in der Mikrowelle warm machen."

„Danke", erwiderte Herr Schmidt. Als er die Küche betrat, zuckte er zurück. Seine Frau hatte das lange Brotmesser auf der Anrichte liegen lassen. Herr Schmidt nahm es vorsichtig, als sei es vergiftet, auf und steckte es bis zum Heft in den Messerklotz zurück.

Vita:

Werner Geismar, Autor und Lektor, ist in Köln aufgewachsen und hat dort lange gelebt. Beruflich war er viele Jahre im Bergischen Land aktiv, weshalb er mit dieser Region bestens vertraut ist. Er hat Kinder- und Jugendbücher, Kriminalromane und Kurzgeschichten veröffentlicht und schreibt Drehbücher für Film- und Fernsehen.

Hagen Thiele: Das Haus am Ende der Edelhoffstraße

Die Stille hängt schwer im Raum. Nur das Kratzen des Kulis, der träge über den schlichten Block fährt, durchbricht sie. Die beiden Männer sitzen sich stumm an dem leeren Tisch gegenüber. In der Ecke des winzigen Verhörzimmers stehen zwei Uniformierte zur Wache. Endlich ist der stämmige Mann mit seinen Notizen fertig. Begleitet von einem geschulten Polizei-Räuspern blickt er von seinem Block auf. Die Augen unter seinen buschigen Brauen funkeln kalt.

„Herr Behrens", beginnt der Mann in gespielt freundlichem Tonfall, „ich möchte Sie ein allerletztes Mal darauf hinweisen, dass ein Geständnis Ihre Situation verbessern könnte. Das Leugnen hat keinen Zweck mehr. Sie hatten ein Motiv und auch die Indizien sprechen für sich!" Die schlanke Gestalt, die dem Kriminalbeamten gegenüber sitzt, schaut immer noch nach unten, ganz so, als könnte sie dort etwas erkennen, was sonst keiner sehen kann. Plötzlich reckt sie den Kopf empor und blickt sich rasch um. Panik liegt in den geweiteten Augen.

„Sie haben Ihre Verlobte umgebracht. Geben Sie es doch einfach zu!"

„Nein, das habe ich nicht", flüstert der Mann. Sein Gesicht ist ganz starr. Nur die Hände, die zuvor entspannt auf seinen Oberschenkeln geruht haben, graben sich wie kleine Spaten in das Fleisch. „Ich war es nicht. Sie sollten mir das besser glauben. Der Mörder rennt immer noch da draußen herum!"

Der stämmige Beamte wirft seinen zwei Kollegen einen vielsagenden Blick zu. Dann seufzt er lang und tief. Ja, er hat es schon schwer mit diesem alten Lügenbold und Frauenmörder.

„Nun gut, Herr Behrens, das ist Ihre Entscheidung. Wir nehmen ein letztes Mal Ihre Aussage zu Protokoll." Der Kriminalist macht eine Pause und wirft die Stirn in Falten. „Vielleicht fällt Ihnen ja doch noch irgendetwas ein, was uns helfen könnte?" Es klingt beinahe so, als wollte er einem Hund gut zureden. „Versuchen Sie es doch einfach einmal. Nur Mut!"

Ein freudloses Lächeln erscheint auf Behrens' Gesicht, als er beginnt, seine Geschichte erneut zu erzählen.

Wir hatten schon lange Streit. Die guten Zeiten waren wohl ein für alle Mal vorbei. Sie hatte das Geld in die Kneipe investiert, um aus dem alten, windschiefen Schieferhaus einen rustikalen Ort zur Einkehr zu machen. Dabei hatte sie weder Kosten noch Mühen gescheut und konnte eigentlich auch zurecht stolz auf ihre Leistung sein. Ich wäre selbst gerne als Gast in diese Kneipe gegangen, um dort nach einem Arbeitstag mit meinen Freunden anzustoßen. Allerdings kam das nicht in Frage. Ich war ihr Verlobter, der diesen Status inzwischen bitter bereute, und ich hatte keine Arbeit mehr. Deswegen war der Sachverhalt doch ganz einfach: Ich hatte zu gehorchen, zu arbeiten und vor ihr zu buckeln. Es war nicht leicht für mich, denn ich hatte mein eigenes, gut funktionierendes Leben in Wuppertal gehabt. Als ich dann zu Monika nach Remscheid in der Edelhoffstraße im Stadtteil Hasten gezogen bin, habe ich alles aufgegeben – und habe was dafür bekommen? Nur Gemecker und Gezeter! „Martin, könntest du nicht einmal im Leben etwas richtig machen!", hat sie ständig gerufen. Man muss nicht viel mehr dazu sagen. Wir hatten einfach unsere Probleme und da konnte man nichts machen.

Die Probleme verschlimmerten sich jedoch, als die Kneipe immer besser zu laufen begann. Die Stammkunden wurden immer zahlreicher. Mit jedem Tag, an dem das Geschäft mehr Geld abwarf, kam ich mir nutzloser vor. Ich hatte mir eigentlich schnell eine neue Stelle suchen wollen, aber scheiterte wochenlang daran. Abends saß ich im Halbdunkel unserer Wohnung, die direkt hinter dem Schankraum lag, und grübelte. Mit Monika redete ich nicht über meine dunklen Gedanken. Ihre Fröhlichkeit nervte mich. Wie schön es doch für sie war, dass ihre Kneipe so toll lief! Andere Männer hätten nun vielleicht zur Flasche gegriffen und ihre Sorgen buchstäblich fortgespült. Ich machte mir noch nie etwas aus der Verneblung des Geistes, um die Augen besser vor den unerfreulichen Dingen des Lebens verschließen zu können. Ich wollte lieber ein wachsames Auge auf Monika haben, die mir immer fremder wurde.

Sie hatte sich nach den paar Monaten, die die Kneipe nun schon existierte, schließlich angewöhnt, immer öfter abends einfach nicht zu öffnen. Mit dem großen Kreis an Stammkunden konnte sie sich einen derartigen Führungsstil erlauben. Die Trunkenbolde nahmen es ihr nicht übel, wenn sie einmal vor verschlossener Türe standen und kamen am Tag darauf ohnehin zurück. Monika pflegte an solchen Tagen ein schlichtes Schild mit der Aufschrift *Wegen Krankheit geschlossen* an die Tür zu hängen. Doch krank war sie an diesen Tagen keinesfalls. Quicklebendig war dieses Luder!

„Ich werde mich mit ein paar Freundinnen treffen", gab sie mir dann stets zur Auskunft. Wenn ich wissen wollte, welche Freundinnen das denn sein sollten, wich sie mir lediglich aus und flüchtete mitten im Satz aus dem Haus, hinaus in die Nacht.

Es war eine milde Sommernacht im Juli, als ich ihr schließlich nachschlich. Wieder einmal hatte sie sich zurecht gemacht: Die blonden Haare waren zu einer auffälligen Turmfrisur hochgesteckt und ihr Make-Up leuchtete regelrecht grell und bunt auf. Sie trug eine enge blaue Bluse und einen Rock, der etwa auf Höhe ihrer Knie endete. Schämte ich mich in dem Moment, dass ich ihr Verlobter war, der Verlobte dieses Flittchens? Womöglich tat ich es. Aber gleichzeitig erfassten mich auch Wogen des Zorns. So ging sie doch nie im Leben zu ihren Freundinnen, um mit denen über Frauen-Dinge zu reden! Nein, die spielte mir eindeutig etwas vor.

Kurz nachdem sie mit einer monoton dahin genuschelten Abschiedsfloskel das Haus verlassen hatte, lugte ich vorsichtig zum Fenster hinaus – bereit jederzeit den Kopf zurückzuziehen, damit sie mich nicht entdecken konnte. Im Dunkeln der nächtlichen Straße dauerte es seine Zeit, bis ich sie etwa hundert Meter entfernt erspähte. Sie ging hoch zum Feld, einem großen Platz mit Bushaltestellen und zwei Kreuzungen. Von dort aus konnte sie wirklich sonstwohin wollen.

Schnell rannte ich zur Tür hinaus und folgte ihr dann im Stechschritt. Die Luft war nicht nur mild, sondern noch richtig warm. Wie ich so dahineilte, bildete sich bald ein feiner Schweißfilm auf meiner Stirn und die ersten dicken Tropfen drangen aus den Poren meines Rückens, an dem sie dann auch zäh herab flossen.

Jetzt bog Monika, die längst den kurzen Anstieg überwunden hatte, ab und war aus meinem Sichtfeld verschwunden. Völlig außer Atem erreichte ich endlich die Kreuzung und blickte mich panisch um. Ich durfte sie nicht aus den Augen verlieren. Eine Gruppe Jugendlicher lungerte an der Einmündung zur Büchelstraße herum. „Habt ihr hier eben eine Frau vorbeikommen sehen?“, rief ich ihnen über die Straßen zu. Ein Schwall aus Flüchen kam zur Antwort zurück. Zum Glück hatte einer von ihnen unwillkürlich in Richtung Hammesberger Straße geblickt. Da musste sie hingegangen sein. Ich ließ das Pack links liegen und folgte der Spur. Meine Nackenhaare hatten sich aufgestellt und mein Körper pumpte das Adrenalin in einem einzigen wilden Rausch durch meine Adern. Wenn ich sie zu fassen bekäme, dann ...

Da war Sie, direkt vor dem hohen Felshang! Ich beschleunigte meine Schritte. Hier, direkt in der Senke des flachen Talkessels, spendeten keine Straßenlaternen mehr Licht. Nur braches Land, dunkel daliegende Fabrikhallen und der schlafende Supermarkt auf der rechten Seite waren Zeugen unserer Anwesenheit. Aus der Schwärze schälten sich zu meiner Rechten, dort wo das Gelände steiler ansteigt, undeutlich die Konturen alter Bäume und felsiger Hänge hervor. Mein Zorn hatte sich immer mehr gesteigert. Was hatte dieses Luder bloß vor? Hier war es so abgeschieden, wie es sich eine untreue Frauenseele nur wünschen konnte. Sie trifft sich hier mit jemandem, gestand ich mir endlich ein.

Monika war inzwischen gegenüber den Glascontainern stehen geblieben und hatte sich eine Zigarette angezündet. Sie glimmte als roter Punkt in der Nacht. Ich schlüpfte schnell auf die andere Straßenseite. Dort waren die Schatten dichter und boten mir die perfekte Deckung. Wie ein Raubtier, das sich an seine ahnungslose Beute heranpirscht, wagte ich mich nur zaghaft vorwärts, indem ich von Busch zu Busch huschte und mich schließlich hinter den Containern verbarg. Sollte dieses Flittchen nur einen gehörigen Schreck bekommen! Wenn es dann genug betteln würde, beließe ich es vielleicht bei einer kleinen Ohrfeige.

Zwei Lichtpunkte flackerten plötzlich auf und näherten sich schnell. Das Brummen eines Motors grollte in der sonst stillen Nacht. Der Wagen steuerte in unsere Richtung und als mich der Lichtkegel der Scheinwerfer erfasste, kam ich mir mit einem Mal wie das Beutetier vor. Verstecken!, raunte mir ein uralter Teil meines Verstands zu und ohne darüber nachzudenken, was ich da tat, machte ich einen Satz und sprang in das nächstbeste Gebüsch. Ein Schmerz brannte heiß in meinem linken Knie auf. Er ist leider ein allzu guter Bekannter, der mich seit Jahren regelmäßig heimsucht. Ich fluchte still vor mich hin, dass es ausgerechnet jetzt sein musste. Sonst schien ich mir außer ein paar Kratzern aber wohl nicht allzu viel getan zu haben.

Von meinem neuen Versteck aus beobachtete ich, wie der Wagen jäh abbremste und direkt vor Monika zum Stehen kam. Eine Tür wurde schwungvoll aufgestoßen und eine breitschultrige Gestalt, gekleidet in einen eleganten schwarzen Mantel, stieg leichtfüßig aus. Der Fremde ging auf Monika zu. Sie küssten sich. „Du verdammtes Stück“, zischte ich und sah fassungslos mit an, wie die beiden in das Auto stiegen und davon rauschten.

Ich weiß nicht, wie lange ich dort in diesem Gebüsch kauerte. Ich war einfach zu konsterniert, um irgendetwas zu tun, und so hockte ich da und versuchte meine Gedanken zu ordnen. Ja, sie ging fremd. Ich sollte alles aus der Wohnung holen und ... Und was? Ich hatte die Brücken hin zu meinem alten Leben niedergebrannt. Es gab kein Zurück. Aber es gab auch keinen Weg mehr voran. Meine Lippe zuckte vor Wut. In meinem Kopf hämmerte es. Ich gab ihr alle Schimpfnamen, die mir einfielen, bis sich mein Zorn wieder etwas gelegt hatte. Erst dann erhob ich mich und machte mich – jetzt auch noch hinkend! – auf den

Weg zurück zum Haus. Ich kam mir wie ein geprügelter Hund vor. Wie sie wohl über mich lachen würde, über mich, diesen alten, dummen Idioten, der nichts von ihrem Betrug ahnte, der kein eigenes Geld verdiente, der einfach nur ein vollkommener Versager war. Sie würde sich schon noch umsehen und merken, wer ich wirklich war.

Der Rückweg kam mir wesentlich länger vor. In der Ferne – vermutlich am Niederrhein – schien sich passenderweise ein Sturm zusammenzubrauen. Das Wetterleuchten am Horizont verriet sein zerstörerisches Treiben. Doch hier war es noch ruhig. Allenfalls ein leichter, kühler Lufthauch streifte ab und an meine schweißnasse Haut und ließ mich erzittern. Die schwüle Luft, die mich wie dichter, warmer Nebel umgab, erschwerte mir das Atmen. Die kleinen und schiefen Häuschen ließ ich achtlos links und rechts von mir liegen und schleppte mich den Bürgersteig entlang. Ich fühlte mich ganz so, als hätte man mir alle Kraft entrissen. Mit schwachen Knien ließ ich mich schließlich erschöpft gegen die Haustür fallen. Das *Wegen-Krankheit-geschlossen*-Schild schimmerte mir in seinem strahlenden Weiß höhnisch entgegen. Ich verzog das Gesicht zu einer Grimasse, als ich endlich den Schlüssel umdrehte und ins Haus stolperte. Erst als die Tür mit einem Knallen hinter mir ins Schloss fiel, beruhigte ich mich etwas.

Was nun? Ich musste nachdenken und ließ mich dafür auf einem der Hocker am Tresen nieder. Mein Blick wanderte über das Holz, nahm die grobe Maserung mit minutiöser Präzision wahr. Wie belanglos alle Existenz doch ist! Alles Seiende besteht doch nur aus Atomen. Ich machte einen verächtlichen Grunzlaut und schob diese seltsamen Gedanken so gut es ging beiseite. Entgegen meiner sonstigen Gewohnheiten reizte mich mit einem Mal eine der Schnapsflaschen, die hinter der Bar fein säuberlich auf mehreren Regalen aufgereiht standen. Ich nahm mir die erstbeste und schenkte mir in ein Wasserglas von der klaren Flüssigkeit ein. Erst als es randvoll war, setzte ich die Flasche ab. Ich verzichtete darauf, sie wieder zuzudrehen. Der beißende Alkoholgeruch ließ meine Augen tränen. Dennoch flößte ich mir tapfer meine bittere Medizin ein und nach den ersten brennenden

Schlucken fand ich Gefallen an diesem flüssigen Feuer, das ich mir da einflößte, das durch meinen ganzen Körper zu rasen und ihn neu zu beleben schien.

Ich nahm gerade voller Schreck wahr, dass ich den letzten Schluck aus dem noch eben bis zum Rand gefüllten Glas nehmen wollte, als es schwer an der Tür pochte. Ich hätte das Glas fast fallen gelassen. Wer konnte das sein? Was sollte ich tun? Ich wollte keinesfalls auf einen von Monikas Stammkunden treffen, der gesehen hatte, dass Licht im Schankraum brannte. Dieses Pack sollte mit ihr am besten gleich zur Hölle fahren. Ich wollte es mit einer einfachen Taktik versuchen und blieb still sitzen. Der Fremde würde schon wieder weiterziehen, wenn niemand auf sein Klopfen reagierte. Doch ich irrte mich. Während ich dort in der Stille saß und nur das Pochen meines Herzens hörte, hämmerte es plötzlich wild gegen das Holz.

„Machen Sie doch bitte auf!“, drang es mir gedämpft durch die Tür entgegen.

Ich zögerte und gab dann etwas zu kleinlaut zurück: „Wegen Krankheit geschlossen. Lesen Sie das doch bitte erst, bevor Sie diesen Lärm machen.“

Es war einen Moment ruhig. Dann hörte ich etwas, das mich an ein Kichern erinnerte.

„Vor manchen Dingen kann man nicht die Augen verschließen, indem man so tut, als wäre man nicht daheim oder indem man ein Schild an eine Tür hängt“, sagte die Stimme nun ohne jeden Zusammenhang. Ihr Tonfall war tief und kalt. Sie machte mich unruhig, und obwohl ein Teil von mir einfach nur wollte, dass ich den Raum so schnell wie möglich verlasse, antwortete ich erneut: „Was meinen Sie damit?“

„Ich habe heute erfahren, dass mich meine Frau betrügt.“

Ich war wie gebannt. Was schreibt das Leben denn nur für seltsame Zufälle? Mir war der Fremde von der einen auf die andere Sekunde alles andere als unsympathisch. Ich sah in ihm nun vielmehr einen Leidensgenossen, mit dem ich mich austauschen könnte und der mich verstehen würde. Rasch goss ich mir noch ein Glas ein und schüttete einen kleinen Schluck in mich hinein.

„Was wollen Sie dann hier?“

Der Unbekannte lachte laut auf. „Was kann ich wohl hier wollen?“, fragte er und gab nach einem kurzen Moment selbst zur Antwort: „Trinken. Vergessen. Vielleicht können Sie es sich vorstellen. Also, machen Sie doch bitte auf. So krank scheinen Sie doch auch nicht zu sein.“

Ich fuhr nachdenklich mit der Zunge über die Lippen und noch bevor ich zu einem Ergebnis mit meinen Überlegungen gekommen war, hatte mein Körper sich längst über meinen Geist erhoben, war aufgestanden und hatte dem Fremden die Tür geöffnet. Von massiger Gestalt, aber dabei keinesfalls dick war er. Unter seinen lockigen, braunen Haaren zeichneten sich zwei Habichtbrauen ab, unter denen dunkle Augen in tiefen Höhlen lauerten. Sie musterten mich interessiert. Dann erschien ein dünnes Lächeln auf dem kantigen Gesicht des Fremden und er trat – letztlich unaufgefordert – ein, indem er sich zwischen mir und dem Türrahmen durchzwängte.

„Ah, da hat wohl auch einer Kummer“, sagte das Habichtgesicht und deutete auf die Flasche, während er sich einen Platz weiter auf einen Hocker niederließ und nach einem Glas griff. Er goss sich wie selbstverständlich ein und sah mich fragend an.

„Ja. Wir scheinen in etwa das gleiche Problem zu haben.“

Mit prüfendem Blick überwachte er noch das Einschenken, bevor er mich überrascht ansah.

„Meine Frau, oder vielmehr Verlobte, betrügt mich auch.“

Anstatt irgendetwas darauf zu erwidern, setzte er die nur noch halbvolle Flasche an meinem Glas an und schenkte mir reichlich ein. Dann wies er mir mit einer Geste, mich zu setzen. Ich kam der Aufforderung stumm nach.

„Auf die Frauen!“, sagt er dann und hob sein Glas. In seinen Augen funkelte es bedrohlich. Ich zögerte jedoch keine Sekunde und erwiderte den Trinkspruch voller Euphorie. Als sich der Feuerstrom wieder durch meinen Körper wälzte, fühlte ich mich zum ersten Mal seit Tagen – ach, was sage ich da – seit Wochen wieder gut.

„Seit wann wissen Sie, dass Ihre Verlobte Sie betrügt?“, wollte der Fremde wissen. Sein Blick ruhte auf mir. Seine Habichtaugen waren durchdringend.

„Ich habe es eben erst herausgefunden. Sie hat mich belogen und gesagt, sie wollte sich mit Freundinnen treffen. Ich bin ihr hinterher geschlichen und ..."

Ein Zeigefinger wurde mahnend in die Luft gestreckt. „Na, na, na, ich bitte Sie! Sie sind ihr doch nicht hinterher geschlichen. Sie sind ihr allenfalls nachgegangen. Wenn ein Mann derlei Verdacht hegt, dann muss es doch wohl sein gutes Recht sein, seiner Frau, Verlobten oder auch nur Freundin zu folgen. Ergo sind Sie ihr nur nachgegangen." Er schenkte mir ein mildes Lächeln, wie es ein Vater seinem naiven Sohn gegenüber tun würde, und hob erneut das Glas. Wieder tranken wir auf diese Erkenntnis.

„Ich bin ihr also nachgegangen", begann ich mit schwerer Zunge, „und habe gesehen, wie sie zu diesem Kerl ins Auto gestiegen ist, nachdem sie sich geküsst haben."

Der Fremde seufzte. „Ein klarer Fall", sagte er dann und legte mir seine Hand auf die Schulter.

„Wie heißen Sie eigentlich?", fragte ich schließlich. Einen Moment lang sah ich Verwunderung in seinen Augen, ganz so, als sei diese Frage das Absonderlichste, das er je gehört hatte.

„Thomas Runkel", erwiderte er dann jedoch und streckte mir die Hand aus, die ich sofort ergriff, ehe ich meinen Namen nannte. Auch darauf tranken wir.

So redeten und redeten wir und es wurde immer später. Mein Blick war längst von einem trüben Nebel verschleiert, alle Geräusche drangen wie durch Watte zu meinen Ohren und die Augen wurden mir schwer. Ein ums andere Mal fielen sie mir zu und ich drängte meinen neuen Freund darauf, mich doch endlich zu Bett gehen zu lassen. Er verwickelte mich aber immer wieder in neue Gespräche, die allesamt auf das gleiche Thema hinausliefen: Monika. Manchmal hatte ich das Gefühl, dass dieser Runkel mehr unter ihrem Fremdgehen zu leiden hatte, als ich es tat.

Es muss schon weit nach Mitternacht gewesen sein – Runkel und ich schwiegen uns gerade an –, als ich das Klackern eines Schlüssels hörte. Monika schloss die Türe auf. „Verschwinde!", raunte ich Thomas zu. Er schüttelte aber lediglich den Kopf. Seine Lippen waren aufeinander gepresst, so dass sie sich als eine feine Linie quer durch sein kantiges Gesicht zogen.

„Du bist noch wach?“ Monika klang mehr überrascht als erschreckt. Sie ahnte nicht einmal, dass ich es wissen könnte! Der Gedanke machte mich wütend. Ich sprang auf meine Beine und musste all meine restliche Körperbeherrschung aufbringen, um nicht nach vorne zu kippen. „Ich weiß es!“ Ich zuckte fast selbst zusammen, als ich meinen Schrei hörte, der in der nächtlichen Stille beinahe schmerzhaft in den Ohren dröhnte. Speichel hing mir an der Unterlippe.

„Wovon redest du? Du bist ja vollkommen besoffen!“ Sie hatte die Hände in die Hüften gestemmt.

„Ich habe dich gesehen, du Hure!“

Ihre Gesichtszüge entgleisten. Sie setzte zu einer Antwort an, aber brach ab. Ihre Lippen zitterten.

„Ich weiß nicht, wovon du redest, Martin. Du kannst nicht klar denken. Du machst mir Angst“, sagte sie dann leise und machte einen kleinen Schritt zurück. Doch ich sah es ganz genau, diese Angst war nicht echt. Sie spielte mir etwas vor. Sie lauerte. Sie wartete nur ab, ob sie mich nun beruhigt hätte. Aber nein, ich würde mich nicht einlullen lassen von ihren Lügen!

„Ich habe noch nie besser und klarer gedacht, als ich es jetzt tue“, sagte ich und wankte ein paar unsichere Schritte auf sie zu. Mit meiner Rechten stützte ich mich dabei auf den Tresen.

Monika drehte sich ruckartig um und wollte die Tür aufreißen, als wie eine Alptraumgestalt Thomas Runkel aus dem Halbdunkel hervor stürzte und die Tür erneut zustieß. Sie fiel vor Schreck nach hinten um. Auch ich zuckte jäh zusammen. Ich hatte ihn ganz vergessen. Wie hatte er sich nur ... Ich wurde aus meinen Gedanken gerissen, als ich sah, wie sich der kräftige Leib über Monika beugte, sie regelrecht unter sich begrub. Dann riss er sie mit spielerischer Leichtigkeit empor und stieß sie gegen die Wand. Ich rührte mich nicht. Ein ersticktes Wimmern drang aus ihrer Kehle. Runkels kräftige Hände, an denen sich nun die Sehnen stramm und fest wie gespanntes Garn abzeichneten, drückten ihren Hals zu. Monikas Augen waren weit aufgerissen. Sie versuchten das zu tun, was ihre Stimme nicht mehr konnte, und flehten mich an. Ich sollte sie retten. Doch ich rührte mich nicht. Mein Puls beschleunigte sich nicht. Ich verzog keine Miene.

Mit Monika schien es zu Ende zu gehen. Sie trat wild um sich, schlug mit den nun schon kraftlosen Armen auf Runkel ein, aber all ihre Schläge und Tritte kümmerten ihn nicht. Sie wurde schwächer. Nur mühsam konnte sie noch einmal den Arm heben, hatte ihre Hände in seinem Gesicht, versuchte zuzudrücken, ihm irgendwie zu schaden, aber es gelang ihr nicht mehr. Plötzlich war es vorbei. Ihre Augen wurden zu kalten Murmeln. Die Glieder sackten herab und ihr Leib fiel in sich zusammen.

Runkel ließ den toten Körper los. Er fiel zu Boden. „Hier kann sie nicht liegen bleiben“, sagte er nur und fragte mich, wo es in die Wohnung ging. Ich deutete ohne mich umzudrehen in Richtung der rückwärtigen Tür. Aus den Augenwinkeln sah ich, wie er zufrieden nickte. Ich konnte den Blick nicht von diesen kalten Augen lassen. Auch wenn sie ohne jede Spur von Leben waren, schienen sie mich doch anzuklagen: Mörder! Aber ich hatte doch nichts getan! Oder doch? Das erste Mal kam Panik in mir auf und mir wurde bewusst, was geschehen war. Mein Magen verkrampfte und mein Herz überschlug sich. Dann rannte ich zum Spülbecken hinter dem Tresen, um mich zu übergeben.

Ich wischte mir gerade die Tränen aus den Augen und den Mund ab, als Runkel durch die Tür trat. „Sie wird erst einmal oben liegen.“

Ich sah ihn entgeistert an. Das konnte doch nicht sein Ernst sein! Mein Blick schien Bände zu sprechen.

„Es geht nicht anders. Sie kann nicht hier gut sichtbar liegen bleiben. Du kannst ja jetzt nicht die nächsten Tage die Rollläden unten lassen und alles verrammeln. Das würde nur auffallen.“

„Ist das jetzt nicht sowieso egal? Wir sind Mörder!“

„Ich bin vielleicht einer – obwohl man darüber auch streiten kann. Du bist aber ganz sicher kein Mörder. Sie hat es verdient!“

Er widerte mich geradezu an.

„Was sollen wir jetzt machen?“, schrie ich.

Er hob beschwichtigend die Hände. Dann setzte Runkel sich und holte in aller Ruhe Blättchen und Tabak hervor. Erst als er sich mit einigen geübten Handgriffen eine Zigarette gedreht, angezündet und einen tiefen Zug von ihr genommen hatte, antwortete er: „Ich kann dir sagen, was wir nicht machen. Wir gehen dafür nicht in den Knast. Du scheinst ja Angst vor den Konsequenzen zu haben."

Zufrieden stieß Runkel kleine Rauchringe aus und beobachtete ihre Flugbahn. Wie konnte er nur so ruhig dasitzen, nachdem er erst vor wenigen Minuten einen Menschen erwürgt hatte? Ich betrachtete diese geschickten, starken Hände, die in keinster Weise zitterten und ruhig die Zigarette zu seinem Mund führten. Nein, dieser Mann hätte auch keine Skrupel mich zu beseitigen. Ich entschloss mich, vorsichtiger zu sein.

„Wie geht es jetzt weiter?", fragte ich und setzte mich auf einen der Hocker.

„Du wirst dich hinlegen und schlafen. Morgen früh wirst du deinem normalen Tagesablauf nachgehen. Wenn dich jemand nach ihr fragt, dann sagst du, sie sei krank. So oft wie die Kneipe in letzter Zeit wegen Krankheit geschlossen hatte, wird man es dir doch sicher glauben?"

Ich nickte langsam.

„Sehr gut. In der Zwischenzeit werde ich ein paar Anrufe tätigen. Zu meiner Schande muss ich gestehen, dass ich da ein paar fantasievolle Geschäftsmänner und Gentlemen kenne, die derartige Eskapaden gut aus der Welt schaffen können – ohne jede verräterische Spur."

Würde ich wirklich ohne jede Strafe da raus kommen? Ich konnte es kaum glauben.

„Wie lange wird das dauern?"

„Ich weiß es nicht."

„Was soll ich sagen, wenn sie jemand sehen will?"

Er seufzte. „Na, dass sie krank ist!"

„Vielleicht will sie jemand trotz der Krankheit sehen", gab ich zu bedenken.

„Dann solltest du denjenigen besser abwimmeln. Wir wollen den Bevölkerungsrückgang Remscheids doch nicht noch unnötig ankurbeln." Er lachte. Es klang wie von einer kaputten Schallplatte. Dann erhob er sich und nickte mir zu. „Leg dich besser schnell hin. Du wirst müde sein und kannst jeden Schlaf brauchen."

Ich wagte nicht zu protestieren und sah Runkel dabei zu, wie er über die knarrenden Dielen stolzierte, mir zum Abschied einen imaginären Hut hob und dann in die Nacht verschwand. Noch ehe die Tür knallend ins Schloss fiel, hatte die Dunkelheit ihn schon verschluckt.

Unsicheren Schritts stolperte ich auf die Wohnung zu, stützte mich in all meinem Schwanken an den Flurwänden ab. Mein Ziel war das Bad. Kraftlos zwang ich mich dazu, meine Hand hoch zu dem kleinen Spiegelschränkchen zu heben. Achtlos warf ich die nutzlosen Medikamente, Cremes und Spülungen herunter. Wo waren sie? Ich musste sie haben. Ich war nahe daran hysterisch zu werden, als ich sie endlich entdeckte. Da waren sie, die Schlafmittel, die ich so fieberhaft gesucht hatte, hinter einer ihrer Tagescremes. Ich stopfte mir eine Handvoll von ihnen in den Mund. Das müsste helfen, dachte ich und spülte sie mit einigen Schlucken direkt aus dem Hahn hinunter. Dann zog ich mich aus und ließ meine Sachen einfach zu Boden fallen. Morgen würde ich sie wegwerfen.

Als ich ins Schlafzimmer trat und das Licht einschaltete, schrie ich kurz auf. Dort lag Monika in der unnatürlichen Haltung verdrehter Glieder. Ihr Kopf war zur Tür hin gewandt. Die seelenlosen Murmeln blickten zu mir. Noch immer lag ein Ausdruck von Überraschung auf Monikas Gesicht. Ich glaube, ich muss Minuten in der offenen Tür gestanden haben. Immer wieder unterdrückte ich diesen sehnlichen Wunsch, hinaus auf die Straße zu rennen und wie ein Irrer zu rufen: „Sie ist tot, sie ist tot!" Die Pillen entfalteten jedoch langsam ihre Wirkung und das Grauen, die Angst, dieses Gefühl der Übelkeit, verschwanden zwar nicht ganz, aber traten in den Hintergrund. Zumindest in dieser Nacht würden sie mich nicht weiter behelligen.

Zögerlich trat ich auf das Bett zu. Sie lag sehr unglücklich da. Ihre Arme und ihr linkes Bein, die geradezu auf absurde Weise auf meine Seite des Betts hinüber ragten, mussten weg. Doch warum rollte ich sie nicht einfach aus dem Bett heraus? Einen Moment überlegte ich auch, einfach das Laken auf der einen Seite anzuheben und sie wie einen Sack alter Wäsche über die Kante rollen zu lassen. Irgendetwas hielt mich jedoch ab. Es war wohl die Erkenntnis, dass mir das alles leidtat, dass ich nicht gewollte hatte, dass es so kam. Ich musste schlucken, als ich daran dachte, was ich in diesem Fall würde tun müssen. Vermutlich waren es die Schlafmittel, die es mir möglich machten, Monika anzufassen. Ihre Haut war bereits kalt und fühlte sich ... seltsam an. Sie hatte nichts mehr von echter Haut, war mehr ein abscheuliches Gewebe, der menschlichen Haut gar nicht so unähnlich, aber in seiner Ähnlichkeit von erschreckender Widerlichkeit. Voller Ekel postierte ich ihre Glieder so, dass ich genügend Platz zum Schlafen hatte. Das war der erste Teil, stellte ich mit einer gewissen Erleichterung fest. Ich wusste, ich müsste ihren Kopf drehen. Ich wollte nicht, dass ihre Augen mich die ganze Zeit anblickten. Die Haut ächzte wie trockenes Leder auf, wenn es allzu sehr strapaziert wird. Ich biss mir auf die Unterlippe und schickte ein Stoßgebet an irgendeine höhere Macht, als ich mein Werk endlich beendet hatte.

Dann ließ ich mich auf das Bett sinken und schloss die Augen. Das Licht ließ ich an. Sollte es nur brennen. Es war der 13. August.

Am nächsten Morgen erwachte ich nur langsam. Die Mittel lagen immer noch als dichter Nebel über meinem Bewusstsein. Dann kamen die Erinnerungen und trafen mich – anders kann ich es gar nicht sagen – mit der Wucht eines Vorschlaghammers. Langsam öffnete ich die Augen und stellte fest, dass ich mit dem Rücken zu ihr lag. Ich setzte mich ruckartig auf und vermied es, über meine Schulter zu blicken. Ich wusste, würde ich mich umdrehen, säße sie dort mit anklagendem Blick. Ihre kalten Hände würden nach mir greifen, sich meinen Hals packen und erbarmungslos zudrücken. Ich schlug mit der Faust auf meinen Oberschenkel. Der pochende Schmerz half mir, mich zu beruhigen. Das war doch alles nur Unsinn! Dennoch wagte ich es nicht, mich umzudrehen, sondern stand entschlossen auf und verließ schnurstracks das Zimmer.

Ich wollte nur schnell duschen und erschrak, als ich dutzende blaue Flecken auf mir sah, die meinen ganzen Oberkörper säumten. Ich musste mich bei meinem Sprung ins Gebüsch ganz schön zugerichtet haben. Ich verdrängte die Erinnerungen und konzentrierte mich stattdessen auf den heißen Wasserstrahl, der sich auf meiner Haut in Hunderte von Tropfen brach, die dann rasch an meinem geschundenen Leib herabflossen. Irgendwie beruhigte mich diese Mischung aus Wärme und dem beinahe hypnotischen Rauschen und Plätschern des Wassers.

Nur zögerlich trat ich schließlich unter der Dusche hervor, und obwohl die Wohnung durch die heißen Sommertage warm war, schauderte ich, als der etwas kühlere Lufthauch mich streifte. Ich trocknete mich akribisch ab und warf das Handtuch neben die Kleidung vom Vortag, die in einem chaotischen Wirrwarr auf dem Boden lag. Jetzt, so wusste ich, musste ich ins Schlafzimmer gehen, um mir etwas anzuziehen. Ich musste zu ihr gehen.

Sie bot einen schrecklichen Anblick. Die Haut war bleich. An vielen Stellen schimmerte sie jedoch dunkel. Das Blut hatte sich bereits abgesetzt und Totenflecken sprossen dort lebhaft hervor. Am schlimmsten war jedoch ihr Gesicht, aus dem diese kalten Murmeln zu mir blickten. Ein Lächeln umspielte ihre Lippen. Es dauerte einen grauenvollen Moment, bis mein Verstand die widersprüchlichen Informationen zusammengeführt hatte. Sie konnte da unmöglich mit dem Gesicht zu mir gewandt liegen. Ich hatte sie doch umgedreht! Als mir dies bewusst wurde, sackte ich plötzlich zusammen und musste mich am Türrahmen abstützen. Das schien Monika zu gefallen. War ihr Lächeln nicht gerade breiter geworden? Ich schüttelte mit dem Kopf und schlug die Faust vor den Rahmen. Das war doch alles Unsinn! Doch Unsinn hin oder her, ich beeilte mich, in meine Sachen zu schlüpfen und hinaus zu kommen.

Der Tag verging nur langsam. Ich saß im Schankraum und hörte Radio, während ich auf irgendeine Nachricht von Runkel wartete. Sie blieb aus. Allerdings hatte ich Glück: Auch die Sondermeldung im Radio – Mord in der Edelhoffstraße! – blieb aus. Die meiste Zeit saß ich einfach nur herum und hing meinen Gedanken nach. Ich sah Runkels unerbittliche Habichtaugen vor mir. Dann konnte ich Monika mit ihren goldenen Haaren sehen, die wild im Wind wehten. Die Bilder gingen eine schreckliche Vereinigung ein: Ich war wieder Zeuge, wie Runkels starke Hände das Leben aus Monika herauspressten.

Mit einem Schrei schreckte ich hoch. Ich musste eingeschlafen sein und empfand dafür etwas Scham. Keine zehn Meter, nur getrennt durch Holz und dünne Wände, lag meine strangulierte Verlobte und verweste – wie konnte ich da nur schlafen? Ein Blick entlang des Tresens beantworte meine Fragen. Zwei fast ganz geleerte Flaschen Korn standen dort neben zwei Gläsern. Meine Nackenhaare stellten sich auf. Wann hatte ich getrunken, und vor allem mit wem? War Runkel hier gewesen? Ich versuchte mich zu erinnern, doch je mehr ich darüber nachdachte, umso undeutlicher wurde die Erinnerung an die vergangenen Stunden. Mit einem tiefen Seufzen gab ich es schließlich auf.

Irgendwie war auch die Zeit verschwunden. Eben erst war es noch Mittag gewesen und ich hatte die Minuten gezählt, aber nun, nun saß ich dort, während das Licht schon sein rötliches Abendgewand trug. Es waren mehrere Stunden einfach weg. Ich grunzte auf und fuhr mit der Hand in einer schnellen Bewegung über den Tresen. Die Flaschen und Gläser zerbrachen laut klirrend in unzählige Scherben.

Schwerfällig wie ein Greis erhob ich mich dann und hielt mit unkoordinierten Schritten auf das Schlafzimmer zu. Süßlicher Geruch reizte meine Nase, das Surren der Fliegen drang an meine Ohren. Die Tür stand einen Spalt offen, so dass etwas Licht in das Zimmer fiel und es in ein bedrohliches Halbdunkel gehüllt dalag. Mit einem Tritt stieß ich die Tür auf und knipste dabei gleichzeitig das Licht an. Es war allerdings nicht die Verwesung, die man nicht mehr leugnen konnte, die mir einen lauten Fluch entlockte, sondern Monikas Lage; sie lag nun halb auf meiner Bettseite. „Du mieses Stück", entfuhr es mir und ein kleiner Teil meiner selbst staunte über diese Worte. Doch noch wesentlich überraschender war es für mich, als sich meine Beine wie von selbst bewegten, mich hin zu Monika trieben und ich entschlossen nach dem Laken griff. Mit einem Ruck hob ich es an und ließ sie aus dem Bett rollen. Zufrieden registrierte ich den dumpfen Aufprall.

Ich schaltete das Licht aus und ließ mich in all meiner Kleidung ins Bett fallen. In meinem Kopf hämmerte es wild, während meine Lider mir schwer wurden. Wie müde ich doch war, obwohl ich rein gar nichts gemacht hatte! Nicht einmal, als ich glaubte, ein Kratzen neben mir zu hören, schreckte ich auf, sondern verbannte das Geräusch in das Reich der Fantasie. Ich war müde – mehr nicht.

Als ich am nächsten Morgen erwachte, blickte ich in ihr eingefallenes Gesicht. Schreiend, panisch mit Armen und Beinen rudernd tat ich alles, was ich nur konnte, um von Monika weg zu kommen. Ich katapultierte mich regelrecht aus dem Bett und stolperte. Zum Glück konnte ich mich an der Wand abfangen. Jetzt – mit einem gebührenden Sicherheitsabstand – betrachtete ich sie. Sie lag da, wie am Tag zuvor, dicht bei mir. Wie konnte das nur sein? Hatte ich mir das gestern Abend alles nur eingebildet? Ich dachte ärgerlich an die Mengen von Alkohol, die ich wie Wasser in mich hinein geschüttet hatte. Ja, da kann einem doch sicher die eigene Fantasie schon einmal einen Streich spielen.

Ich trat hinaus, ohne dabei allerdings den Blick von Monika zu lassen, die dort regungslos lag. Fliegen landeten auf ihrer blassen gefleckten Haut, nur um sich dann wieder zu erheben und an einer anderen Stelle nach einem besseren Platz zur Eiablage zu suchen. Mein Magen rebellierte schließlich und ich stürzte davon. Ich weiß nicht, ob es der Alkohol, der erschreckende Anblick oder einfach nur der süße Leichengestank war, der mich erbrechen ließ. Vielleicht kam auch alles zusammen. Nachdem ich endlich fertig war, hatte ich das Gefühl, mein Innerstes nach außen gestülpt zu haben. Mit tränenerfüllten Augen blickte ich in den Spiegel. Ich sah so furchtbar aus, wie ich mich fühlte. Wo war nur dieser Runkel? Es wurde Zeit, dass er sein Versprechen hielt und sich mit seinen Freunden um alles kümmerte. Ich seufzte tief und trat dann unter die Dusche. Das kalte Wasser sollte mir helfen, um klar denken zu können. An diesem Tag, dem 15. August, erkannte ich, dass ich mir etwas würde einfallen lassen müssen.

Allerdings dauerte es noch Tage, bis ich zu der Klinik ging. In dieser Zeit wiederholte sich unser Ritual. Bevor ich zu Bett ging, warf ich Monika hinaus, nur um dann am nächsten Morgen doch wieder neben ihr zu erwachen. Meine Ängste kurierte ich am Tage mit Hochprozentigem, während meine Hoffnung, dass Runkel zurückkehren würde, immer kleiner wurde. Es gab keinen bestimmten Auslöser und auch hatte ich mir kein Zeitlimit gesetzt, als ich am 19. August beschloss, ich würde das Haus verlassen. Ich hinterließ Runkel eine kurze Nachricht, in der ich sagte, dass ich weggegangen sei, weil ich es hier nicht mehr aushielt. Ich erwähnte seinen Namen nicht ein einziges Mal. Wie dumm ich nur war! Doch in dem Moment konnte ich wohl nicht mehr klar denken und platzierte die kurze Nachricht einfach direkt mitten auf dem Boden des Schankraums, ehe ich dann hinaus stolperte in den sonnendurchfluteten Morgen. Das Licht brannte in meinem Gesicht. Tagelang hatte ich im Halbdunkel hinter heruntergelassenen Rollläden oder bei elektrischem Licht zugebracht. Die frische Luft belebte mich und je weiter ich mich von dem Haus entfernte, umso besser ging es mir.

„Ich denke, Sie wissen, wohin mich meine Schritte brachten? Die Klinikleitung hat Sie sicher darüber informiert?"

Das blasse Gesicht blickt mit funkelnden Augen hinüber zu dem Beamten, der zögerlich nickt.

„Die Stellen sind uns bekannt. Ich denke, wir können hier straffen, Herr Behrens. Doktor Lissar hat uns dazu bereits alles erzählt. Wir wissen, dass Sie verwirrt und hilfesuchend darum baten, eingewiesen zu werden. Dass etwas an Ihnen nicht stimmte, hat man wohl gar nicht übersehen können."

Fleischige Finger trommeln unruhig auf der Tischplatte.

„Etwas beschäftigt Sie aber noch?", fragt Behrens und auf seinen schmalen Lippen liegt ein leichtes Lächeln. Es wirkt wie ein Relikt aus vergangenen Zeiten.

„Ja, Sie haben Recht. Vielleicht finden wir ja doch noch etwas, dass Ihnen helfen könnte?", sagt der Beamte und seine Stimme zittert leicht.

„Woher kommt das Mitgefühl?"

„Ich denke, um meine Gefühle geht es hier nicht", gibt der Kriminalist barsch zur Antwort und verschränkt ruckartig die Arme vor der Brust. „Was hat Sie dazu gebracht, wieder zurück zum Tatort zu gehen? Und wie haben Sie das überhaupt geschafft? Sie hätten das Gelände niemals verlassen dürfen!"

Wieder stiehlt sich das dünne Lächeln auf Behrens' Gesicht.

„Ganz einfach – Ich hatte Hilfe."

Der Beamte zögert einen Moment. „Ja. Ich habe es befürchtet", sagt er dann. Seine Stimme gleicht dabei nur einem heiseren Flüstern.

Es war in der zweiten Nacht, als er mich weckte. Auch wenn ich vollgepumpt mit Medikamenten war und ich nur mühsam erwachte, erkannte ich ihn sofort. Die Habichtaugen, die kantigen Gesichtszüge, das kalte Lächeln – Runkel stand dort seelenruhig in meinem kleinen Zimmer, das mehr einer Zelle glich, und paffte genüsslich eine Zigarette. Das Glimmen warf Licht auf seine harten Züge. In diesem Moment kam es mir so vor, als hätte mich irgendein boshafter Teufel heimgesucht.

„Na, na, da kennt die Freude ja gar keine Grenzen", stieß Runkel plötzlich hervor. In der Stille klang seine Stimme schrill und grässlich. Ich richtete mich rasch auf, so dass mir schwindelig wurde.

„Ich sehe schon, man hat dir eine ganz schöne Dosis verpasst!" Er zog an seiner Zigarette. Die Glut flammte hell auf. Der Tabak knisterte. Ich schüttelte träge den Kopf. Meine Wahrnehmung – sie musste mir Streiche spielen! Ich bildete mir beinahe ein, das Rascheln des Jackenstoffs zu hören, wenn Runkel seinen Arm hob oder senkte.

„Es ist mir egal, wie schlecht es dir geht. Du hörst jetzt besser gut zu. Es geht um viel", verkündete er dann und beugte sich vor, näher zu mir heran. Sein warmer Atem stank widerlich. Ich drehte das Gesicht leicht zur Seite.

„Es wird niemand kommen, um deine Sauerei weg zu machen, mein Guter!" Die Worte klangen kalt und leer, jeden Mitgefühls beraubt. Runkel richtete sich wieder auf und zog an seiner Zigarette.

„Meine Sauerei!", protestierte ich, nachdem ich alles einen Moment hatte sacken lassen. „Es war doch nicht meine Sauerei! Du hast mir gesagt, du kümmerst dich um alles!"

Er ließ die Zigarette, nur mehr ein kurzer Stumpen, zu Boden fallen und zerdrückte sie mit dem Absatz seiner schwarzen Turnschuhe. „Die Dinge nehmen manchmal eine Wendung, die man nicht absehen kann." Er klang nachdenklich. „Es war zum Beispiel auch nicht vorhersehbar, dass du diese dumme Nachricht für mich hinterlassen würdest. Aber mir soll es recht sein."

Ich verstand nicht direkt, was er da sagte und sah ihm fassungslos dabei zu, wie er in seinen Taschen nach einer Schachtel Zigaretten angelte und sich erneut eine anzündete.

„Du scheinst echt neben der Spur zu sein. Die Nachricht und die Leiche – was denkst du, wen das belastet?" Er lachte. „Ganz sicher nicht mich!"

Ich sprang auf, die Fäuste geballt. Er wich einen Schritt zurück. „Sachte, mein Guter! Ich kann dir immer noch helfen!"

Ich wollte ihn am liebsten am Kragen packen und ordentlich durchschütteln. Wo hatte er mich nur hingebracht? Aber er wollte, dass ich ruhig blieb. Ich weiß noch, dass ich spürte, wie meine Lippe vor Wut zitterte. Ich schluckte meinen Ärger dennoch hinunter und fragte ruhig: „Wie kannst du mir helfen?"

„Nun ja, die Leiche und alle anderen Spuren werde ich nicht für dich beseitigen. Das ist wohl klar. Aber ich kann dir helfen, hier herauszukommen, damit du die Schweinerei selbst beseitigen kannst – ganz so wie ein großer Junge!" Er hatte mich im Sack. Ich nickte nur zur Antwort und fügte mich.

„Den Gang links runter, dann wieder links und den Flur durch. Dann kommst du zu einer Feuerleiter. Der Rest – wenn du draußen bist – der ist ganz einfach. An der Kapelle vorbei und wieder links halten. Verstanden?"

„Ja. Aber wie soll ich an der Nachtschwester vorbeikommen?"

Er antwortete mir nicht, sondern erhob sich und trat an die Tür, die er mit sanftem Druck aufstieß. Lautlos schwang sie auf und gab den Blick auf den dunklen Flur frei, der friedlich dalag. Auf dem kantigen Gesicht zeigte sich ein breites Lächeln. Meine Nackenhaare stellten sich auf.

„Lauf! Lauf! Lauf!", schrie Runkel dann vollkommen ohne jede Vorwarnung. Seine Sehnen und Adern traten hervor und die Augen schienen aus ihren Höhlen herauszufallen. Wie ein Lamm, das zur Schlachtbank geführt wird, starrte ich ihn nur fassungslos an, bevor meine Beine das Kommando übernahmen. Ehe ich mich versah, rannte ich den Flur entlang.

Zwei Zimmer weiter war ein Lichtschalter. Im Laufen schlug ich danach und geriet kurz ins Stocken, als das erlösende Auffflackern der Lampen ausblieb. Einen Moment war ich hin- und hergerissen, aber ich verwarf die Idee, noch einmal umzukehren. Runkel hatte so einen Krach gemacht, hier müsste es gleich vor Pflegern wimmeln. Also rannte ich im Dunkeln weiter und konnte kaum die Hand vor Augen, geschweige denn den Boden sehen. Natürlich strauchelte ich schon nach wenigen Schritten und schlug hart auf dem kalten Boden auf. Blindlings tasteten meine Hände panisch nach etwas, an dem sich der Rest meines Körpers hochziehen könnte. Ich bekam etwas Fleischiges zu packen. Ein Bein!, erkannte ich mit Schrecken und unterdrückte einen Aufschrei. Mühsam richtete ich mich schließlich wieder auf und rannte schnell weiter. Ich wollte gar nicht daran denken, was dieser Irre angestellt hatte und sprintete stattdessen weiter. Natürlich verpasste ich um ein Haar die Abzweigung und konnte nur mit Mühe verhindern, im vollen Lauftempo gegen die Wand zu donnern. Einen unsanften Schlag gegen meine Schulter musste ich dennoch in Kauf nehmen.

Am Ende des Ganges sah ich die Balkontür, hinter der die Feuerleiter hinunter führte. Durch die große Glasfront fiel das schummrige Leuchten der schwachen Außenbeleuchtung herein. Wie eine Motte strebte ich diesem verheißungsvollen Licht entgegen. Meine Hand krallte sich um den Griff, wollte ihn umlegen – doch nichts geschah. „Scheiße“, entfuhr es mir und ich verfluchte mich für meine Dummheit. Natürlich waren hier alle Fenster und Balkontüren verschlossen. Alles andere wäre wohl auch grob fahrlässig. Ich erschrak, als ich mein eigenes schrilles Kichern hörte. Dann Schritte. Sie kamen schnell näher. In meiner Panik überlegte ich, wie gut meine Chancen ständen, sollte ich versuchen, die Tür einzuschlagen. Im besten Fall gelang es mir. Ja, und eine der Scherben reißt dir den Arm auf und auf deiner Flucht verblutest du langsam“, kam es mir mahnend in den Sinn. Ich verwarf den Gedanken und tastete – einer seltsamen Eingebung, gleich einem fernen Flüstern, folgend – die Taschen meiner Hose ab. Ich spürte die Umrisse eines Schlüssels. Ungläubig griff ich danach und war darauf vorbereitet, nach nichts weiter als Luft zu greifen. Doch ich irrte mich – da war tatsächlich ein Schlüssel. Hatte Runkel ihn mir heimlich zugesteckt? Doch wie hätte er das unbemerkt tun sollen? Ich stellte die Frage fürs erste hinten an, als ich sah, wie dunkle Schemen um die Ecke stürzten.

Eilig steckte ich den Schlüssel ins Schloss, drehte den Griff um und schlüpfte hinaus in eine laue Sommernacht. Ich hörte Schreie: „Stehen bleiben!" Natürlich kümmerte ich mich nicht darum und kletterte lieber rasch die Sprossen herab. Das kühle Metall schien auf meinen Händen regelrecht zu prickeln. Als ich etwa die Hälfte der Leiter überwunden hatte, geriet die Metallkonstruktion auf einmal heftig in Schwingungen. Sie folgten mir. Ihr Atem ging schwer. Wie weit mochte es wohl noch nach unten sein? Ich dachte nicht weiter drüber nach und ließ mich einfach fallen.

Ich sackte bei der Landung in mich zusammen und ein heißer Schmerz loderte in meinen Beinen auf. Besonders meine alte Verletzung litt darunter. Die ganze Region um das Knie schien in Flammen zu stehen, nur um kurz danach in ein Gefühl von Taubheit gehüllt zu werden. Keuchend hinkte ich davon. Ich hatte gerade die ersten Meter in Richtung der Klinikkapelle mühsam zurückgelegt, als ich einen dumpfen Laut hinter mir hörte. Ich achtete nicht auf ihn. Die Kapelle ragte grau gegen den dunklen Nachthimmel auf. Etwa zwanzig Meter dahinter erhob sich der dichte Nadelwald. Ich vergaß Runkels Anweisungen. Die Flucht in den Wald schien mir der einzige Ausweg zu sein.

Hinter mir hörte ich keuchenden Atem, der immer näher kam. Ich spürte einen Luftsog – mein Verfolger hatte versucht nach mir zu greifen. Er schien dabei aus dem Gleichgewicht geraten zu sein. Ich hörte einen Fluch, den Aufprall eines massigen Körpers auf der staubtrockenen Rasenfläche der Parkanlage und dann erneute Flüche. Ich konnte dem Impuls nicht widerstehen und blickte mich um, nur um zu sehen, wie sich die Gestalt flink aufrichtete. Ich hatte kaum Sekunden durch den Sturz gewinnen können, erkannte ich, und tat das einzig Vernünftige: Obwohl mir meine Beine brüchig wie Streichhölzer vorkamen, beschleunigte ich meine Schritte nur noch weiter.

Endlich hatte ich die Kapelle erreicht und hielt mich dicht an der Wand, bevor ich strauchelnd um eine der Ecken stolperte. Ein grobes Gesicht erschien dort dicht vor meinen Augen aus dem Nichts. Ich erkannte nur die Habichtaugen und den hasserfüllten Blick, bevor ich sah, wie Runkel eine Schaufel empor riss. Instinktiv duckte ich mich, spürte den Luftstrom des Schlags, der über mich hinweg sauste, und hörte dann ein ekelhaftes, trockenes Geräusch, auf das ein lautes Schmatzen folgte. Noch in der Hocke drehte ich mich um und blickte auf meinen Verfolger, den Runkel mit einem gewaltigen Schlag der Schaufel niedergestreckt hatte. Das Blut, das aus der Wunde sickerte, schien fast schwarz zu sein.

Ich richtete mich auf und hatte die Hände bereits zu Fäusten geballt, um mit ihnen auf diesen Mistkerl einzuschlagen. Aber da war nichts. Wieder war er einfach verschwunden.

„Und dann sind sie einfach zurück zum Tatort gegangen, wo ein Anwohner auf sie aufmerksam wurde?"

„Ja", sagt der dürre Mann.

Der massige Schädel des Beamten sinkt in seine gefalteten Hände. Zwischen den Fingern dringt ein langes Seufzen hervor, bevor der Kriminalist – noch immer das Gesicht in den Händen vergraben – fragt: „Geben Sie zu, Ihre Verlobte aus Eifersucht ermordet zu haben?"

„Haben Sie mir denn nicht zugehört!?" Behrens springt auf. In seinen Augen lodert es. Die Uniformierten wollen sich gerade auf ihn stürzen, als ihr Vorgesetzter sie mit einer Geste anweist, an ihrem Platz zu verharren. Stattdessen richtet er sich langsam auf und legt seine Hand auf Behrens' dünnes Ärmchen. Er kann es fast ganz umschließen. Der plötzliche Wutausbruch legt sich so schnell, wie er gekommen ist. Die beiden Männer sinken zurück in ihre Stühle. Wieder hängt da diese Stille im Raum.

„Behrens, es gibt keinen Runkel. Alles, was er getan haben soll, der Mord an Ihrer Verlobten, die schweren Körperverletzungen, das waren Sie." Der Beamte fährt sich mit der Zunge über die Lippen. Sein Blick – beinahe könnte man ihn schüchtern nennen – ruht auf Behrens' Gesicht. Dessen Augen sind nachdenklich nach unten gerichtet.

„Das muss einer dieser Polizeitricks sein", murmelt der dünne Mann nachdenklich.

„Nein, das ist die Wahrheit. Es gibt keinen mysteriösen Runkel, der kommt und geht, wie er will. Es gibt ihn allenfalls hier", sagt der Beamte und tippt sich an die Stirn. „Es tut mir leid, es Ihnen sagen zu müssen, aber Sie sind vollkommen übergeschnappt."

Schwerfällig erhebt sich der Beamte aus dem Stuhl. Die Metallbeine kratzen über den gefliesten Boden. In Behrens' Gesicht arbeitet es. Die Lider zucken, seine Lippen bilden eine immer schmalere Linie. Gerade, als der Beamte sich zum Gehen umgedreht hat, ruft er: „Nein! Es war alles genauso!"

Ohne Behrens noch eines weiteren Blickes zu würdigen, erwidert der Kriminalist: „Denken Sie noch mal nach. Füllen Sie die Lücken in Ihrer Geschichte, die zum Ende hin immer fantastischer wird. Dieser Runkel hat Sie nicht in der Klinik gefunden. Wie denn auch? Er hat Ihnen auch nicht den Schlüssel gegeben. Sie haben sich ihn genommen, nachdem Sie die Schwester niedergeschlagen haben. Sie haben den Pfleger schwer am Kopf verletzt. Und Sie haben Monika ermordet."

Behrens senkt seinen Blick. Die Augen sind voller Hass. Ein kaltes Lächeln erscheint auf seinem Gesicht. „Sind Sie sich da so sicher?", fragt er. „Ich hoffe für Sie, dass Sie Recht haben! Runkel vergisst nichts. Er wird Sie finden." Dann erschlaffen die Züge. Ein apathischer Ausdruck liegt nun auf dem Gesicht. Die drei Polizisten verlassen die Zelle. Die Tür fällt ins Schloss.

Die Geschichte basiert frei auf einem Mord, der sich im August 1967 tatsächlich in Remscheid zugetragen hat. Joachim Hahn tötete damals seine Verlobte aus Eifersucht. Erst nach zehn Tagen wurden Nachbarn auf den Mord aufmerksam, da der Gestank inzwischen unerträglich war. Die Leiche hatte die ganze Zeit unbemerkt in der Gaststätte gelegen, die Hahns Verlobte kurz zuvor eröffnet hatte. Von Hahn fehlte nach dem Fund des Opfers jede Spur. Erst nachdem er schon seit Tagen per Steckbrief gesucht worden war, tauchte Hahn auf einmal nachts wie-

der am Tatort auf. Ein aufmerksamer Wachmann entdeckte ihn. Hahn konnte ohne Gegenwehr festgenommen werden.

Später stellte sich in Vernehmungen heraus, dass Hahn sich selbst in eine Klinik hatte einweisen lassen, die er nach zwei Tagen wieder verließ. Er hat die Tat bis zuletzt abgestritten.

Vita:

Hagen Thiele wurde 1988 in Wuppertal geboren. Nach dem Abitur absolvierte er journalistische Praktika bei Radio RSG und der Rheinischen Post, wo er heute als freier Journalist tätig ist. Er schreibt neben Krimis auch Fantasy- und Mysterygeschichten.

Michael Schreckenberg: Puppenbrunnen

„Everything you can think of is true" (Tom Waits)

An den Finder dieses Briefes,

es ist wichtig, dass Sie die folgenden Zeilen genau verstehen. Es ist wichtig, dass Sie alles, was ich schreibe, sehr ernst nehmen. Ich vermute, nach dem, was geschehen ist, nach meiner Tat, habe ich Ihre volle Aufmerksamkeit. Für mich liegt meine Tat in der Zukunft. Für Sie liegt sie in der Vergangenheit. Bitte glauben Sie mir, dass ich all das, was geschehen muss, all das, was für Sie geschehen ist, ebenso grauenvoll finde wie Sie. Aber Sie müssen jetzt versuchen, mir zu folgen und genau zu verstehen, was ich Ihnen sagen will. Sie müssen versuchen, mich nicht als das Monster zu sehen, zu dem ich werden muss. Sie müssen mich verstehen. Sonst werden all diese Menschen, all die Kinder umsonst gestorben sein. Das wollen Sie doch nicht. Ich will es ganz bestimmt nicht. Ich will nicht sinnlos töten. Ich will nicht sinnlos sterben.

Ich nehme an, Sie sind Polizist. Oder Polizistin. Bitte fühlen Sie sich nicht beleidigt, wenn ich Sie nicht korrekt anspreche. Ich halte es für möglich, dass Sie direkt von der Montanusschule hierher gekommen sind, dass Sie all diese Bilder im Kopf haben, es tut mir sehr leid. Vielleicht haben Sie auch selbst Kinder. Ich glaube nicht, dass es Ihre Kinder getroffen hat, dann hätte man sie bestimmt nicht dorthin geschickt. Aber was Sie gesehen haben müssen – Sie haben mein ganzes Mitgefühl. Bestimmt haben Sie oder ein tüchtiger Kollege meinen Ausweis gefunden. Ich werde ihn nicht zufällig dort verloren haben. Ich will, dass Sie schnell hierher kommen und diesen Brief finden. Das ist wichtig!

Ich werde Ihnen alles von Anfang an erzählen. Ich weiß nicht, ob Sie mir danach glauben können. Wahrscheinlich nicht – Sie werden mich für einen Irren halten, einen von denen, die Stimmen hören und mit Dingen sprechen. Egal. Wichtig ist nur, und das müssen Sie mir versprechen, dass Sie mich ernst nehmen, und sei es nur für einen Moment. Fahren Sie zu dem Brunnen. Berühren Sie die Puppen. Und dann vernichten Sie sie! Für all die armen Kinder. Für all die zerstörten Familien. Für alle Menschen, dass es nie wieder geschehen muss. Und für mich. Versprechen Sie mir das! Habe ich Ihr Wort? Danke!

Vor zehn Jahren hat es begonnen. Sie haben den Brunnen wieder aufgestellt. Sie haben ihn neben die Sparkasse gestellt und das wird Sie überraschen: Ich weiß bis heute nicht genau, warum sie das getan haben. War es Naivität? Wusste dieser Obst- und Gartenbauverein nicht, was er tat, als er die Puppen wieder an einen Ort brachte, an dem sie Menschen anlocken und Macht gewinnen können? Oder arbeiten unter diesem harmlosen Deckmantel etwa noch immer Menschen daran, das Werk des verfluchten Wallace zu beenden, Verräter an ihrer eigenen Spezies, Verräter an der ganzen Schöpfung. Zu welchem Zweck? Welches sollte ihr Lohn sein, für diese niedrigste aller Taten? Ja, es mag sein, dass sie wirklich arglos und naiv waren. Aber kann ich das wirklich glauben? Ich fürchte, ich kann es nicht. Ich bin mit meinen Nachforschungen noch nicht weit genug gediehen, meine Zeit war zu kurz. Werden Sie mir glauben, mein Leser, mein letzter Verbündeter? Werden Sie die letzten Puzzleteile zu dem großen Bild finden? Vor zehn Jahren also stellten sie den Brunnen in die Mitte dieses kleinen grünen Fleckens neben der Sparkasse. Hat sich damals niemand gefragt – warum? Warum man gerade in eine Stadt wie Burscheid, eine Stadt der grünen Hügel und weiten Landschaft, eine solch traurige Entschuldigung für einen Park setzt? Nein, niemand hat gefragt. Vieh waren sie, Vieh sind sie alle, und ich bewahre sie vor der Schlachtbank. Ich werde mir meine Menschlichkeit entreißen um ihre zu bewahren.

Ich war damals zwölf Jahre alt. Eigentlich schon zu alt für die vierte Klasse, aber ich war viel krank, zwei Jahre musste ich wiederholen, das erste und das dritte Schuljahr. Nach diesem Tag sollte ich nie wieder krank sein. Das muss Ihnen doch auch seltsam vorkommen. Wenn das kein Beweis ist! Aber es ist nicht der einzige.

Ich war also zwölf und wir haben einen Klassenausflug zu dem Brunnen gemacht, kurz nachdem sie ihn wieder aufgestellt hatten. Ich war auch auf der Montanusschule, ist das nicht bitter? Ich werde heute Menschen töten, die ich als Kind verehrt, fast geliebt habe. Glauben Sie nicht, das fiele mir leicht. Oh nein.

Den Ausflug machten wir gegen Ende des Schuljahres, zwei oder drei Wochen vor den Ferien. Danach ging es in die Lindenpassage, auf ein Eis. Sagen wir es, wie es ist – unsere Lehrerin wollte sich einen kurzen Tag gönnen. Oder war es ihre Absicht, uns zu den Puppen zu bringen? Ich glaube es nicht, obwohl es ins Bild passen würde. Aber ich kannte diese Frau. Kann ich mich so sehr irren?

Bevor wir unser Eis bekamen, mussten wir uns rund um den Brunnen aufstellen. Unter den Baum? War der Baum damals schon da? Ich bin nicht sicher. Eine Kaukasische Flügelnuss, ich habe nachgesehen, *Pterocarya Fraxinifolia*. Es bedeutet nichts. Die Zeichen sind überall, aber der Baum hat nichts damit zu tun. Sie müssen sich um den Baum nicht kümmern.

Da standen wir also, 21 kleine Viertklässler und ich, und sie erzählte uns von dem Brunnen. Und von dem Verein und dem Unfall und von Paris und von Wallace, dem Erzverräter, tausendmal verflucht, und von jenem mit dem Doppelnamen, seinem Jünger und Nachfolger im Verrat. Natürlich erzählte sie uns nicht die Wahrheit, die nur ich kenne. Sie erzählte die Geschichte, die alle kennen: Dass Wallace nach dem Deutsch-Französischen Krieg von Mitleid getrieben (MITLEID!!! Verflucht sei er, verflucht seine Heuchelei, verflucht sein Verrat, der mich zum Mörder macht. Keine Hölle brennt heiß genug für Dich, Wallace!!!!!!!), den Brunnen habe aufstellen lassen für die arme Bevölkerung von Paris, dass Jener mit dem Doppelnamen mehr als dreißig Jahre später dann den einzigen Wallace-Brunnen in Deutschland gestiftet habe, just hier in Burscheid. Hat eigentlich nie jemand gemerkt, wie blödsinnig diese Geschichte ist? Das ergibt doch gar keinen Sinn. Burscheid! Warum Burscheid?

Ehrlich gesagt habe ich das selbst auch nicht herausfinden können, ein weiteres ungelöstes Rätsel. Wahrscheinlich musste es nicht unbedingt Burscheid sein, nur irgendein Flecken mit genug einfachem Volk, das nicht allzu viele Fragen stellt.

Auch ich bemerkte nicht, wie albern die Geschichte war, wie offenkundig widersinnig. Ich war ja noch ein Kind. Ich hörte gar nicht richtig zu, ich wollte mein Eis und überlegte schon, welche Sorten ich nehmen würde. Als der Unterricht aber dann zu Ende war und wir endlich abdackeln durften, da streifte ich im Gedränge mit der Hand den Puppenbrunnen, streichelte eines der Basreliefs, einen dieser Fischdrachen an der Basis des Brunnens. Nur eine flüchtige Berührung, der Bruchteil einer Sekunde. Doch da hörte ich zum ersten Mal die Stimmen: „Komm zurück!“

Sie riefen mich den ganzen Tag und die ganze Nacht und noch einen Tag und noch eine Nacht. Am dritten Tag konnte ich nicht mehr widerstehen und folgte ihrem Ruf. Ich ging nicht in die Schule, ich ging zum Puppenbrunnen. Ich saß dort am Morgen und ich saß dort am Mittag und bis zum Abend. Viele Leute kamen vorbei. Niemand sprach mich an. Vielleicht konnten sie mich gar nicht sehen. Ich aber lauschte den Puppen. Immer redeten nur die drei Schönen. Ihre Stimmen sind klar und wenn sie sprechen, dann fühle ich mich ganz sicher und geborgen in der Wärme und Liebe, die in ihren Stimmen ist. Auch heute noch, obwohl ich weiß, dass es eine Lüge ist. Sirenengesang. Sie fangen Dich, sie singen für Dich, sie lullen Dich ein. Du hast Angst vor einer Mathearbeit? Lausche, lausche auf ihre Stimmen, auch wenn Du nicht beim Brunnen bist, sind sie bei Dir und sie geben Dir die Antworten, die Du brauchst. Jemand war böse zu Dir, hat Dich verletzt? Erzähle es den Puppen, sie singen für Dich, sie machen die Welt wieder schön. Und sie kümmern sich um Deinen Feind. Die Puppen können alles. Alles!

Was wäre passiert, wenn sie geduldiger gewesen wären? Wenn die vierte Puppe nicht so früh gesprochen hätte. Und wenn sie Lale in Ruhe gelassen hätten. Doch sie hatten nicht mehr viel Zeit. Vor vielen Jahren, in den 1960er Jahren, hat jemand erkannt, was der Puppenbrunnen wirklich ist und versucht, ihn zu zerstören. Das ist nicht gelungen, natürlich nicht. Aber der Brunnen war seiner Macht beraubt, niemand war mehr da, der ihm opferte, kaum ein Mensch hörte seinen Ruf. Bis er wieder dort aufgestellt wurde, mitten in der Stadt. Die Puppen hatten viel Zeit verloren.

Als die vierte Puppe sprach, war ich schon mehr als zwei Jahre lang zu den Puppen gekommen, immer wieder, hatte ihren Stimmen gelauscht, ihren Geschichten, ihren Belehrungen. Ich hatte ihnen geopfert. Die armen Tiere taten mir leid und meine kleine Schwester weinte so, als das Kätzchen nicht mehr wiederkam, aber die Puppen wollten es. Und der Lohn war so köstlich.

Es war an einem Winterabend, als die vierte Puppe sprach. Die, die immer im Schatten ist, die mit dem zerstörten Mund. Als ich ihre Stimme hörte, schrie ich auf, so schrecklich ist diese Stimme. Sie tut weh. Doch sie hat Macht, viel Macht. Sie ist stark, diese Stimme. Und sie nahm mir etwas und sie gab mir etwas. Und sie erklärte mir alles. Sie sprach von einer uralten Rasse, älter als die Menschen, eine Rasse, die von den Sternen kam, noch vor den Göttern. Eine Rasse, die herrschte, bis sie besiegt wurde, vernichtet und gebannt. Wie Wallace, der Erzverräter, sie ins Licht zurückholte und verbarg, sie versteckte wie ein Buch in einer Bibliothek – denn die meisten Brunnen in Paris sind wirklich nichts als das: Brunnen. Teuflisches Genie, verflucht sei er. Und wie der Krieg im Geheimen neu entbrannte, wie Brunnen zerstört und Puppen getötet wurden, bis nur noch diese vier lebendig waren, die vier, die jener mit dem Doppelnamen wohlweislich weit entfernt von der Front verborgen und im Verborgenen genährt hatte.

Im geheimen Puppenkrieg starben die Wissenden und so überlebten die Puppen hier, unbehelligt, abgesehen von diesem einen Anschlag, der einer Zufallsentdeckung entsprang, keinem Plan.

Und die vierte Puppe befahl mir, was zu tun sei. Es würde nicht schwer sein, wenige Taten über wenige Jahre, zur rechten Zeit am rechten Ort, wenn die Sterne richtig standen. Dann würde die alte Rasse befreit und die Menschen würden ihre Sklaven sein und ihre Nahrung, ich aber und meine Familie, wir sollten über die Menschen herrschen, solange sie noch leben würden. Fürsten sollten wir sein, Götter.

Ich war gewillt alles zu tun, den Befehlen zu folgen, doch als ich mich vom Brunnen entfernte in dieser Nacht, da kam mir ein Gesicht in den Sinn, ein lachendes Gesicht, das neue Mädchen in meiner Klasse. Die Einzige, die nett zu mir war, immer. Was würde dann aus ihr werden? Und unvorsichtig, wie ich war, sprach ich das Wort aus. „Lale?“

Sie starb zwei Wochen später. Ein betrunkener Autofahrer stieß sie von ihrem Fahrrad, auf der Straße von Pattscheid, sie war auf dem Weg nach Hause. Er schleifte sie 500 Meter weit mit sich, bevor er etwas merkte. Der arme Mann. Er konnte nichts dafür, aber das wusste nur ich. Die Puppen hatten es getan, er hatte ihre Stimmen gehört. Doch Lale ist nicht umsonst gestorben, sie hat sich geopfert für Euch alle, so wie ich mich für Euch alle opfern werde, aber ohne, dass sie meine Schuld auf sich laden musste.

Die Puppen hatten mir Lale genommen und ich begann, sie dafür zu hassen. Doch ich war klug. Sie ahnten nichts von meinem Sinneswandel, nach außen blieb ich ihr Diener, brachte weiter die Opfer dar, lauschte den Unterweisungen. Aber im Verborgenen las ich. Ich fand die Schriften, in denen die Wahrheit verborgen war. Ich las Machen und Lovecraft, Kafka und Konsalik, Clive Barker und Dan Brown. Und ich begann, mich vorzubereiten. Denn ich wusste, wenn die Zeichen sichtbar würden, dann musste ich vorbereitet sein.

Ich besitze eine Anleitung zum Bau einer Maschinenpistole. Die einzelnen Bauteile habe ich unter unterschiedlichen Vorwänden von unterschiedlichen Schlossern herstellen lassen. Die Maschinenpistole funktioniert gut. Ich habe diese Anleitung nicht aus dem Internet, ebenso wenig wie den Plan zum Bau meiner Bombe. Wer so etwas im Internet sucht, ist dumm. Eine Leihbücherei hier, ein Antiquariat dort, ein Flohmarkt in dieser Stadt, eine große Buchhandlung in einer anderen. Geduldiges Suchen und Finden. Niemanden fragen, nichts bestellen. Kleine Mengen, unverfängliche Einzelteile. Es ist gar nicht so schwer. Nur die Patronen waren ein Problem, da brauchte ich dann doch das Internet. Dieses eine Mal. Ein Risiko, aber ein geringes. Sie werden auf diesen Kauf stoßen, wenn Sie alles untersuchen, sofern Sie wirklich ein Polizist sind. Nur zu, folgen Sie meinem Weg, Schritt für Schritt. Wenn Sie verstehen, was ich getan habe, vielleicht verstehen sie ja doch, warum. Aber Sie müssen zu dem Brunnen gehen. Sie haben es versprochen.

Anfang dieses Jahres begann ich, die Zeichen zu sehen. Immer waren es Kinder. Ein Fangspiel, unverfänglich für jeden, der das Muster nicht kennt. Ein Fußballspiel der E-Jugend – warum schießt der Stürmer den Ball in diesem Winkel am Tor vorbei, warum köpft der Verteidiger den Eckball genau in diesem Moment ins eigene Tor? Die Zeichen waren überall, plötzlich, und ich begriff: Wieder die Kinder! Wieder diese Schule. Als mir klar wurde, was ich würde tun müssen, da weinte ich. Lange und voller Verzweiflung. Denn ich wusste – es waren nur wenige Kinder, die sie betört hatten. Aber ich wusste nicht, welche. Sie hatten sie versteckt, wie Bücher in einer Bibliothek. Einige kannte ich. Andere nicht. Ich verstand, dass es nur einen Weg gibt, um sicher zu gehen: Alle! Alle müssen sterben.

Auf dem Papier klingt das so einfach: Wenige müssen sterben, um viele zu retten, um Milliarden vor der Vernichtung zu bewahren. Ein paar Kinder für alle Menschen der Welt. Aber es ist nicht einfach, glauben Sie mir das. Nicht, wenn man selbst das Werkzeug der Rettung ist. Dennoch werde ich es tun. Sie werden es ja wissen, wenn Sie dies lesen. Wie ich in die Schule eingedrungen bin. Wie ich sie heraus getrieben habe, alle tötend, die nicht fliehen wollten. Meinen Wagen werde ich an der Sonnenuhr parken, und sie werden auf ihn zu laufen. Wenn die Bombe dann detoniert, wird sie fast alle der Verbliebenen mit sich reißen. Um die wenigen Überlebenden und Verletzten werde ich mich dann noch kümmern müssen, bevor ich mich endlich, endlich selbst zur Ruhe schicken darf. Aber das wissen Sie ja bereits. Nur um die Puppen kann ich mich nicht mehr kümmern, ich habe die Kraft nicht mehr. Das müssen Sie dann tun. Es ist nicht schwer, auch sie werden geschwächt sein durch das Ende ihrer Geschöpfe. Wie es geht, steht in dem Notizbuch, das ich neben diesen Brief legen werde. Und jetzt gehen Sie und tun, was getan werden muss, im Namen meiner Opfer und aller Menschen auf der Welt.

Ich wünsche Ihnen Glück. Ich wache über Sie!

Der unglückliche Retter der Menschheit.

Er faltet den Brief sorgfältig und steckt ihn in ein braunes DIN-A5 Kuvert, auf das er noch einmal schreibt: „An den Finder.“ Er legt den Brief auf den Tisch. Er legt das Notizbuch daneben. Nimmt es noch einmal auf. Küsst es. Legt es wieder auf den Tisch, nimmt den Rucksack, verlässt die Wohnung und zieht die Tür zum letzten Mal hinter sich zu. Im Rucksack sind die Maschinenpistole, viel Munition, die Zünder, eine Flasche mit Mineralwasser und ein großes Messer. Er hofft, dass er das Messer nicht brauchen wird. Er läuft die Treppe hinab, geht aus dem Haus, steigt in das Auto. Die Bombe füllt den Laderaum und den halben Raum der umgeklappten Rückbank. Noch ist der Sprengstoff ungefährlich, nur elektrische Energie oder sehr große Hitze können die Reaktion auslösen. Rund um die Bombe hat er Kartons drapiert, voller Schrauben, Nägel, Rasierklingen, Blechstücke, Metallkugeln ...

Es dämmert bereits. Er fährt die Kölner Straße hinauf, biegt dann auf den Zubringer ab und zur Autobahnauffahrt Opladen. Im Kreuz Leverkusen fährt er auf die A1. Er hat sich für die Autobahn entschieden, weil die Polizei auf der Bundesstraße zwischen Bergisch Neukirchen und Burscheid gerne mal blitzt. Und er weiß, dass er schnell fahren wird, seine Ruhe und Geduld sind dahin. Nur nicht im letzten Moment von einem Zufall gestoppt werden.

Er fährt schnell und schneller – und ist es ein Zufall? Ein Schlag, ein Knall, der Wagen schüttelt sich und dann beginnt die Welt sich zu drehen, rasend schnell. Der Raum um ihn wird eng und enger, sein Van verwandelt sich in einen Kombi, dann in einen Kompaktwagen. Der Airbag knockt ihn kurz aus und flabbert dann vor seinem Gesicht herum, als er in eine dumpfe Benommenheit erwacht. Irgendetwas kommt durch den Boden und dringt in seinen Körper ein, er spürt keinen Schmerz, er wird eins mit der Maschine. Noch ein Krach, noch zwei, drei heftige Bewegungen, dann herrscht Ruhe. Es riecht nach Benzin. Er sieht durch einen Schlitz zwischen Motorhaube, Dach und den Resten der Windschutzscheibe zwei helle Punkte auf sich zukommen. Schnell. Er riecht Benzin. Aus den Punkten werden Scheiben, Scheiben aus Licht, sie kommen wirklich sehr schnell näher. Und er riecht Benzin. Und dann hört er es. Erst leise und von fern, dann lauter und lauter werdend, alles verdrängend. Gelächter. Vier Stimmen. Und sie lachen und lachen und lachen. Und er beginnt zu verstehen. Die Falle. Die Täuschung. Er sieht noch einmal alle Zeichen, und er erkennt seinen Fehler. Er versteht nun, was das letzte Opfer ist. Es braucht gar nicht so viel. Das Blut eines Mannes reicht. Nun sind die hellen Scheiben da. Gelächter, Gelächter, Licht überall, und ein Wind, der seine Welt zerreißt.

Vita:

Michael Schreckenberg arbeitet als freier PR-Berater und Autor in Leverkusen. Sein Endzeitroman „Der Finder“ ist im Frühjahr 2013 bereits in zweiter Auflage erschienen, zudem hat er im Herbst 2011 den Kriminalroman „Die Träumer“ veröffentlicht, beide Titel in der Verlagsallianz Gardez!/JUHR. Im JUHR Verlag erschien zudem im Herbst 2012 sein Mysteryroman „Der wandernde Krieg: Sergej“.

Moritz Platzer: Augen

Schwarze Stöckelschuhe auf Asphalt. Es regnet. Die Schritte sind eilend. Die Finger führen eine glühende Zigarette zum Mund. Ein tiefer Zug. Der Qualm wird vom Wind hinfort geweht. Eine schlanke Frau in eleganter Kleidung unter einem Regenschirm. Mit traurigen Augen. Winkt einem Taxi, das nicht anhält. Fluchen. Sie schaut auf eine silberne Armbanduhr. Fluchen. Tippt eine Nummer in ihr Handy ein.

„Ich bin es, Katharina ... Ja, sorry, mir ist was dazwischen gekommen. Meine beste Freundin liegt im Krankenhaus ... Eine Lungenentzündung ... Nein, nicht lebensbedrohlich ... Also, ich bin in zehn Minuten da ... Wie gesagt, tut mir leid ... Bis gleich!"

Blankstraße in Elberfeld. Ein Taxi hält. Der Regenschirm wird eingepackt. Ein Regentropfen. Die Glut erlischt. Die Zigarette wird in eine Pfütze geschmissen. Die Frau steigt ins Taxi.

„In die Zeughausstraße in Barmen."

Sie beobachtet die Passanten, die verärgert dreinblicken, wenn die Autos sie mit Pfützenwasser vollspritzen. Der Taxifahrer schaut lächelnd, sichtbar angetan in den Rückspiegel.

„Und wie geht's so? Sauwetter, oder?"

„Mir ist nicht nach reden."

„Okay, muss ja auch nicht sein."

„Genau."

Sie kramt in ihrer Handtasche nach einer Medikamentenpackung. Eine Tablette Diazepam, runtergespült mit Gin, der sich in einer Wasserflasche befindet. Ihre Gesichtszüge entspannen sich. Ihr Handy empfängt eine SMS: „Hey Kati. Kommst du zu meiner Party heute? Würde mich freuen. Lg und Kuss, Lisa."

Sie antwortet: „Mal schauen, ob ich's schaffe. Kuss, K."

Der Taxifahrer schaltet das Radio an. Die Stimme der Moderatorin lässt euphorisch verlauten, dass es erneut Anschläge mit vielen Toten im Irak gab, und dass die Wirtschaftsprognosen für Deutschland in diesem Jahr äußerst gut ausfallen würden. Nach den Staunachrichten ertönt ein Song von Lady Gaga und der Taxifahrer tippt mit seinen Fingern zum Takt aufs Lenkrad. Dann sind sie da.

„Hier wären wir."

„Vielen Dank ... Hier ... Stimmt so."

„Danke."

Taxitür auf und zu. Sie atmet tief durch. Zündet sich eine Zigarette an. Nimmt zwei Züge und schmeißt sie weg. Sie steht vor einem Mehrfamilienhaus. Sie drückt auf eine Klingel. Nach einigen Sekunden kann sie das Haus betreten. Im Hausflur überprüft sie im Taschenspiegel ihr Make-Up. Sie scheint zufrieden. Dann mit einem schmutzigen Fahrstuhl in den dritten Stock. Eine Tür ist geöffnet. Ein dicker, glatzköpfiger Mann grinst sie lüstern an.

„Hallo Katharina."

„Hallo Peter."

Von ihrer kühlen Art ist nichts mehr sichtbar. Sie zeigt ein naives Lächeln und umarmt Peter. Er schließt hinter ihr die Tür und sie folgt ihm ins Wohnzimmer. Sie nehmen auf einem beigefarbenen Ledersofa Platz. Der Fernseher läuft. Boulevardnachrichten. Peter legt den Arm um Katharina und öffnet den Mund, um zu sprechen.

„Wie ist es dir seit letztem Mal gegangen? Ist ja schon eine Zeit her jetzt."

„Ganz gut. Sehr gut sogar. Und dir?"

„Naja, viel, viel Arbeit. Und das Wetter trägt auch nicht unbedingt zur guten Stimmung bei. Aber ich freue mich, dass du da bist."

„Ja, ich auch."

Er beginnt, ihre rechte Schulter zu massieren.

„Darf ich dir ein Glas Wein anbieten?"

„Ja, gerne ... Aber nur, wenn es Weißwein ist. Rotwein vertrage ich nicht ... Wegen der Sulfide oder so ..."

„Das weiß ich doch. Habe heute einen guten Chardonnay in der Weinhandlung besorgt."

„Dann sehr gerne."

Peter ist in der Küche. Peter kehrt zurück. Eine Flasche in der Hand, ein Grinsen im Gesicht. Ein Korkenzieher öffnet die Flasche. Der Inhalt ergießt sich in zwei Weingläsern. Sie stoßen an.

Peter nimmt einen Schluck, Katharina fünf Schlucke. Eine Prinzessin wurde geschwängert, verrät die Boulevardsendung. Peter versucht, zärtlich ihren Oberkörper zu streicheln. Es wirkt eher unbeholfen. Katharina räkelt sich.

„Ich muss mal kurz auf Toilette."

„Klar, du weißt ja, wo."

Sie steht auf und geht ins Badezimmer. Sie pinkelt. Nachdem sie fertig ist, geht sie mit heruntergelassenem Rock zum Waschbecken und reinigt sich die Vagina. Sie zieht den Rock hoch. Sie schaut in den Spiegel. Sie wirkt unglücklich. Sie fährt sich durch die Haare. Sie verlässt das Bad und geht zurück ins Wohnzimmer. Sie setzt sich unbeschwert lächelnd mit gespreizten Beinen auf Peters Schoß. Und sie küssen sich. Seine Zunge liegt bewegungslos in ihrem Mund, während ihre seine sinnlich umgarnt. Sie küsst seinen Hals. Er stöhnt.

„Lass uns in mein Schlafzimmer gehen."

Im Schlafzimmer steht ein hölzernes Doppelbett. Katharina lässt sich darauf fallen. Peter setzt sich zögerlich neben sie. Etwas scheint er loswerden zu wollen.

„Hättest du mal Lust auf ein Rollenspiel?"

Er sieht sie forschend an.

„Ich gebe dir auch einen Fünfziger mehr."

„Was meinst du mit Rollenspiel?"

„Ich würde gerne dein Meister sein. Und du meine Sklavin."

Katharina denkt kurz nach.

„Ja klar, warum nicht. Aber ... Also für fünfzig mehr ... Ich weiß nicht so genau."

„Hundert mehr?"

Katharina lächelt. Sie nickt und gibt ihm einen Kuss.

„Aber du musst mir das etwas erklären. Habe da nicht so viel Erfahrung mit."

„Es ist ganz einfach ... Du nennst mich Meister und musst mir bedingungslos gehorchen ... Ansonsten gibt es körperliche Züchtigungen ... Und wenn es die gibt, musst du dich bei mir für jeden Schlag in dein Gesicht mit „eins, danke ... zwei, danke ...“ und so weiter bedanken ... Die Härte der Strafe hängt von deinem Vergehen ab ... Eigentlich ganz leicht ... Also, wärst du bereit, das zu tun?“

„Ja, ich bin bereit. Sehr gerne sogar.“

„Sehr gut ...“

Katharina richtet sich im Bett auf und setzt sich neben Peter auf die Bettkante. Er gibt ihr einen Kuss auf den Hals.

„Also, bist du bereit anzufangen?“

Sie nickt. Er schaut ihr vier Sekunden in die Augen. Dann steht er auf und sein Gesicht wird hart.

„Also, du Schlampe. Was lungerst du auf dem Bett herum? Steh auf und säubere meine Füße ... Was zögerst du? Leck sie ab!“

Kurz schaut sie ihn forschend an. Dann kniet sie sich hin und küsst seine Socken.

„Nicht küssen! Lecken. Steh auf und entschuldige dich!“

Sie steht auf.

„Entschuldige.“

Er gibt ihr eine Ohrfeige.

„‚Entschuldige, mein Meister‘, heißt das! Bedanke dich für meine Gnade, dich nur mit einer Ohrfeige bestraft zu haben!“

„Danke, mein Meister.“

„Weitermachen!“

Das Gesicht Peters ist gerötet. Ein paar Äderchen pulsieren. Stechend beobachten seine kleinen Augen die leckende Katharina. Eine Hand ist am Schritt und massiert diesen langsam. Dann knöpft er sich die Hose auf. Dann lässt er die Unterhose sinken und offenbart sein kleines, unerigiertes Geschlecht.

„Willst ... blas mir einen!“

Katharina hört auf, die weißen Sportsocken abzulecken. Sie schaut unschlüssig nach oben. Peter tritt ihr mit einem Fuß gegen das Kinn.

„Mach schon, Schlampe ... nein, so nicht. Ich werde nicht

steif. Du hast kein Talent. Steh auf! Ich will gnädig sein und dich dafür bestrafen."

Er schlägt ihr mit dem Handrücken kräftig ins Gesicht. Sie schreit auf. Sie sammelt sich.

„Danke, mein Meister."

Er lächelt großmütig.

„Du lernst, meine Sklavin. Ich will dir die Ehre erweisen, ein Gespräch mit dir zu führen. Ich erwarte völlige Ehrlichkeit. Jede Lüge wird mit Züchtigung gestraft. Stell dich mir gegenüber und schau mir in die Augen, damit ich sehen kann, wann du lügst."

Sie gehorcht seinem Befehl. Ängstlich und häufig blinzelnd sieht sie ihm in die stahlblauen, unverzeihenden Augen. Er gibt ihr eine Ohrfeige.

„Schau nicht so traurig! Freue dich, dass ich Interesse an meiner Sklavin zeige!"

Sie legt ein fröhliches Gesicht auf.

„Danke, mein Meister."

Er nickt vergebend. Er lässt sie einige Male durchatmen. Dann öffnet er gierig den Mund und spricht.

„Wie bist du Nutte geworden?"

„Ich bin Callgirl, keine Nutte."

Ohrfeige.

„Du sollst mir nicht widersprechen."

„Entschuldige, mein Meister. Danke, mein Meister."

„Also, wie bist du Nutte geworden?"

„Eine Freundin hat es gemacht und sie hat mir erzählt, dass man gut Geld damit machen kann. Ich hatte meinen Job verloren und konnte die Miete nicht zahlen. Ich wollte nicht auf der Straße landen."

Prüfend forscht Peter in ihren Augen. Er holt aus. Sein Handrücken prallt mit voller Wucht gegen ihre Wangenknochen. Katharina verliert kurz das Gleichgewicht. Sie fängt sich und guckt ihn angsterfüllt an. Katharinas Stimme, die bis jetzt ruhig, als sei sie hypnotisiert, erklang, wirkt nun heiser, unsicher und bricht. Ihre Augen sind feucht geworden.

„Ich kann nicht ... Ich sollte jetzt gehen."

Katharina blickt sich nach ihrer Handtasche um. Sie findet

sie auf einem Stuhl. Peter, der, während Katharina sprach, seine Hand in der Jeans hatte und an seinem Penis rieb, hat ein rotes, verschwitztes Gesicht und schaut sie nervös an.

„Ich gebe dir hundert mehr, wenn du bleibst."

Katharina hebt ihre auf einem Stuhl liegende Handtasche auf, keine Anstalten machend zu bleiben.

„Na gut, hundertfünfzig."

Sie legt die Handtasche nieder.

„Aber dafür will ich dich fesseln."

Katharina denkt nach. Sie sieht Peter forschend an. Nach drei Sekunden nickt sie kaum merkbar mit dem Kopf und kniet sich vor Peter hin und öffnet die Hand. Ein knisternder Fünfziger. Noch einer. Und noch einer. In den Slip gesteckt. Peter grinst lüstern, öffnet einen Lederkoffer, entnimmt diesem ein Seil.

„Aber wenn es mir zu viel wird, musst du mich wieder losbinden."

„Selbstverständlich."

Im gleichen Atemzug beginnt er sie zu fesseln. Erst die Arme hinter dem Rücken.

„Aua. Nicht so fest."

Er lässt ihre Beine frei und schaut sie böse an.

„Und erzähl die Wahrheit."

Katharina schluchzt trocken.

„Ich ... wurde schwanger. Ich ... Ich habe ihm nichts erzählt. Ich bin zu einem Arzt. Aber er meinte ... Aber er sagte, er wollte das nur mit Erlaubnis meiner Eltern wegmachen lassen. Ich bin ... Auf die Knie bin ich gefallen. Wegmachen. Er sollte es ... Betteln musste ich. Und ... Weil ... Fuck, ich wollte kein Kind. Ich hasste, was in mir heranwuchs. Dieser – Wie ein Parasit. Ernährt von meinem Fleisch und Blut. Schließlich meinte der Arzt, dass er es macht – wenn ich ihn befriedige. Nichts ... Hat sich was geändert? Es – nein – war nichts Neues für mich. Auch danach nicht. Und ich besuchte ihn auch danach noch. Wenn es dann passierte – ich blendete das aus. Danach ... Und danach bekam ich Geld von ihm in die Hand gedrückt. Weil – mein Vater und meine Mutter hatten mir nie etwas gegeben. Und – es war schrecklich. So, dass man Menschen hasst. Weil die anderen in meiner

Schule – die haben mich immer gehänselt. Weil ich Kleidung aus der Altkleidersammlung trug. Und dann – endlich konnte ich mir die Kleidung kaufen, die ich schön fand. Und irgendwann in diesem Zeitraum begann ich auch zu trinken. Und dann zu kiffen. Und dann gab mir eine meiner neuen Freundinnen Koks. Es war wunderschön. Endlich war ich stark ..." Sie bricht ab. Beinahe schüchtern schauen ihre Augen in seine. Stolz schaut er sie an. „Jetzt sind deine Augen nicht mehr so hart wie vorhin. Du hast Angst. Du ... Ja, ich sehe es genau ... Du versuchst Mitleid zu erregen. Aber ..., also ... du Schlampe, soll ich dir was sagen? Haha, du bist ne kleine Schlampe mit ner noch kleineren ... Und du hast es verlernt, duuu ... Schlampe. Jetzt kommt ... Und nun kommt die Reinwaschung deiner Sünden. Und mein Saft wird dein – er wird dein Weihwasser sein. Denn du hast verstoßen, gegen – weil du dich gegen den Mann erhoben hast. Nutten wie dir muss man zeigen, wo es lang geht. Danke mir dafür, dass ich dich verletze. Danken. Meistern musst du danken. Denn ... Es gibt Erbarmen ... Danken ... Dass ich dich töten werde. Nur so, ja, nur so wirst du die Chance bekommen den heiligen Herrn um Vergebung zu bitten ... Bitten zu dürfen ... und dass du nicht direkt ins Fegefeuer gestoßen wirst. Dies ist deine Buße. Und ... Aaaahh ... aaahhh ..." Peter kreischt. Sein Gesicht wird blass. Er schaut hinab. Blut statt Sperma spritzt rhythmisch aus seinem Penis, in den Katharina hineingebissen hat. Er weint. Es klingt wie das Heulen eines angeschossenen Wolfes. Katharina lässt sich nach hinten fallen. Mit voller Wucht tritt sie ihm mit ihren Stöckelschuhen in den blutenden Unterleib, den Peters Hände nicht gut genug geschützt haben. Denn nun verstummt Peter. Ohne einen Ton herauszubringen, krümmt er sich zusammen. Daraufhin fällt er in Bewusstlosigkeit. „Du Schwein!" Weinend robbt Katharina über den Fliesteppich zu dem schwarzen Koffer. Immer wieder schaut sie zu Peter. Wahrscheinlich will sie überprüfen, ob er noch bewusstlos ist. Mit ihrem Vorderkopf öffnet sie den Koffer, dessen Reißverschluss Peter nicht zugezogen hat, nachdem er dem Koffer das Seil entnahm. Ihre Augen weiten sich in Grauen, während sich der Kofferinhalt in ihren Pupillen spiegelt. Zwei Pistolen. Sechs Messer, unterschiedlich lang. Rote, schmale Kerzen. Feuerzeuge. Stacheldraht. „Das hätte dir gefallen, du fetter, alter Mann!“ Sie öffnet ihren Mund, klemmt das Messer zwischen ihre durchs Rauchen gräulichen Zähne, richtet sich dann auf. Katharina öffnet Hand und Mund. Das Messer fällt mit der Spitze auf ihre Handfläche, die zu bluten beginnt. Peter stöhnt. Hektisch fuchtelt Katharinas Hand nach dem Messer. Dann beginnt sie die Fesseln durchzuschneiden. Sie rutscht ab, schneidet sich in den Unterarm. Blut. Zähne werden zusammengebissen. Entschlossene Augen. Mutige Augen. Harte Augen. Weise Augen. Kämpfende Augen. Keine Tränen. Keine Tränen. Wieder in den Arm geschnitten. Mehr Blut. Aber die Fesseln beginnen sich zu lösen. Das Blut weicht die Fesseln auf. Blut. Frei. Katharina steht langsam und angestrengt auf. Wütende Augen, gerichtet auf Peter. Er stöhnt wieder. Seine Augen sind geschlossen. Er blutet weiter. Sie greift sich eine Pistole. Sie öffnet das Magazin. Es ist geladen. „Du Bastard.“ Leise. Drohend hat sie dies gesagt. Das Magazin schnappt zu. Waffe geladen. Seil ergriffen. Peter gefesselt. Peter öffnet die Augen. Erbärmlich schluchzt er. „Tu mir nichts! Tu mir nichts.“ Sie rollt ihn auf die Seite. Dann auf den Bauch. „Ich erzähle dir jetzt mal was, du fettes Ekel. Du dachtest, du hast Macht über mich. Dachtest, dass ich dir die Wahrheit erzähle. Antworte, Sklave!“ Katharina schlägt Peter auf den unbehaarten Kopf. Ein dumpfer Laut. Die Kopfhaut springt auf und Blut spritzt in die Luft. Wie ein Springbrunnen mit gefärbtem Wasser. Katharina lacht schmerzvoll. „Ich habe gelogen. Alles war gelogen. Ich hatte keinen Vater. Ich bin in einem Heim großgeworden. Die Betreuer waren sehr nett. Niemand hat mich geschlagen, geschweige denn vergewaltigt. Aber ein Spießer wie du glaubt einem ja das dümmste Klischee. Willst du wissen, warum ich mit der Prostitution angefangen habe? Weil ich davor im Supermarkt gearbeitet habe. Jetzt verdiene ich fünfmal so viel. Und habe meinen Spaß dabei, die Männer bei ihren erbärmlichen Vorstellungen zu beobachten und für meinen nächsten Roman zu verwenden. Du bist der Schwächling. Ein fettes, faltiges, stinkendes, ungewaschenes Stück Scheiße! Du warst der Erbärmlichste von allen. Und jetzt zeig ich dir mal, wie es ist, wenn jemand anderes Macht über dich hat.“ Sie schiebt ihm die Waffe in den Mund. „Aber jetzt erzähle ich dir etwas Wahres. Ich habe ein Kind. Ja! Ich war schwanger. Aber ich habe nicht abgetrieben. Ich habe das Kind bekommen. Ich hielt es in den Armen. Es war, als würde ich eine Puppe im Arm halten. Da war der Fremdkörper. Und seine Augen starrten mich glücklich an. So geborgen und ... Es war so ... Und so zuversichtlich. Es ekelte mich an."

Katharina beginnt zu weinen.

„Weißt du was? Mir hat nie jemand Geborgenheit gegeben. Eine Mutter, die mich in den Armen hielt. Ich versuchte – ja, ververdammt – ich habe es versucht – ich versuchte, was ich konnte, um mein Kind endlich lieben zu können. Aber die Augen! Die Augen! Sie verfolgten mich überall hin. Immer erwartend. Was ich nicht geben konnte. Liebe, du Arschloch. Ich wollte ihn lieben. Ich konnte nicht! Ich konnte nicht ... Ich ging zu einer Psychologin. Und sie sprach mit mir. Also sprach mit mir darüber. Ermutigte – sie ermutigte mich. Und ... Sie ... Und ... Sagte, dass das manchmal vorkommt, dass eine Mutter keine Gefühle für ihren Sohn empfindet. Dass es nicht schlimm ist. Und dass es sich mit der Zeit legen wird. Und ich wartete darauf ... Aber ... Da ... Wenn keine Gefühle entstehen ... Ich hasste ihn immer mehr. Einmal – einmal stand ich da, während er schlief. Ich nahm ein Kissen. Ich war in Trance. Fast wie in Trance. Seine Augen waren geschlossen. Endlich waren sie geschlossen. Ich wollte, dass sie sich nie mehr öffnen. Nie mehr auf. Gerade als ich zudrücken wollte, also – ich kam zu mir. Ich hatte solche ... Ach ... Ja! Ver ... Es war Angst! Und ... Und ... Am selben Tag ... ich gab ihn weg. Und dann … Mein Kind – es hatte mich mitgenommen. Ich konnte mich nicht mehr verlieben. Ich – da waren keine – ich konnte nicht mehr fühlen. Da war nur noch Schuld. Also – ich musste es – alles – ich weiß nicht – musste mir egal werden. Hauptsache – das Wichtigste war – ich müsste nie wieder Augen wahrnehmen, die mir vertrauen ... Das ist die Wahrheit. Glaube ich. Wenn es ... Es ist die Wahrheit! Hör auf damit! Nur Wahrheit!"

Katharina hält inne. Still ruht die Waffe in Peters Mund. Er wird leiser.

„Hörst du jetzt auf?“, röchelt er.

Hoffnungsvolle, bittende Augen. Finger, die den Abzug drücken. Rotes Erbrochenes und panische Augen. Todeskrämpfe eines schreienden Mannes. Der Tod rückt langsam in die Augen vor. Leiser werdende Schreie. Akzeptierende Augen. Verstummen. Sich schließende Augen. Katharina bricht über dem pulslosen Peter zusammen. Katharina weint. Weint. Tränen eines Jahrhunderts aus Augen, die zu viel wissen, als dass sie die Welt noch lieben könnten. Augen, die Hölle und Himmel gesehen haben. Augen, die zur Erde zurückkehren.

Vita:
Moritz Platzer wurde 1986 in Stuttgart geboren. 1991 zog er mit seiner Mutter nach Remscheid. Mit sieben Jahren begann er, Gedichte und Prosa zu schreiben. Nach dem Abitur zog er nach Berlin, wo er an der Freien Universität studiert. Große Einflüsse auf sein Schreiben haben der französische Existenzialismus und die amerikanische Beat-Literatur.

Henrike Madest: Mord on air

Er spürte, wie ihm der Schweiß den Rücken hinunterlief. Er blickte sich zum vierten Mal hintereinander um, aber es war niemand im Raum. Niemand außer diesem Kerl, diesem Verräter, der sein Leben zerstören wollte. Und der lag noch im Bett, als sei nichts geschehen. Angewidert schaute Klaus Bender auf ihn herab. Die Nacht war schön, keine Frage. Aber das durfte nicht sein, konnte nicht sein. Sein Vater würde ihn schlagen! Wieso sein Vater, er war doch verheiratet. Er nahm seine Krawatte vom Stuhl, sah sich noch einmal hysterisch um und stieß den Typen im Bett unsanft an. „Hey! Wach auf!“

Der Mann richtete sich schlaftrunken auf und schaute ihn an. Lächelnd. Grinsend. Das Gesicht zur Fratze verzogen. Es musste der Teufel sein. Klaus Bender wurde es abwechselnd heiß und kalt. Er konnte nicht mehr denken. Er legte dem Anderen die Krawatte um den Hals und zog zu, immer fester, immer fester.

Ein fröhliches „Einen wunderschönen guten Morgen“ riss ihn unbarmherzig aus dem Traum. Mist, er hatte vergessen, den Radio-Wecker auszuschalten. Diese Stimme! Was wollte sie? Verwirrt sah Klaus Bender sich um. Er lag in seinem eigenen Bett, das war schon mal gut. Warum war er so durcheinander? Diesen Traum hatte er schon lange nicht mehr gehabt. Zehn Jahre war es her. Ein Alptraum, den er vergessen hatte. So wie den Namen dieses schrecklichen Menschen, der sein Leben hatte durcheinander bringen wollen. Die ganze Nacht hatte er vergessen gehabt, den Morgen mit dem richtigen Ende und die Wochen danach. Einfach vergessen.

Vorsichtig schaute er zur Seite. Dort lag seine Frau Beate. Er kannte sie. Seit 14 Jahren waren sie verheiratet. Das war nicht immer gut gewesen. Aber sie hatten sich aneinander gewöhnt, hatten gemeinsam eine zwölfjährige Tochter. Das Allerbeste war, dass seine Frau so viel geerbt hatte und zudem als Anwältin soviel Geld verdiente, dass er sich getrost selbst verwirklichen konnte. Und darin war er sehr erfolgreich. Trotz der Tabletten, die er immer wieder nehmen musste. Trotz der Schweißausbrüche. Trotz der kurzen Affäre mit einem Mann, von der niemand etwas wusste. Als langjähriges Mitglied der Solinger CDU hatte er sich hochgearbeitet. Inzwischen saß er im Rat der Stadt, in diversen Aufsichtsräten, spielte Golf und war einer der bekanntesten Bürger der Stadt. Keiner wusste, dass er ohne diese kleinen weißen Pillen nichts war. Keiner wusste von der Klinik, in der er jahrelang immer wieder wochenlang weggeschlossen wurde. Und auch das war gut.

Aus dem Radiowecker dudelte „Blue Eyes“ von Elton John. Wie lange war das schon her …? Er war sich fast sicher, dass es eins der Lieblingslieder seiner Frau war, damals, in ihrer gemeinsamen Anfangszeit. Als er noch Literaturwissenschaften studierte und kellnerte und sie immer häufiger in das kleine Bistro in der Nähe vom Schlagbaum zum Essen kam. Gedankenverloren fuhr er sich durch die immer noch vollen braunen Haare. Die Farbe war nicht mehr ganz echt und obwohl es hieß, dass Männern graue Haare stehen, half er inzwischen mit einer leichten Tönung nach. Er wollte einfach immer noch jung wirken, jung, gesund und dynamisch, und das gelang ihm. Dreimal die Woche ging er ins Fitness-Center, er hatte ja genügend Zeit. Alle halbe Jahr kam ein wenig Botox in die Falte zwischen den Augenbrauen, sonst wirkte er zu finster. Schicke Designer-Klamotten, schlicht, aber wirkungsvoll. Ja, ihm ging es richtig gut. Er schwitzte nur zu häufig.

Die Stimme riss ihn erneut aus seiner selbstverliebten Lebensbetrachtung: „Für alle, die jetzt erst eingeschaltet haben! Hier ist Flori Neumann und Sie hören *Radio RSG*. Es ist jetzt ganz genau fünf Uhr und 43 Minuten und wie ich Ihnen eben schon verraten habe, werden Sie im Laufe dieser Sendung noch den absoluten Knaller hören. Eine exklusive Meldung über jemanden, den

Sie richtig gut kennen. Hier bei uns, bei *Radio RSG*. Aber jetzt erstmal Pink mit ‚Give me a reason', gib mir einen Grund, und glauben Sie mir, Sie haben allen Grund jetzt neugierig zu sein, bleiben Sie dran!" Die ersten Töne des aktuellen Nr.-1-Hits gingen über den Äther. Klaus Bender hielt den Atem an. Da war sie wieder gewesen, diese Stimme. Die hatte er schon während des Traums gehört. ‚Ich gebe bekannt … Ich gebe bekannt' Warum nahm ihn die Stimme und die Ankündigung auf den ‚absoluten Knaller!' so mit? Jetzt fiel ihm alles wieder ein. Der gestrige Abend in Köln, seine Freunde waren schon weggegangen. Der junge Mann hatte ihn angesprochen. Sie kannten sich von einer Pressekonferenz … und dann … Sein Magen krampfte sich zusammen, er begann noch mehr zu schwitzen. Er rieb nervös die Hände aneinander, steckte den Kopf unter die Decke, nur um sie Sekunden später zur Seite zu werfen. Er sprang aus dem Bett und schlich davon. Beate drehte sich zu ihm um und murmelte schlaftrunken: „Was ist los, es ist doch Samstag?"

„Schlaf weiter, Liebes, ich hab beschlossen, joggen zu gehen, ich bin schon hellwach!"

Von ihr kam nur ein zufriedenes Seufzen, dann schlief sie wieder ein.

******

Im Studio des Lokalsenders *Radio RSG* legte Frühmoderator Flori Neumann zufrieden die Füße auf den Tisch. Dabei achtete er sorgsam darauf, nicht an das Mischpult zu kommen. Er räkelte sich, streckte die Arme nach oben, gähnte ausgiebig und starrte auf die beiden Monitore, die vor ihm waren. Frühdienst am Samstagmorgen war echt immer hart. Vor allem, wenn die Nacht davor ein bisschen länger und so aufregend gewesen war! Was für ein falsches Wort: so überraschend. Wer hätte das gedacht, dieser Typ ist schwul! Er wirkte eigentlich eher konservativ, zumindest auf den ersten Blick. Toll, dass sie sich in Köln zufällig getroffen hatten. Er war ein bisschen älter als er, vielleicht schon Ende dreißig oder so, aber das machte ja nichts. Flori grinste in sich hinein. Irgendwie meinte er sich zu erinnern, dass der Mann verheiratet war, aber das waren ja die meisten, in dem Alter, zumindest in diesem Kaff Solingen.

Flori Neumann war gerade mal 24. Er hatte nach der Schule begonnen, Volkswirtschaft zu studieren; das war ihm aber sehr schnell zu langweilig geworden. Nach einem Praktikum in einer PR-Agentur und einem Praktikum bei einem Lokalsender in Köln, wo er damals auch wohnte, konnte er vor einem Jahr als freier Mitarbeiter bei *Radio RSG* anfangen. Inzwischen war er Volontär. Das hatte den Vorteil eines regelmäßigen Einkommens, auf der anderen Seite den Nachteil regelmäßigen Arbeitens. Aber da ihm seine Eltern klipp und klar gesagt hatten, dass sie ihn nur solange finanziell unterstützten, wie er studiere, war das mit dem Arbeiten schon in Ordnung.

Die Tür zum Studio ging auf und Lena Sieben steckte ihren Kopf hinein. „Ich hab' Kaffee gekocht, willst du einen?"

„Klar gerne! Schwarz, wie immer!" Er grinste und schob ein geheimnisvolles „Schwarz wie die Nacht" hinterher.

Die Redakteurin lachte: „ Kommt sofort!"

Zwei Minuten später war sie mit einem dampfenden weißen Pott wieder da. Flori hatte gerade über den Computer den nächsten Titel eingespielt. Er hasste diese Version von „Junge", aber aus irgendeinem Grund hatte Heino mit seiner schrägen Interpretation Erfolg.

„Sach mal", Lena strich sich die langen blonden Haare aus dem Gesicht. „Was kündigst du da eigentlich immer an? Hast du wirklich den Knaller auf Lager, oder gibst du nur an?"

Flori grinste und legte den Zeigefinger auf den Mund.

„Nee, so geht das nicht. Also, wenn es was Redaktionelles ist, würde ich es schon gerne wissen und überprüfen. Hab keine Lust auf eine Klage. Weißt du noch vor sechs Wochen, diese Geschichte über den mutmaßlichen Brandstifter, der Junge, der die Container angezündet haben soll. Diese Geschichte vom Nachbarsender? Einmal den Konjunktiv vergessen und schon hatten die den Anwalt seiner Eltern an der Backe. Ist zwar gut gegangen, aber nur, weil er zugegeben hat, dass er es war. Das brauch ich hier nicht!"

Flori starrte die heute verantwortliche Redakteurin an und

schlürfte ein bisschen von seinem Kaffee. „Keine Sorge! Ist nix wirklich Schlimmes und es ist lupenrein."

Heino schmetterte die letzten Töne und Flori beugte sich vor zum Mikrophon: „Es ist Samstag Morgen, das Wetter wird immer besser! In sieben Minuten hören Sie hier die Nachrichten. Direkt danach die Neueste von Justin Timberlake. Ja und dann dauert es gar nicht mehr lange, dann hören Sie das Neueste hier aus Solingen. Den Kracher des Jahres. Ein kleiner Tipp: Es hat etwas mit Liebe zu tun, Sie werden überrascht sein. Bleiben Sie dran!"

Triumphierend zog er den Regler wieder runter und nahm zufrieden einen weiteren großen Schluck Kaffee.

******

Klaus Bender hatte nicht die Absicht zu joggen. Dazu hatte er nun wirklich nicht die Ruhe. Auch nicht zum Duschen. Auch nicht diese blöde Tablette zu nehmen. Er hatte sie lange genug genommen. Er zog eine Jeans und ein Sweatshirt über und ging die Treppe hinunter ins Erdgeschoss ihrer Villa. Hier, im schönen Stadtteil Gräfrath, wohnten seine Frau und er nun schon zwölf Jahre. Beate hatte einen Innenarchitekten beauftragt, damit das Haus dem neuesten Trend entsprach. Außerdem war es jetzt extrem repräsentativ, was ihm auch entgegenkam, wenn er Partei- oder Golffreunde einlud. Ein Teil der Räumlichkeiten im Erdgeschoss hatte Beate zu Büros ausbauen lassen, dort befand sich jetzt ihre Kanzlei. Das war praktisch, für sie, denn so konnte sie meist zu Hause Mittag essen, ihre Tochter Julia hatte jederzeit die Möglichkeit, mal kurz mit ihrer Mutter zu sprechen. Oder Beate mit ihm. Er wurde wütend und verzog das Gesicht. Ständig musste er für alle kochen und was das Schlimmste war, er war fast nie alleine.

Vielleicht sollte er öfter früh aufstehen, um mit niemandem reden zu müssen. Allerdings machte ihn das Alleinsein auch nervös. Klaus Bender überlegte: Wollte er diese Stimme hören oder wollte er sie nicht hören? Eine Schweißperle lief ihm von der Stirn über die Wange, ein Schauer lief ihm über den Rücken, als er das Radio einschaltete. Eine Sensation in Solingen, was meinte der Moderator damit? Klaus Bender hörte gerade noch die letzten Worte: „Es hat etwas mit Liebe zu tun … Bleiben Sie dran!"

******

Vier Kilometer weiter hatte Flori Neumann das Studio gerade verlassen. Jetzt lief Werbung und danach kamen automatisch die überregionalen Nachrichten aus der Zentrale in Oberhausen. Er ging auf die Toilette und schaute in den Spiegel. Er sah richtig gut aus, mit den kurzen dunklen Haaren, den leicht gezupften Augenbrauen und dem coolen Shirt von Abercrombie & Fitch. Das hatte er sich von der USA-Tour im Sommer mitgebracht. Ein krasses Land. Da konnte er sich auch gut vorstellen zu leben. Er dachte über die letzte Nacht nach. Dem Typen ging das ganze Kleinstadtgetue hier ja wohl tierisch auf den Zeiger. Komisch, dass er es all die Jahre ausgehalten und immer als perfektes Rädchen im Getriebe funktioniert hatte. Er selbst würde jedenfalls nicht so verspießern, sondern seinen eigenen Weg gehen.

Er wusch sich die Hände, wischte sie lässig an seiner Jeans ab und ging in den Redaktionsraum. Lena brütete über den Zeitungen vom Samstag. „In Remscheid gibt's heute eine große Müllsammelaktion entlang der Werkzeugtrasse. Hast du das angekündigt?"

„Klar, auch den Handwerkermarkt in Ohligs und dass morgen verkaufsoffener Sonntag ist." Er pfiff leise vor sich hin und blätterte im Reiseteil des *Solinger Tageblatts*.

Lena schaute interessiert zu ihm rüber: „Dir geht's aber gut! Frisch verliebt?"

Sie musste daran denken, wie unglücklich er vor zwei Monaten war, als sich sein langjähriger Freund von ihm getrennt hatte. Dünn war er geworden und er konnte zeitweise nur noch für die Nachrichten eingesetzt werden, weil er einfach nicht in der Lage gewesen war, freche Sprüche über den Sender zu bringen. Nun schien er wie ausgewechselt.

„Tja, so ähnlich!" Flori schien zu überlegen, was er sagen

sollte, und das war eigentlich gar nicht seine Art. „Also, ich hab da jemanden kennen gelernt. Der entspricht aber eigentlich so gar nicht meinem Beuteschema. Älter, seriöser … ich bin mir nicht mal sicher, ob er überhaupt wusste, dass er schwul ist. Wir kannten uns schon vom Sehen, gestern haben wir uns dann in Köln in einer Bar zufällig getroffen. Auf jeden Fall ist er verheiratet. Deshalb will ich einfach nicht zu viel sagen. War vielleicht auch nur eine einmalige Sache. Aber die Nacht war toll!"

Lena lächelte. „Na, das freut mich für dich. Dann hoffe ich mal, dass alles gut läuft. Übrigens, sag mir mal doch lieber, was du da verkünden willst. Ich hab' schließlich die Verantwortung."

„Feigling!" Flori grinste. „Na gut, es geht um Lotte Köhler!"

„Um Lotte?" Lena starrte ihn ungläubig an. Die Kollegin war seit zwei Monaten auf Fuerteventura, wo ihr Freund arbeitete. Nächsten Monat sollte sie wieder hier anfangen.

„Was ist mit Lotte?"

„Wir haben gestern telefoniert und: Taraaah, sie hat sich mit diesem Polizisten verlobt! Ist das nicht irre?? Und sie hat gesagt, ich darf es weiter erzählen. Ich denke, für unsere Hörer ist das doch toll. Es fragen doch immer wieder Leute, wie es ihr geht."

Lena nickte: „Ja klar, erzähl es. Das ist ja schön. Ich dachte, du wolltest irgendeinen schrecklichen Skandal öffentlich machen. Dann mal fröhliches Senden. Ich bin ja gleich unterwegs, wegen der Demo bei den Busfahrern."

Flori nickte und sah auf die Uhr. „Shit, schon zwei nach!" Er stürzte ins Studio.

Zwei Minuten später hörte nicht nur Lena seine sanfte freundliche Stimme, die wieder allen einen tollen Samstag wünschte und auf eine ganz besondere Überraschung hinwies, die er im Laufe der nächsten zwei Stunden verkünden wollte.

******

Die alte Standuhr im Wohnzimmer von Familie Bender in Gräfrath tickte laut. Ein Erbstück der Schwiegermutter, natürlich. Klaus Bender saß in einem bequemen braunen Ledersessel und dachte nach. Tick, tack! Tick, tack! Es war doch nur eine

Nacht. Tick, tack! Wieso hatte er, als er nach Hause gefahren war, das Gefühl gehabt, dass sich sein Leben komplett verändern würde? Positiv verändern. Dass er jetzt endlich seinen Weg finden würde, seinen eigenen Weg, ohne Frau und Tochter, ohne Verpflichtungen, die nicht seine waren, die ihm aufgezwungen waren durch sein Leben, für das er sich einmal mit Mitte 20 entschieden hatte. Das konnte nicht alles sein. Er kratzte heftig an seinen Unterarmen, bis es schmerzte. Er hatte den Eindruck gehabt, dass es für Flori auch besonders war. War es das wirklich? Er stöhnte auf. Wollte dieser Typ wirklich öffentlich über ihn, über sie reden? Das konnte doch nicht sein. War es alles nur Lüge vergangene Nacht? Er mochte es nicht glauben, aber letztlich sprach alles dafür. Tick, tack! Tick, tack! Verzweifelt hielt er die Hände vors Gesicht. Das wäre der Supergau. Dann hätte er gar nichts mehr. Seine Frau würde sich trennen, seine Tochter ihn hassen, er müsste hier ausziehen aus dem schönen Haus, das zwar wie ein Käfig war, aber immerhin sein Zuhause. Seine Parteikollegen würden ihn verachten oder zumindest meiden, wahrscheinlich würden sie ihn bitten, zurückzutreten. Vielleicht sollte er doch eine seiner Tabletten nehmen, die beruhigten ihn immer. Aber wollte er überhaupt ruhig sein? Es gab doch gar keinen Grund ruhig zu sein. Warum sollte er immer ruhig sein? Nein, er wollte nicht. Gestern hatte er ernsthaft geglaubt, einen Freund gefunden zu haben, einen, der ihn versteht, mit dem er neu starten könnte, vielleicht ganz woanders, wo ihn niemand kannte, vielleicht sogar im Ausland. Es ging nicht nur um Sex, es war mehr, es war Liebe. Er nahm ein Buch vom Tisch, riss langsam eine Seite nach der anderen heraus und knüllte sie zusammen. Er würde aus dem Haus ausziehen, er würde dazu stehen, dass er auch Männer lieben konnte, er würde wieder jung sein, frei und mutig. Aber nicht jetzt auf der Stelle, gezwungenermaßen. Er musste Zeit haben, um alles in Ruhe vorzubereiten. Zeit, die ihm jetzt davon lief. Im Grunde hatte er nur eine knappe Stunde Zeit, seine Zukunft zu retten. Dieser kleine Mistkerl. Es war so außergewöhnlich letzte Nacht und es hätte so schön bleiben können. Er fegte die Papierbälle vom Tisch. Er spürte seine Verzweiflung, und er spürte vor allem Wut, eine unbändige Wut auf alle und jeden, die versuchten, sein Leben zu zerstören. Und das waren so viele. Er dachte nach und fasste einen Entschluss.

******

Es war kurz vor halb sieben, als Floris Smartphone in seiner Jackentasche vibrierte. Eigentlich waren Handys im Studio verboten, aber wenn er morgens alleine war, nahm er es nicht immer so genau, er achtete nur penibel darauf, dass der Ton ausgeschaltet war. Es dudelte gerade die Werbung einer Remscheider Bäckereikette. Flori sah auf die runde Uhr, die neben dem Fenster an der gelben Wand hing. Er hatte jetzt erst mal ein bisschen Zeit. Er schaute durch die Glasscheibe in die Redaktion; Lena war wohl schon weg. Er zog das Telefon aus der Tasche, schaute auf das Display, las den Text und merkte, dass er sich wirklich freute.

„Ich hab Sehnsucht. Bin um kurz vor sieben unten an der Tür mit einer kleinen Überraschung! K. B."

Das war ja schon Überraschung genug. Flori hatte fast damit gerechnet, dass die gestrige Nacht für beide nur eine Affäre bleiben würde. Aber diese SMS klang doch nach mehr. Merkwürdig. Er begann zu summen und simste ein kurzes „Ich freu mich, bis gleich. Ich drück dir die Tür auf, wenn du klingelst" zurück.

Die nächste halbe Stunde fühlte er sich wie auf Wolken. Das Leben war aufregend, das Leben lag vor ihm und mal sehen, was heute noch passieren würde.

****

Punkt sechs Uhr und 54 Minuten schaltete der Sender wieder automatisch auf die Zentrale in Oberhausen. Das hieß: knapp neun Minuten Zeit. Flori verließ das Studio, ging in die Toilette, wusch sich die Hände und verwuschelte seine Haare ein bisschen. Er sah in den Spiegel und fand noch immer, dass er ziemlich gut aussah.

Es läutete. Flori ging zur Hausssprechanlage und sagte: „Du kannst hochkommen, ist keiner hier außer mir. Erste Etage!"

Dann drückte er den Türöffner. Wenige Sekunden später stand Klaus Bender in der Redaktion, eine Flasche Champagner, zwei Gläser und eine Packung Kräcker in den Händen. Flori nahm ihm die Sachen ab und stellte sie auf den nächstbesten Schreibtisch. Sie umarmten sich und Flori hatte das Gefühl, als wolle Klaus ihn nie wieder loslassen, als sei er kurz davor zu ertrinken.

„Alles in Ordnung mit dir?“ Flori sah ihn fragend an. Klaus nickte nur stumm und drückte noch fester zu. Flori versuchte sich zu befreien.

„Hör auf, du tust mir ja weh. Ich freue mich auch, dich zu sehen. Geht es dir wirklich gut?“

Mit einem Ruck machte er sich los. Klaus starrte ihn an. Die Arme hingen hilflos an ihm herab. Seine Hände waren feucht. Sollte er sich getäuscht haben?

„Diese Sensation, diese Liebesgeschichte, die du da immer ankündigst, geht es da um uns?“

Flori lachte: „Natürlich nicht! Ich weiß doch, wer du bist und dass du verheiratet bist. Meinst du, ich bin verrückt?“

Klaus Bender schüttelte den Kopf. Verrückt? Nein! Niemand war verrückt. Freute sich Flori also wirklich ihn zu sehen? Wollte er wirklich nicht über ihre Beziehung reden? Er war durcheinander, konnte nicht klar denken. Aber beim letzten Mal hatte er sich auch nicht geirrt. Er irrte sich nicht. Er war jemand.

„Dann lass uns anstoßen, ich muss ja weiterarbeiten. Oder noch besser, komm’ einfach mit ins Studio, dann haben wir Zeit. Meine Kollegin kommt sicher erst in einer Stunde wieder.“

Klaus füllte vorsichtig die beiden Gläser und folgte ihm ins Studio. Aus Oberhausen kam gerade das Wetter, dann der Verkehrsfunk. Flori zeigte auf einen freien Stuhl. „Setz dich!“

Um vier nach sieben meldete er sich mit einem fröhlichen:

„Hier ist Flori Neumann und Sie hören *Radio RSG*“ bei den Hörern. „Und wenn Sie noch ein bisschen Geduld haben, dann hören Sie von mir die Liebesgeschichte des Monats. Sehr überraschend, sehr neu und ich glaube, Sie werden sich freuen!“

Er startete den ersten Titel, ein Oldie von John Paul Young: „Love is in the Air“ und wandte sich lächelnd an Klaus Bender. „Passt doch!“

Klaus merkte, dass er immer stärker schwitzte. Es war ihm unangenehm. ‚Passt doch, passt doch! Was passt? Er lügt! Er lügt, wenn er den Mund aufmacht. Er ist ein Reporter. Reporter lügen wegen der Quote!'

Die beiden Gläser sahen sehr edel aus, das eine aus ganz feinem blauen Kristall, das andere schimmerte in zartem Rot. Flori nahm das rötliche entgegen und stieß an.

„Auf uns." Er schluckte und verzog leicht den Mund. „Schmeckt gut, ist aber sehr trocken. Ist der noch gut?"

„Natürlich! Es ist Champagner, der schmeckt immer ein bisschen anders. Ich finde, das ist das richtige für den heutigen Tag."

Flori nickte und trank noch mal. Er sah auf die Uhr und nahm ein Kräcker. Dann schluckte er den restlichen Champagner runter.

„Das war echt eine super Idee. Du hast mir damit einen wunderschönen Tag gemacht, nach der tollen Nacht gestern. Wahnsinn!"

Er zwinkerte mit den Augen und schaltete das Mikrophon ein, um den nächsten Titel anzukündigen. Dabei merkte er, dass ihm schwindelig wurde. Er hielt sich an der Tischkante fest.

„Ich hab ... eh, eben ... Klaus, Klaus Bender ist bei mir im Studio, der Politiker. Herr Bender ... Interview ... Schön, dass du da bist ... mir ist so schlecht. Irgendwas an dem Schampus war schlecht. Tut mir leid ... letzte Nacht ... schlecht. Klaus Bender ... guter Sex. Danke ... war schön ... Hilf mir ..."

Klaus Bender starrte ihn dümmlich grinsend an. Er schwitzte und er verstand nicht, wer da immer wieder seinen Namen nannte und mit wem der junge Mann überhaupt redete. Er wusste nur, er war jetzt frei. Keiner konnte ihm mehr sagen, was er tun sollte. Ihm ging es gut. Er lachte laut und schlug mit der flachen Hand auf den Tisch. Flori Neumann starrte ihn verständnislos an, seine Augen waren glasig. Er öffnete noch einmal den Mund, dann fiel sein Oberkörper mit einem lauten Krachen auf das Mischpult. Durch die Erschütterung wurde der Werbeblock gestartet, etwas zu früh. Für Flori war es zu spät. Es war sein letzter Tag auf Sendung.

****

Den Sender Radio RSG gibt es wirklich und Solingen hat natürlich auch eine CDU-Fraktion, Personen und Handlung sind allerdings frei erfunden. Eventuelle Ähnlichkeiten sind rein zufällig!

Vita:
Henrike Madest arbeitet seit über zwanzig Jahren als freie Journalistin und Reporterin, zunächst für Zeitungen und Zeitschriften, dann für Hörfunk und Fernsehen. Heute ist sie tätig für die ARD, vor allem für den Westdeutschen Rundfunk. Sie veröffentlichte Kurzgeschichten in den Anthologien „Mord-Life-Crisis" (Lerato-Verlag), „Mordsjahr" und „Mord im Dreieck" (Gardez! Verlag/JUHR Verlag) sowie im Jahr 2010 den Kanaren-Roman „Sonne, Sand und Tod" (Emons-Verlag).

Daniel Juhr:
Der stampfende Fuß

Er schwitzt schon wieder. Er hasst das: Wenn der Schweiß in kleinen nassen Rinnsalen an seinem fetten Rücken hinunter rinnt und ihm hinten in die Unterhose läuft. Und wenn die dann genau zwischen seinen Pobacken nass und klebrig wird.

Wenn er gleich aussteigt, wird ein Sommerwind wehen und dann klatscht er ihm das nasse Hemd an den Rücken. Wie widerlich.

Er hat den Wagen am Anfang der Kenkhauser Straße geparkt, bis zum Haus sind es vielleicht 70 Meter.

70 Meter dürfen es nicht sein. Es müssen 80 Meter sein, sonst klappt es nicht.

Er schaut zurück und überschlägt den Weg. Im Schätzen von Entfernungen ist er eigentlich ganz gut. Es sind, verdammt noch mal, keine 80 Meter.

Dann setz den Wagen um. Denn 70 Meter gehen nicht.

70 Meter gehen nicht.
70 Meter gehen nicht.
70 Meter gehen nicht.
70 Meter gehen nicht.

Jetzt hat er sich viermal klar gemacht, dass 70 Meter nicht gehen. Vier ist eine gute Zahl. Er liebt die Vier. Sie fühlt sich so richtig an.

Er seufzt, dreht den Schlüssel um, der Wagen stottert kurz, aber er läuft.

Was für ein überflüssiger Lärm, der Wagen steht doch gut.

Nein, er steht falsch.

Er setzt den Wagen gefühlte zehn Meter zurück, macht den Motor aus, schließt kurz die Augen – und öffnet sie. Spontaner Ersteindruck: Ja, das sind 80 Meter.

Wirklich? Willst du sie nicht lieber abmessen?

Er weiß: Im Kofferraum liegt sogar ein Maßband.

Er steigt aus und da ist er, der Sommerwind, der ihm das Hemd an den Rücken klatscht. Er schließt die Tür fünfmal zu und wieder auf und wieder zu und glaubt jetzt, dass es gut ist.

Verdammt, die Tasche.

Was setzt du auch auf die fünf?

Er schließt den Wagen wieder auf, öffnet dann die linke Hintertür, holt die Tasche heraus, schultert sie, tippt achtmal mit dem rechten Zeigefinger auf die Sitzfläche der Rückbank, schließt die Tür. Und dann geht es los:

Zu.

Auf.

Zu.

Auf.

Zu.

Auf.

Beim 31. Mal braucht er eine Pause.

Du musst es 64 Mal machen, sonst sehen sie dich.

Aber wenn ich es jetzt noch ein bisschen mache, dann sieht mich gleich sowieso einer, entgegnet er.

Wenn du es 64 Mal machst, kommst du aus der Nummer raus. Alles andere führt in die Katastrophe. Also mach es.

Er schließt den Wagen weitere 33 Mal auf und zu, beim 27. Mal ist er überzeugt, sich verzählt zu haben und zählt genau achtmal nach, bis er sicher ist, dass alles stimmt, dann schließt er noch sechs Mal auf und zu und er weiß: Jetzt wird er nicht mehr gesehen! Das ist seine verflixte Logik: 64 Mal klickt es in seinem Schloss, in einer heißen Sommernacht mitten zwischen den Ein- und Zweifamilienhäusern an der Kenkhauser Straße in Wermelskirchen und jetzt muss nur irgendein Idiot pissen gehen und ihn zufällig durch ein Fenster entdecken. Aber nein, er hat es ja genau so oft gemacht, dass ihn so oder so keiner sehen kann. Als wäre er unsichtbar. Mein Gott, denkt er: Warum glaube ich das nur immer wieder?

Weil du es musst.

Er schaut sich um. Alles ist still in Kenkhausen, die ganze Straße scheint schon vor Stunden eingeschlafen zu sein. Oder zumindest liegt sie ermattet in der nächtlichen Augusthitze. 25 Grad um kurz nach zwei. Oh Mann.

Langsam schlendert er auf das Haus zu, sein hellgraues Hemd flattert kurz und klatscht dann wieder an seinen nassen Rücken. Eine Ekel-Gänsehaut saust durch seinen gesamten Körper, während der Schweiß auf seiner Stirn nur ganz langsam trocknet.

Vor ihm erscheint ein riesenhaftes Haus.

Er erreicht den Eingang und erkennt Eingangsplatten, auf die ein ganzer Fuß passt: Land in Sicht. Er steigt über alle Fugen, setzt jeden seiner Schritte genau auf die Platten und erreicht die drei Stufen, die zur Tür führen. Kein Bewegungsmelder, da hat er sich vorher abgesichert. Im Dunkel des Eingangs zündet er ein Feuerzeug an und leuchtet auf das Namensschild:

Hier wohnen
Peter Paulsen und
Pauline Schmitz
mit Tobias Schmitz
und Fussy.

Wenn sie ihn heiratet, wird sie Pauline Paulsen heißen. Selber schuld. Hier lebst du also jetzt mit deinem neuen Stecher, denkt er. Und mit meinem Kind. Du hast ihn mir einfach entrissen, von heute auf morgen. Keine Erklärung, keine Frist, kein nichts. Du warst weg und er war es auch.

Tobias ist nicht mal fünf. Er zieht ein Foto des Kleinen aus der Hemdtasche. Zwischen Knicken lächelt ihm ein niedlicher Junge entgegen.

Nie wieder wird er den Augenblick vergessen, als dieser Junge die Hand an die Heckschreibe presste, sein kleines Gesicht voller Tränen, und dieses Gesicht immer kleiner wurde hinter der schmutzigen alten Fensterscheibe seines Kombis, mit dem sie sich davon machte. Immerhin: Den Wagen hatte sie ihm wieder hingestellt: „Der ist genauso schrottreif wie du."

Wie oft hatte sie ihm fassungslos bei all diesen Dingen zugeschaut. Wie er, scheinbar völlig entrückt, zigmal ein und denselben Lichtschalter an und aus schaltete. Wie er den Wasserhahn minutenlang einfach laufen ließ, um ihn dann, wie durch ein stummes Signal in Gang gesetzt, plötzlich zuzudrehen – so fest, dass sie einmal fast den Klempner angerufen hätte. Wie er beim Frühstückmachen ein Dutzend Brote schmieren musste, bis endlich eines so aussah, dass er es essen konnte. Wie er Tausende von Dingen tat, die ein gesunder Mensch nicht tut. Aber sie hielt ihn nie für krank. Sie hielt es für Allüren. Sie glaubte, es sei abstellbar. Wie oft hatten sie sich deswegen in die Haare gekriegt. Wie oft hatte sie ihm Vorwürfe gemacht, während er sich zu erklären versuchte: „Ich kann nicht anders. Ich weiß selber, dass das keinen Sinn ergibt, aber ich muss es tun." Und wie war sie ausgerastet, als er ihr schließlich kleinlaut berichtete, er habe da mal Kontakt mit einem Psychologen aufgenommen, weil es so einfach nicht mehr gehe. „Mein Mann ist ein Irrer, na wunderbar. Gewöhn dir den Scheiß einfach wieder ab und damit hat sich's."

Aber ich bin kein Irrer, flüstert er es jetzt in die Nacht hinein. Einsam steht er da, schwitzt und schaut noch einmal auf das Namensschild. Seinen Sohn hat er in den letzten vier Monaten genau einmal gesehen. Vielleicht schenkst du ihm ja bald ein Geschwisterchen, du verdammtes Miststück, denkt er. Wer aber ist Fussy? Muss neu sein, bei seinem letzten Besuch war davon noch nicht die Rede. Ein plüschiger Bobtail zum Herzeigen vielleicht? Oder ein Meerschweinchen in Tobias' Zimmer? Er wollte immer ein Meerschweinchen haben. Aber Papa war ja gegen alles allergisch, was sich nicht jeden Tag rasieren kann.

Ich habe euch zugeschaut bei eurem Hier-ist-alles-gut-Leben. In dieser Straße, in diesem Haus, bei diesem Mann, ja, du hattest recht: Das alles konnte ich dir nicht bieten. Er knackt viermal mit dem Kopf, zwinkert achtmal mit den Augen, dann wieder das Kopfknacken. Es kracht so laut in seinem Nacken, dass er sicher ist: Jetzt wacht die ganze Straße auf.

Er holt ein Handy aus der Tasche und fotografiert das Namensschild. Dann packt er Feuerzeug und Telefon ein und schleicht über die Platten ums Haus herum.

Der Hintereingang. Ein Grinsen schleicht sich auf sein Gesicht, als er sich seine Handschuhe anzieht (er denkt nicht daran, wie extrem seine Finger gleich schwitzen werden) und den Schlüssel hervorkramt: Bei seinem zweiten Besuch, als sie ihm den Kleinen wahrhaftig für einen ganzen Samstag überließ, lag da dieser Schlüsselbund. Und da stand auch noch „Hintereingang" an einem der Schlüssel dran.

Ja, so was Dummes aber auch.

Bestimmt hat sie ihn inzwischen nachmachen lassen. Aber für ihn ist dieser eine entscheidend. Er will ihn gerade ins Schloss schieben, da stoppt ihn sein eigener Herzschlag: Plötzlich pocht es gewaltig in ihm. Es wummert unter seinem Hals wie ein eingebauter Subwoofer mit einer zehn auf der Tiefenskala. Er beginnt zu stampfen: Mit beiden Beinen auf die Platten. Stampf. Stampf.

Er schaut sich um. Niemand zu sehen. Der große Garten, der sich hinter dem Haus erstreckt, besteht nur aus Dunkelheit. Er stampft 32 Mal, bis es gut ist. Vorsichtig schiebt er den Schlüssel ins Schloss, dreht leicht, es knackt – die Tür ist zu, aber nicht abgeschlossen. Er erwartet ein Quietschen, doch die Kunststofftür öffnet sich mit stiller Präzision. Zeit für die Taschenlampe. Ein Klick und ...

... wer hat hier Zehn-Zentimeter-Fliesen gelegt? Welche blöde Sau sucht solche Fliesen aus? Da passt doch nicht mal ein Kinderfüßchen drauf. Wie kann einer so viele Fugen vertragen?

Achtmal Kopfknacken.

20 Mal Augenblinken.

Vier Mal mit jedem Daumen knacken.

24 Mal Kopfschütteln.

Nur langsam kommt er wieder zu sich.

Hier kannst du nicht durchgehen.

Danke für die Information. Sie hatten so schön die Klappe gehalten.

Hast du das kapiert? Du kannst hier nicht ...

Das weiß ich selbst!

Höchstens fliegen, hihi!

Er schlägt sich so hart mit der flachen Hand gegen die Stirn, dass ein lautes Klatschen in die Nacht hinaus peitscht. Aber ausschalten kann er nichts. Die kleinen Männer in seinem Kopf schlafen nie.

Resignation legt sich wie ein grauer Schleier auf ihn. Das war's. Er wird es niemals über diese Fliesen schaffen. Er ist nicht Jack Nicholson am Ende von *Besser geht's nicht*, der es einfach tut, verdammt, so weit bin ich nicht. Der hat die Liebe eben erst gefunden und ich habe sie verloren, Mann! Ja, ich habe meine Liebe verloren und ich kann nicht über diese Scheißfliesen gehen.

Sagen wir mal so: Wenn du's doch wagst, wirst du sterben. Du wirst untergehen, du wirst dich auflösen, einfach verschwinden ...

Ja!, schreit er in sich hinein, ich habe es kapiert, verdammt noch mal! Ich habe kapiert, dass ich der einzige Einbrecher auf der ganzen Welt bin, der es schafft mit einem Schlüssel in ein Haus einzudringen und dann nicht reingehen kann! Und ich halte das grade eigentlich nicht wirklich aus, ich würde jetzt am liebsten ...

Deine Frau abstechen. Das willst du am liebsten. Und den Kerl, der sie fickt. Und dann nimmst du deinen Sohn mit und alles wird gut. Ist doch ganz leicht.

Ja, vielen Dank. Und es wird bestimmt total leicht, das sieht man ja schon an diesen Scheißfliesen hier.

Also gut: Er muss sich einen anderen Weg suchen oder aufgeben. Im Wohnzimmer liegt Parkett, das hat ein so kleines Muster, dass er es betreten kann, ungern zwar, aber es geht. Aber wie kommt er da hin?

Zehn nach zwei und, Moment, 40, 41, 42, 43, 44 – die Quersumme von 44 ist acht, er kann sich jetzt Richtung Garten umdrehen. Vorsichtig schließt er die Tür. Sie klickt so leise, dass er sicher ist: Keiner wach geworden. Der schwerwarme Sommerwind rüttelt die Äste der Bäume auf Peter Paulsens pervers fettem Grundstück kräftig durch. Sie wiegen sich hin und her, so als tanzten sie zu einer stillen Melodie, die nur die Baumkronen hören können. Ich bin ein Poet, denkt er.

Irgendwo im ersten Stock dieser Hütte liegt sie jetzt im schwarzen Satinnachthemd in seinen Armen, er schläft unter Garantie maximal in Boxershorts.

Es darf kein Morgen geben.

Er muss einen anderen Eingang finden.

Langsamen Schrittes steigt er die Stufen der Außenkellertreppe wieder hinauf und betritt den Gartenweg.

Halt! Du hast mit der rechten Ferse die letzte Stufe nicht richtig berührt. Sie muss komplett auf der Stufe stehen.

Er hält inne. Da war alles richtig, verdammt.

Nein, war es nicht. Geh weiter und sie werden dich entdecken. Jetzt mach diesen Schritt noch mal.

Wie oft? 48 Mal? Oder lieber gleich 144 Mal? Ihr könnt mich! Ich muss hier überhaupt gar nichts.

Er atmet tief durch und geht einfach weiter.

Als der alte Ford quietschend in die Straße einbiegt, kann er gar nicht erst zur Seite springen, da hat ihn der Scheinwerfer schon erfasst. Der tiefe Kompressormotor zerstückelt die Ruhe, er braust wie ein Orkan durch die Schwärze der Nacht, saust auf ihn zu. Und er wankt mit starren Augen im Lichtkegel.

Gleich hält er an, zischt es in ihm, *gleich haben sie dich, hab ich's nicht gesagt? Und wie ich dein Glück kenne, sitzen da ein paar Bullen drin und dann war's das!*

Er kann sich noch immer nicht bewegen, steht wie angewurzelt da und sieht das Licht auf sich zukommen – und vorüberziehen. Kein Bremsen, nicht mal eine Verlangsamung. Stattdessen johlende junge Stimmen aus heruntergekurbelten Autofenstern und im Licht der Laternen blitzender Chrom. Das Blechmonster ist weg. Und er noch da.

Er und das verdammte Zischen: *Sie werden umkehren. Und wenn nicht: Die Karre war so laut, jetzt ist die halbe Straße sowieso wach. Sie werden dich finden. Dich killen. Du wirst hier sterben, Mann.*

Nein, nein, nein, nein – das waren jetzt vier Neins, ohne dass er es wollte. Umso besser. Er besinnt sich wieder: Ein zweiter Eingang muss her. Jetzt sofort. Er schreitet weiter den Plattenweg entlang, setzt schön jeden Fuß zwischen die Fugen, Stück für Stück nähert er sich der hinteren Ecke. Er lehnt sich an den weißen Putz, lugt herum: Helle Vorhänge wehen im Wind.

Mein Gott, diese Idioten haben die Tür offen gelassen. Sein Herz pocht wieder stärker, jetzt, da er wartet, spürt er es noch heftiger.

Als er die Terrassentür erreicht, sieht er, dass sie einen Spalt weit offen steht. Eine Schiebetür. Die könnte quietschen. Er steckt den Kopf durch den Spalt und wagt einen Blick ins Innere: das gigantische Wohnzimmer. Links eine Couchecke, dahinter an der Wand ein Riesenfernseher, rechts der Essbereich, vor Kopf ein Durchgang in die Küche. Der edle helle Boden. Fussy ist kein Hund, soviel ist mal klar.

Er schiebt so langsam es geht die Tür zur Seite. Kein Ton ist zu hören. Vorsichtig tritt er auf das helle Parkett. Seine Ledersohlen hinterlassen kaum ein Geräusch. Von irgendwo das eintönige Klack-klack einer etwas größeren (und wohl auch teureren) Uhr. Warum erschieße ich sie eigentlich nicht?, fragt er sich, als er schließlich mitten im Zimmer steht und der Stille lauscht. Weil ich ihr Blut spritzen sehen will? Weil ich sein Blut spritzen sehen will? Was auch passiert: Der Kleine darf nichts mitkriegen. Er schläft oben, im zweiten Stock.

Er schleicht durch die Weite des Raumes. Hinter dem Durchgang, da, wo ein Flur in die mondäne Küche führt, erstreckt sich eine teure Marmortreppe nach oben. Famos, wie sie zum hellen Parkett passt. Von außen hatte das Haus gar nicht so großartig ausgesehen wie jetzt.

Ein Knarzen.

Ein leichtes Klicken.

Ein Schlurfen.

Schlapp-schlapp. Schlapp-schlapp. Hausschuhe auf Stein. Jemand kommt die Treppe herunter. Gleich zischt es. Gleich zischt es in seinem Kopf und es wird nicht mehr aufhören. Aber nein, in ihm herrscht Schweigen. Er wartet den Bruchteil einer Sekunde ab, verwirrt, irritiert: Die kleinen Männer da oben schlafen doch eigentlich nie! Doch nichts regt sich.

Schlapp-schlapp. Schlapp-schlapp. Auch lange Treppen sind nicht endlos. Er tritt zur Seite, entdeckt einen Vorsprung in der Diele, versteckt sich dahinter. Wartet. Die kleinen Männer in ihm schweigen weiter. Sein Herz wummert in seinem Hals, seinem Kopf, alles ist ein einziges Pochen.

Noch einmal macht es schlapp-schlapp, dann das Schlurfen. Er lugt aus seinem Versteck hervor. Peter Paulsen trägt einen Slip zu seinen Hausschuhen. Er schleicht in die Küche. Ein Kühlschrank wird geöffnet, dann eine Flasche. Und wieder geschlossen. Abgestellt. Die Kühlschranktür schließt sich. Alles geschieht im Dunkeln.

Langsame Schlurfschritte zurück in den Flur.

Es klingt gar nicht so fies wie in den Filmen. Fast geräuschlos tritt die Klinge in Peter Paulsens Bauch ein. Die Haut zerplatzt an der Einstichstelle. Als er das Messer einmal um sich selbst dreht, formt es in Paulsens Bauch einen ordentlichen Kreis von einigen Zentimetern Durchmesser. Das Drehen ist, rein akustisch, noch das Fieseste an der ganzen Sache. Es klingt ein bisschen, als schäle man einen Apfel. Er hält Paulsen die Hand auf den Mund, seit Sekunden schon. Er hatte nicht einmal schreien können, so plötzlich war sein Mörder vor ihm aufgetaucht, so unfassbar schnell war ihm der Tod vors Gesicht gesprungen. Nur sein entrückter Blick, seine vor Schmerz und Entsetzen aufgerissenen Augen, seine Sterbefratze, deuten darauf hin, was gerade mit ihm geschieht. Er sinkt zu Boden, röchelnd, schlotternd.

Peter Paulsen rührt sich nicht mehr.

Er kann kaum glauben, wie einfach das war. Ein Satz, ein Stoß, der Rest war Kür. Er muss fast lachen. Warum hat er das Messer noch einmal gedreht? Eine letzte Strafe dafür, dass er sie ihm weggenommen hat? Dass er ihr das Leben geboten hat, zu dem er selbst nie in der Lage war? Er begräbt den Gedanken. Schließlich ist er noch nicht fertig. Er blickt die Treppe hinauf in den dunklen oberen Flur. Nichts regt sich dort. Er will gerade die erste Stufe betreten, da zischt es wieder in seinem Kopf:

Das Messer ging zwei Zentimeter neben seinem Bauchnabel rein. Und du hast nur einmal zugestochen. Macht drei. Du kannst ihn nicht mit einer Drei da liegen lassen.

Er erstarrt.

Du brauchst gar nichts zu sagen. Tu es einfach.

Wahrhaftig, sie hatten ihn zwei Minuten lang in Ruhe gelassen: In diesem extremsten Moment seines Lebens hatten sie ihren Rand gehalten, ihn einfach machen lassen.

Und warum mischt ihr euch jetzt ein? Ich will meine Ruhe. Es wird kein Ford kommen und es wird auch kein Erstochener wieder aufwachen und ...

... gleich steht dein Sohn oben auf der Treppe. Und was sagst du dem dann? Dass du zum Spielen gekommen bist? Also, worauf wartest du? Du weißt doch längst, dass du eine 16 brauchst. Eine 16 – genau in den Bauchnabel. Und alles wird gut.

Er dreht sich um: Das Blut aus Peter Paulsens Bauch färbt den hellen Boden tiefrot, doch im nächtlichen Zwielicht schaut es aus wie ein grau glitzernder See.

Er beugt sich über den Toten, in dessen Nabel sich eine Blutpfütze gebildet hat. Da muss er rein.

Er holt aus. Sticht zu. Daneben. Mindestens einen Zentimeter. Paulsen wird von dem Stich durchgerüttelt und wirkt dabei wie eine Puppe. Es vergehen nur Sekunden und er hat 37 Mal zugestochen, aber nur 15 Mal den Bauchnabel getroffen. Er wischt das Blut von Paulsens Bauch so gut es geht ab und den Nabel frei. Mit der linken Hand streckt er die Haut, mit der rechten sticht er zu. 16.

Das Schlafzimmer. Stille. Er hat sich nicht mehr umgeschaut. Er denkt auch nicht mehr. Er funktioniert. Nach der 16 haben sie ihn in Ruhe gelassen, ihn die Treppe hochgehen lassen, er hat alles vollgetropft, die Putzfrau (er ist sicher, dass sie sich eine leisten können) wird morgen eine Menge zu tun bekommen. Die Tür ist geschlossen, ja, sie hasst offene Schlafzimmertüren, und wenn es nur für ein paar Minuten ist. Und sie hasste es noch viel mehr, wenn er sie vor dem Schlafengehen 32 mal auf und zumachen musste. Er schaut den Flur entlang zur zweiten Treppe hinauf.

„Hier geht's ins Tobiasland", weist ein blaugelbes Schild den Weg.

Er zieht sein blutnasses Hemd aus. Das Blut ist auf seinen schwabbeligen Bauch durchgesickert, dunkelrote Schlieren ziehen sich von der Brust bis zum Hosenansatz. Auch die Hose ist voller Blut, an irgendwas musste er seine Hände ja abwischen.

Langsam drückt er die Klinke herunter. Öffnet die Tür.

Ein fast quadratischer Raum, groß, weit, alles weiß. Das Fenster steht leicht offen, die Jalousien sind nur halb herunter gelassen. Der Boden, das Bett, die Schränke, alles weiß. Nur die Frau, die ihm, umspielt von einer hauchdünnen weißen Decke, schlafend den Rücken zudreht, ist in ein schwarz schimmerndes Satinnachthemd gehüllt.

Mein Gott, siehst du schön aus. Mein Gott, was hast du mit mir gemacht.

Er schließt die Tür, drückt die Klinke viermal herunter, da zuckt sie kurz, er hält inne.

„Komm, leg dich wieder hin", murmelt sie.

Und er tut es. Er schleicht zum Bett, setzt sich zunächst, legt sich dann hinter sie. Sie nimmt seinen Arm, legt ihn auf ihre Hüfte. Streichelt über die nasse, klebrige Haut, zupft an den langen Haaren, die verklebt sind von Blut.

„Peter, was ...?"

Dann der Blick in seine Augen. Dann – kein Schrei. Er drückt ihr die Hand auf den Mund, ehe sie einen Ton sagen kann.

Sie strampelt, gestikuliert, zuckt, quiekt, aber er hält sie fest, so gut es geht. Er setzt sich hin, zieht sie vor sich, hält ihr weiter die Hand auf den Mund, drückt so fest du, dass ihre Bewegungen für einen kurzen Moment nachlassen. Sie wirkt hellwach und erschöpft zugleich. Dann wieder das Strampeln, ihre Beine knallen auf die Matratze und verursachen einen Lärm, den er sich nicht leisten kann.

Er drückt sie mit dem Rücken ins Bett und setzt sich auf ihre Beine. Da gelingt es ihr für einen Sekundenbruchteil, ihren Mund von seiner Hand zu befreien. Schrill dringt ihr Schrei in die Stille ein, ehe seine Hand wieder zur Stelle ist.

Schneid ihr die Kehle auf!

„Nein!“, schreit er. Nicht in die Kehle. Nicht so eine Sauerei.

Jetzt mach es!

Er schließt die Augen, atmet zweimal tief. Und tut es. Viermal. Hin und her und hin und her, bis ihr Hals vorne nur noch eine tiefrote klaffene Wunde ist.

Und die Stimme in ihm zischt: *Das war gut, begeisternd! Perfekt, auf Anhieb! Und wegen des Kleinen: Mach dir keine Sorgen. Der ist gerade wieder eingeschlafen.*

Er betrachtet sie. Was fühlt er? Erleichterung?

Nein. Die Depression stürmt mit einem Holzhammer herbei und zertrümmert alles. Ein pechschwarzer Umhang ohne Knöpfe legt sich auf seine Seele und macht das Licht aus: Was habe ich getan? Das hier habe ich nie gewollt. Ja, er wollte die Menschen ermorden, die ihm das Liebste auf der Welt genommen haben. Ja, er will seinen Jungen aus dieser Plastikwelt herausholen, die ihm Kindheit vorgaukeln soll. Aber es war so anders gedacht, so anders geplant. Zwei gezielte Stiche, fertig. Jetzt sitzt er in einem Massaker. Hätte er das nicht ahnen können?

Hört ihr, da oben? Ich habe zwei Menschen massakriert! Ihr habt mich zum Monster gemacht!

Keine Antwort.

Er steht vom Bett auf, schaut sie noch einmal an, plötzlich sieht er sie im Kreissaal liegen und sich selbst neben ihr sitzen, sieht, wie er ihre Hand hält, wie sie das Kind aus sich rausdrückt, wie sie es ihm schenkt. Augen zu. Tür zu. Er muss ins Bad.

Nach fünf Minuten hat er sich so weit abgewaschen, dass kaum noch etwas zu sehen ist. Auf einem Bügel an der Wand hängt eines von Peter Paulsens Designerhemden, natürlich schneeweiß, einmal getragen, nach Parfüm duftend.

Er zieht es über, zumachen versucht er gar nicht erst, denn jeder Knopf würde einzeln abspringen. Er kämmt sich sein schütteres Haar, schaut noch einmal in den Spiegel: Bin ich noch ein Mensch? Ich bin ein Vater. Der sein Kind lange, lange nicht gesehen hat.

Tobiasland. Die Treppe hoch und gleich links.

Wieder steht er vor einer Tür.

„Hier wohnt der tollste Junge der Welt.“ Die Handschrift seiner Mutter auf einem furchtbar kitschigen Bild. Plötzlich hört er ein dumpfes Stampfen.

Eins-zwei. Eins-zwei. Eins-zwei. Eins-zwei. Es kommt von drinnen. Dann eine leise flüsternde Kinderstimme: „Verdammt.“

Und wieder das Stampfen.

Er öffnet zaghaft die Tür, schwaches Nachttischlicht erfüllt den Raum.

Erschrocken dreht sich der Junge um, das kleine Gesicht unter den dunkelbraunen Haaren ängstlich verzerrt. Er hat ihr Gesicht. Doch dann erblickt er seinen Vater, seinen wirklichen, echten Vater, und die Angst verfliegt: „Papa!“

Er rennt auf seinen Vater zu, springt ihn an, der nimmt ihn auf den Arm, drückt ihn an sich. Fest, zugleich behutsam. In einer Ecke sieht er aus dem Augenwinkel, wie ein Hamster sich durch ein Laufrad quält. Fussy.

„Papa, ist dir warm?“

„Ein bisschen.“

„Du hast dasselbe Hemd wie Peter!“

„Ja.“

„Was machst du hier? Es ist doch spät, oder? Holst du mich ab? Spielen wir was?“

Tausend Fragen, und seine Augen, so groß, so voller Neugier, und sein Gesicht, so anders, um so viel älter geworden in den Monaten seiner eigenen Einsamkeit.

„Ja, Tobias, wir können was spielen. Natürlich.“

„Super! Ich bin auch gar nicht mehr müde.“

„Sag mal, was war das eigentlich eben für ein Stampfen? Das war doch ein Stampfen?“

Tobias wird ernst. „Das muss ich immer machen, bevor ich abends ins Bett gehe. Hat irgendwann einfach so angefangen. Ich muss dann immer mit dem rechten und dem linken Fuß auf den Boden stampfen.“

Er setzt den Jungen ab, kniet sich zu ihm runter, schaut ihn an.

„Wer sagt das? Wer sagt, dass du das immer machen musst?“

„Da sind so kleine Männer in meinem Kopf, die sagen das. Manchmal muss ich auch viermal den Wasserhahn auf- und zudrehen. Oder meine Stiefel achtmal an- und wiederausziehen. Mama hat mich deswegen schon ganz böse ausgeschimpft. Sie sagt, ich darf das nicht machen. Dann bin ich traurig und muss oft weinen. Denn die kleinen Männer sagen, ich muss."

Sein Herz boxt gegen seine Brust. Rinnsaale aus Schweiß auf seinem Rücken. Rasender Atem. Ihm wird schwindelig.

„Und warum musst du es tun?"

„Weil sonst was ganz Schreckliches mit der Mama und dem Peter passiert. Etwas ganz doll Schlimmes. Aber weil Mama gesagt hat, ich darf abends nicht mehr rumstampfen, bin ich heute das erste Mal ganz ohne Stampfen ins Bett gegangen."

Er schwankt. Die Knie geben nach. Er sackt auf den Hintern.

„Aber", ein Stammeln, ein Ächzen, „aber du hast doch gerade eben gestampft, oder? Das war doch ein Stampfen?"

„Ich bin aufgewacht. Bestimmt hab ich nur blöd geträumt. Dann hab ich einen Schluck Milch getrunken, die steht da auf dem Nachttisch, damit ich nachts nicht runter zum Kühlschrank laufen muss, siehst du?"

Er lehnt sich an die Tür, legt den Kopf zurück, die Augen verdrehen sich. Sein Bewusstsein sagt leise Goodbye.

„Und dann sagten die kleinen Männer in meinem Kopf: He, Tobias, jetzt schlafen doch alle. Da hört das doch eh keiner. Jetzt kannst du stampfen! Und jetzt tu's! Los! Aber ich krieg's heute einfach nicht hin. Manchmal dauert das schon wirklich lange, bis es klappt, aber heute geht's gar nicht. Hast du so was auch schon mal gehabt, Papa? Papa? Papa!"

Vita:
Daniel Juhr lebt und arbeitet als Texter, Autor, Journalist und Verleger in Wipperfürth. Nach zahlreichen Veröffentlichungen in verschiedenen Printmedien gründete er im Jahr 2010 JUHR Text & Verlag. Im Oktober 2011 erschien sein Romandebüt „Exit" über die legendäre Diskothek unter der Müngstener Brücke, im September 2013 folgte sein Kriminalroman „Der Kommissar und sein Kind", der im Verlag CW Niemeyer erschienen ist.
www.juhrtext.de, www.juhrverlag.de

Monika Wilhelmi:

Sieben Tage

Es war Weihnachten. Das Fest der Liebe und des Friedens. Glückliche Familien. Festlich gedeckte Tische. Bunt geschmückte Edeltannen; die Welt verwandelt in ein bezaubernd weißes Kleid. Heiligabend 2012. Nichts war verwandelt, es war in Deutschland das wärmste Weihnachtsfest, seit die Temperaturen in aller Gründlichkeit dokumentiert wurden. Anderswo auf der Welt starben zeitgleich Menschen – der harte Winter forderte eben seine Opfer. Weihnachten 2012 – was für ein ungewöhnliches Fest; was für ein ungewöhnlicher Dienst. Das Telefon klingelte unentwegt. Heiligabend in Lüttringhausen. Es wurde ein Überfall auf die Tankstelle, Kreuzung Klausener Straße gemeldet, dann außergewöhnliche Vorkommnisse in der JVA. Telefon. Einbruch in eine Physiotherapiepraxis, Gerberstraße. Telefon. Eine Frau wurde auf dem Weg zur Kirche gewaltsam in ein Auto gezerrt – Kidnapping. Telefon. Das Kind, das aus der Fabrikantenvilla entführt wurde – Erpressung. Das war Lüttringhausen, 24. Dezember 2012. Telefon – jetzt dämmerte es dem Polizeihauptkommissar. Gerade hatte Barak Obama das Waffengesetz für Remscheid-Lüttringhausen gelockert, Bürger aus Lüttringhausen durften jetzt in Notsituationen bedenkenlos von der Schusswaffe Gebrauch machen. Klaus Nussbaum wusste nicht so recht, was er von der Änderung des deutschen Gesetzes durch den ersten Mann der Vereinigten Staaten von Amerika halten sollte. Er atmete schwer und schlug auf seinen Wecker ein. Er war nassgeschwitzt, seine Träume brachten ihm mehr Aufregung für eine Nacht, als ihm lieb war.

Sie liebte es, wenn alle Tage gleich waren. Alltag. Wecker, Aufstehen, Laufen, Duschen, Kaffee, Müsli, Abräumen, Aufräumen, Anziehen, Wohnung verlassen. Sie erreichte die Klinik jeden Tag zur gleichen Zeit. Bis 7.55 Uhr eines jeden Werktages gab es einen exakten Minutenplan. Alles war vorbestimmt. Der Alltag gab ihr den Halt, den sie brauchte. Sicherheit. Ordnung. Das Leben war berechenbar. Das war gut so. Der Alltag auf der geschlossenen Station war nicht berechenbar. Für Marie gab es keine Sicherheit – nicht mehr. Sie musste stark sein, aber sie war schwach. Sie spürte es jeden Tag. Sie war so außergewöhnlich verwundbar.

Er schrieb ihr jeden Tag Gedichte, doch er wusste, dass seine Zeilen ungelesen blieben. In seiner lebendigen Erinnerung sog er ihren unnachahmlich lieblichen Geruch in sich ein. Sie war so außergewöhnlich zart und zerbrechlich. Er sah ihr langes schwarzes Haar, ihre weiblichen Rundungen, die ebenso zu ihr gehörten, wie ihre strahlend blauen Augen. Er flüsterte genüsslich in den Nächten, voller Zärtlichkeit hunderte Male in einer Minute: „Marie, Marie, Marie …“ Nacht für Nacht. Die Medikamente änderten daran nichts. Die Nächte gehörten ihm. Die Nächte waren sein Geheimnis.

Sie erinnerte sich an die Worte ihrer Mutter, als sie Berlin verließ, um einen neuen Anfang außerhalb der Großstadt zu finden: „Kind, wie kannst du nur ins Bergische Land gehen? Berlin ist deine Stadt, Berlin ist dein Leben. Was willst du in diesem gottverlassenen Dorf? Verstehst du denn nicht, dass es da gefährlicher ist? Klapse und Knast an einem Ort! Hast du nicht genug von JVA und Psychiatrie? Marie, bleib hier.“

Der Alltag war für ihn zu einer Droge geworden. Das Gewohnte konnte dem Tag die Leere nehmen, wenngleich an keinem Tag seines Lebens in der gegebenen Situation Fülle zu erwarten war. Er liebte es, die Schritte zu hören, die ihn befreiten – aus seiner Zelle und aus seinen Gedanken. Es gab eigene Gesetze, die den Alltag bestimmten – es waren jene, nach denen die Männer mit

Schlüssel in aller Konsequenz handelten und solche, die von den Männern ohne Schlüssel gemacht wurden. Es musste ganz klar unterschieden werden zwischen denen mit Schlüssel, die ihm das Leben schwer machten, und den Schlüssellosen, die ihm das Leben unerträglich machten. Vier Jahre waren lang und er beabsichtigte keineswegs die gesamte Zeit in dieser Anstalt zu verbleiben. Remscheid-Lüttringhausen war sicher ein sehenswerter Ort, aber er konnte es hinter den unübersichtlichen Betonmauern der JVA nur erahnen.

In seinen Gedanken gab es zwei Themenkomplexe, die ihn unentwegt beschäftigten: Hafturlaub und Rache. Beides war nicht voneinander zu trennen. Er war betrogen worden, das konnte nicht ungestraft bleiben. Sie hatte ihn betrogen – auf übelste Weise. Er malte sich aus, wie sie aussehen würde, wenn er fertig mit ihr war – zugerichtet, hingerichtet. Er würde den braven Mitbürgern zeigen, wozu er fähig ist, jedem Einzelnen. Keiner hatte ihm geglaubt, nicht sie, nicht seine Mutter, nicht sein Verteidiger. Es war nicht nur der Richter, der das Urteil gesprochen hatte, es waren auch die anderen gewesen. Es war unrecht und es sollte bald Unrecht geschehen – viel Unrecht. Er wartete geduldig und mit vorbildlichem Verhalten auf seinen Hafturlaub. Er nahm alles hin, jede Demütigung, die ihm zuteil wurde, ob nun von den Männern mit oder ohne Schlüssel. Er hörte die Schritte näherkommen. Es war einer der Schlüsselmänner. Er riss ihn aus seiner Zelle und aus seinem Tagtraum, in den er verschwunden und versunken war. Das erlaubte man ihm. Hinaus, weg aus der Realität, schlenderte er durch das im Frühling erwachende, friedliche Lüttringhausen. Das Leben jedoch zeigte Gefängnismauern und dahinter lag ein zaghaft angehender, warmer Winter.

Es war doch keine ungeliebte Vorahnung, die ihm sein erschreckend unrealistischer Traum bescherte. Die Weihnachtstage blieben ruhig und die Dienste auf der Polizeiwache in Lüttringhausen ohne außergewöhnliche Vorkommnisse. Klaus Nussbaum atmete auf, als er nach den Feiertagen seinem Alltag wie gewohnt nachgehen konnte. Er lebte schon lange in Lüttringhausen; es war in den fast 25 Jahren längst zu seiner Heimat geworden. Er fühlte sich wohl, war bekannt und kannte die „Lütterkuser“, denen er mit seiner Anwesenheit ein Gefühl von Sicherheit geben konnte.

Sie musste wieder funktionieren. Nach all den Jahren der Behandlung schaffte sie einen Neuanfang. Sicher, es war nicht die Stadt ihrer Träume, aber Lüttringhausen wirkte vom ersten Moment an übersichtlich und kontrollierbar auf sie. Kontrolle war gut, Kontrolle war lebenswichtig. Sie dachte zurück an den Tag, an dem sie den ersten Fuß auf bergischen Boden gesetzt hatte. Es war für sie der Schritt in ein neues Leben gewesen. Ein bedeutsamer Schritt, zwar nicht auf den Mond gesetzt, sondern auf das harmlose Pflaster in Lüttringhausen. Es regnete an jenem Tag. Jetzt, nach einem Jahr, erkannte sie, und dafür bedurfte es keiner Statistik, dass der Regentag keineswegs eine Ausnahme war. Wie dem auch sei, das Wetter war ihr egal, obgleich die Regentage den Sonnentagen überlegen waren.

Der erste Tag in Lüttringhausen. Vorstellungsgespräch in der Evangelischen Stiftung Tannenhof. Psychiatrische Klinik, zuständig für Remscheid und Wuppertal. Das hörte sich gut an, machbar, überschaubar. Sie traute es sich zu. Das kam nach der langen Zeit der Arbeitsunfähigkeit einem Wunder gleich. Der Ärztliche Direktor sah sie eindringlich an. Für einen kurzen Moment suchte sie Halt. Sie hatte das gelernt. Ihre langjährige Behandlung umfasste immerhin auch praktische Handlungsvorgaben, die für den Alltag sehr nützlich waren. Sie hielt sich mit den Augen an einer Skulptur fest. Sie erfasste mit einem flüchtigen Blick, der Zeit für einen tiefen Atemzug und ein vordergründiges Lächeln ließ, das abstrakte Werk, das zwei sich Umarmende darstellen sollte – vielleicht hielten sie sich auch krampfhaft aneinander fest. Dieser Augenblick brachte sie aus ihren Selbstzweifeln zurück ins Büro des Ärztlichen Direktors. Er wirkte konzentriert. Sie fragte sich, ob er ihre Angst spüren oder sehen konnte. Sicher hatte er schon unzählige Vorstellungsgespräche geführt, er konnte und musste die Menschen innerhalb der kurzen Vorstellungszeit einschätzen und ein Urteil fällen. Sie fühlte sich in dieser stressreichen Situation auf unerklärliche Weise nicht nur ein- sondern auch wertgeschätzt. Er beherrschte sein Fach meisterhaft, schließlich war er Psychiater. Er war groß gewachsen, von schlanker Figur, sein Haar trug er offen. Die Tatsache, dass er sein graues, leicht gewelltes Haar zu einem beachtlichen Pferdeschwanz hätte binden können, entlockte ihr ein Lächeln, als sie sich höflich vorstellte. Der ärztliche Direktor stellte kluge Fragen. Marie Brenner war klug und gab ausweichende Antworten. Sie war Psychiaterin. Gerne wollte sie frei und munter aus ihrem Leben erzählen können. Aber das konnte sie nicht – nicht mehr, außerdem war es der Situation unangemessen. Und – sie hatte ihr Geheimnis, das musste sie auf jeden Fall für sich behalten, sie durfte es nicht preisgeben. Sie lenkte den Fokus des Gesprächs auf ihre berufliche Laufbahn. Forensik. Das war ihr Spezialgebiet. Forensische Psychiatrie und die Behandlung von psychisch kranken Straftätern. Das war ihr Leben, sie war einmal der aufhellende Stern am dunklen, forensischen Psychiaterhimmel gewesen. Bis zu jenem Tag. Er stellte ihr viele verdammt gute Fragen. Zu gut, denn sie fühlte sich angesichts dessen plötzlich wieder schwach. Sie war Psychiaterin und sie hatte ein Geheimnis.

Der ärztliche Direktor stellte sie ein.

Endlich. Er war alleine. Soweit es sein Therapieplan, wie sie es nannten, zuließ, schrieb er schöne Gedichte. An sie. Man gewährte ihm ein Einzelzimmer. Seine Adresse war seit mehreren Jahren, er hatte aufgehört zu zählen: Simon Reiter, Krankenhaus des Maßregelvollzugs Berlin; Abteilung I für Menschen mit Psychosen und Schwerstdelinquenz. Die Worte hatte er sich mühevoll einprägen müssen, denn er verstand deren Inhalt nicht. Er verstand aber sehr wohl, dass niemand ihn verstehen wollte. Er liebte sie. Er liebte sie auch nach zehn Jahren noch. Er setzte sich an seinen Ein-Mann-Holztisch mit seinem Ein-Mann-Stuhl und schrieb den Einzeiler des Tages: „Marie, du bist so schön, bald werde ich dich wiedersehn."

Sie ließ sich ein Zwischenzeugnis schreiben. Der ärztliche Direktor war besorgt. Er war „vollster Zufriedenheit" und der Gedanke, dass eine „sehr gute" Ärztin die Klinik womöglich verlassen könnte, beunruhigte ihn. Sie hatte keineswegs die Absicht zu gehen. Sie brauchte es einfach schwarz auf weiß. Sie war bei den Patienten und Kollegen beliebt. Sie lebte seit Jahren nicht mehr in einer Partnerschaft, dafür fehlte ihr das Vertrauen, aber sie lebte in enger Beziehung mit ihrer Angst. Marie Brenner hatte sich ihre Angst zum Freund gemacht. Sie war stolz auf ihren Therapieerfolg. Sie konnte leben. Sie war außer Gefahr – hier in Lüttringhausen. Die Arbeit auf der geschlossenen Station war genau das, was sie brauchte. Sie liebte ihre Arbeit. Sie fühlte sich gut und stark, vor allem in Anwesenheit der Patientinnen, die schwer depressiv waren. Depression machte schwach, Marie Brenner war stark. Sie konnte das Leid mitfühlen und sich einfühlen in die Gedanken ihrer Patienten, die nicht länger das Leben ertragen wollten. Sie war eine gute Ärztin, sehr gut, wie der ärztliche Direktor ihr schriftlich bestätigte. Sie war zuverlässig und kollegial und geschätzt und … Das Zeugnis war voll des Lobes. Das reichte ihr schon. Es war alles gut.

Der Kontakt zu den Kollegen war distanziert, aber die Kolleginnen mochten sie; das war ihr Lebenselixier, weil sie sich selbst nicht mochte. „Marie, du bist ein guter Mensch“, sagte Christina zu ihr, als sie sich mal wieder entwertete, beschuldigte und ihre Seele vernachlässigte. Die Kollegin, die Psychologin war, bemühte sich um Freundschaft. „Du denkst immer an andere und du bist eine verdammt gute Psychiaterin. Und vor allem mag ich es, dass du nie unzufrieden bist. Ach, weißt du, eigentlich will ich dir sagen, dass du ein liebenswerter Mensch bist, gut aussiehst und zudem als Freundin echt gut zu ertragen bist.“ Sie lachte verlegen und beschämt. Marie mochte sie auch, aber sie konnte ihr nicht sagen, dass ihre derzeitige enge Freundschaft keine weitere zuließ. Marie war doch bereits eine feste Freundschaft eingegangen; sie nahm ihre Angst bei den Händen und schlenderte mit ihr durch Lüttringhausen und durch ihr sinnentleertes Leben.

Der Alltag fehlte ihm an den Weihnachtstagen. In Lüttringhausen war es zum Jahreswechsel wie im Frühling auf den Kanaren. Ungewöhnlich. Aber bald würde es noch ungewöhnlicher werden. Der Tag nahte. Hafturlaub und Rache. Die vorweihnachtliche Zeit brachte viel Abwechslung. Die Vorbereitungen zum Weihnachtsbasar liefen auf Hochtouren. Geschäftiges Treiben herrschte in der Schreinerei, es wurde alles für den Besuch der Lüttringhauser vorbereitet, die sich mit handgefertigten Holzarbeiten eindeckten. Alles von Straftätern handgemacht und zum günstigen Abholpreis. Die Schlange schien in diesem Jahr nicht mehr abreißen zu wollen. Selbst eine Stunde genügsames Warten, bevor Einlass gewährt wurde, hielt niemanden davon ab, freiwillig den Knast zu betreten. Michael Mendes war nicht freiwillig dort, aber bald würde er freiwillig seinen Hafturlaub, der ihm zweifelsohne zustand, in Anspruch nehmen. Wie sie aussah, wenn er mit ihr fertig war, konnte sie sich in ihren kühnsten Träumen nicht vorstellen. Sie hatte ihr Haar jetzt schwarz gefärbt. Sie war schön – in Anbetracht ihrer zarten, unschuldigen Erscheinung. Aber unschuldig war sie nicht. Sie würde sich bald ihrer Schuld bewusst sein, mehr als ihr lieb war. Bald.

Es war eine dankbare Aufgabe als Polizeihauptkommissar in Lüttringhausen tätig zu sein. Es war genug zu tun, das betonte er zur Rechtfertigung immer wieder, aber sein gesundheitlicher Zustand ließ kein Übermaß an Aufregung zu. Für Klaus Nussbaum war Lüttringhausen genau das Richtige. Es hatte sich im Polizeidienst vieles verändert in den letzten Jahren, aber er liebte seine Arbeit in Lüttringhausen noch immer. Er kannte jede Straße, jedes Haus, ja fast jeden Baum, Hund und Geschäftsinhaber. Er freute sich auf seine letzte Woche Dienst vor dem jährlichen Skiurlaub in Österreich. Ein Gästejubiläum, 25 Jahre im Gästehaus Hochseilbahn, Montafon, stand bevor. Die Berge, der Schnee, die Pisten, der Vorarlberg warteten schon auf ihn.

Es war Montagmorgen. Ein Geräusch drängte sich auf. Es klang vertraut, aber irgendwie auch bedrohlich. Noch im Dämmerzustand fragte er sich, ob er gerade wieder aus einem irrsinnigen Traum erwacht war. Das Geräusch wurde deutlicher. Ja, es bestand kein Zweifel, es waren die Rotorblätter eines suchenden Helikopters. Der Hauptkommissar seufzte kaum vernehmlich und drehte sich zum Weiterschlafen um. Er hatte Spätdienst. Als wäre es eine Vorahnung, fiel er nicht in schneesichere Träume, die in Montafon spielten, sondern verharrte in seinen Gedanken bei den dienstlichen Belangen. Es könnte sich ein Zwischenfall in der JVA ereignet haben.

Nussbaum dachte nach, die Nacht war vorbei.

Sie hatte noch keine Bekanntschaften geschlossen, die Kontakte blieben selbst nach einem Jahr oberflächlich. Tiefgreifende Gespräche waren es, die ihr fehlten, nicht aber menschliche Nähe und freundschaftliche oder gar partnerschaftliche Beziehungen. Woher sollte sie auch die Zeit nehmen, woher das Vertrauen, woher den Mut, sich auf einen Menschen einzulassen? Nie wieder wollte sie sich kraftlos fühlen, nie wieder hilflos ausgeliefert sein. In den vergangenen Jahren hatte sie trainiert. Sie war jetzt schneller, schlanker – beachtenswert schlank. Aber ihre Figur interessierte sie nicht. Sie war körperlich in Bestform, das war es, was sie wollte. Sie besuchte Selbstverteidigungskurse, einen nach dem anderen. Sie ging ins 24-Stunden-Studio, das ihr genug Zeit gab, sich fit zu halten. Sie trainierte unermüdlich Kraft und Ausdauer. Täglich mehr Kraft, täglich mehr Ausdauer. Nie wieder sollte jemand ihr etwas antun können. Nie wieder. Marie Brenner würde sich jetzt zur Wehr setzen. Nicht sie sollte Schmerzen erleiden müssen, er sollte vor Schmerz schreien und um Gnade flehen.

Die Nächte waren kurz. Seit jenem Tag konnte sie keine Nacht in den Schlaf finden und gleichwohl war die Schlafzeit jeden Morgen um fünf Uhr schlagartig zu Ende. Es war die Zeit, in der sie die Angst, ihre Angst, nicht im Griff hatte; sie hatte keine Kontrolle über ihre Gedanken, ihre Träume, ihre Vorahnungen, die sich in sorgenvoller Gewissheit festsetzten. Marie Brenner drehte ihre Runden. An jedem Tag das gleiche Ritual. Sie musste ihrer Angst entgegenlaufen, aber, wenn sie ehrlich zu sich und ihrem Therapeuten war, verhielt es sich eher so, dass sie der Angst davonlief. Der Psychologe nannte es aber entgegenlaufen. Es war egal, wie wer was nannte. Marie Brenner musste laufen. Das Ritual begann mit einem Glas Milch. Sie zog ihre schwarze Jogginghose an, das tiefdunkelblaue, langarmige Laufshirt mit

Kapuze und die schwarzen Joggingschuhe. Sie war von der Dunkelheit nicht mehr zu unterscheiden. Es war wie ein Aberglaube für sie. Wenn sie ihre Rituale einhielt, konnte ihr nichts passieren. Marie Brenner war stark, fit, nicht hilflos. Alles war gut.

Den Krisensituationen im Arbeitsalltag auf einer geschlossenen psychiatrischen Abteilung war sie als Stationsärztin durchaus gewachsen. Sie war kompetent, das hatte ihr auch der ärztliche Direktor bescheinigt. Sie konnte mit Gelassenheit und dabei vollkommene Ruhe ausstrahlend, in ausweglosen Situationen problemlos die schwierigsten Entscheidungen treffen, die keinerlei Selbstzweifel hinterließen. Marie Brenner war eine Baumeisterin des Alltags, sie konnte allem Struktur und Ordnung geben.

Endlich hatte er es geschafft. Er gedachte nicht, je wieder hinter der verschlossenen Welt der Lüttringhauser Anstalt zu verschwinden. Jetzt nicht mehr. Nie wieder eingesperrt. Hafturlaub und Rache. Und Gerechtigkeit. Jetzt. Endlich.

Sie telefonierte ab und zu mit den ehemaligen Kolleginnen, jedenfalls kam es ihr so vor. Ihre Freundin begann die Telefonate aber stets mit den Worten: „Liebes, du hast mich doch erst letzte Woche gefragt. Ja, Simon Reiter ist noch in Sicherungsverwahrung. Keine Sorge." Nein, Sorge hatte sie nicht. Marie Brenner hatte Angst. Ihr Kollege, der ebenso ein Facharzt für Psychiatrie war, bescheinigte ihr die Diagnose: „Posttraumatische Belastungsstörung". Ja, das stimmte. Und wie das stimmte. Sie war traumatisiert und es belastete sie nach wie vor. Aber sie war wieder arbeitsfähig. Das hatte sie beschlossen.

Psychiatrische Gutachten. Wie einfach es doch war. Diese Erfahrung durfte er schon einmal machen. Er liebte sie. Er begehrte sie. Er wollte sie nur für sich. Er war intelligent. Das hatte ihm die Psychologin nach der Untersuchung bestätigt. Er selbst würde sich eher als schlau bezeichnen, nun, aber die Fachleute mussten es ja wissen. Die Psychologin interessierte ihn nicht. Dennoch hatte er sie umgarnt und überzeugt. Er war krank, behaupteten die Fachleute seit Jahren, aber jetzt galt er als berechenbar. Das war gut so. Simon Reiter war also berechenbar, er hatte somit „berechtigt, berechnende Freiheit erlangt". Er musste selbst über seinen Wortwitz lachen, wenn die Worte auch zusammengewürfelt keinen Sinn ergaben. Er konnte Gedichte schreiben und jetzt sollte sie sein Gedankengut lesen. Alles. Zehn Jahre Gedichte – nur für sie. Seine Gedichte waren „erste Sahne". Diese Behauptung stellte er mit fester Überzeugung auf. Er schrieb ein neues Gedicht. Für sie – jetzt voller Zuversicht und Liebe:

„Du bist der Stern am Himmel meines Lebens
du schönstes und liebstes zartes Wesen.
Ich eile zu dir, so schnell ich nur kann
jetzt – und nie mehr ist die Frage, wann.
Du bist die Rose in meiner Hand
und wie das Abbild einer Göttin an meiner Wand.
Marie, ich komme und hole dich
Ich liebe dich ebenso wie du mich.
Simon, für immer dein
mein süßes Engelein."

Die Redakteurin des *Lüttringhauser Anzeiger* war genervt. Sie war für die Leserzuschriften zuständig. Sie musste alle und alles lesen. Sie musste Entscheidungen treffen. Nicht alle Zuschriften, so musste sie vorsichtig zugeben, waren lesenswert; die wenigsten würde sie als gehaltvoll gut bezeichnen. Vor allem hatte Anke Kur genug von den zahllosen Gedichten, die seit geraumer Zeit eingingen. Sie mochte keines davon mehr lesen, geschweige veröffentlichen.

Sie war froh, das Wochenende gut überstanden zu haben. Es war Montag. Alles war unter Kontrolle. Alles verlief planvoll. In ihr Tagebuch würde sie am Abend schreiben: „Alles ist gut." 7.56 Uhr. Sie sah einen Briefumschlag auf ihrem Schreibtisch. Schlicht. Weiß. Ohne Absender. Marie Brenner zitterte. 7.57 Uhr. Ihr Herz schlug schnell. Sie kannte das schon. Sie wusste, was zu tun war. 7.58 Uhr. Sie öffnete den Umschlag. Sie zog einen Zettel heraus. 7.59 Uhr. Sie las: „Maria, du bist die Liebe ..."

Sie schnappte nach Luft. Sie wusste, was zu tun war. 8.00 Uhr. Dienstbeginn. Sie machte noch einen Versuch: „Marie, du bist die Liebe meines Lebens. Ohne dich will ich nicht weiter sein. S." Es stand eindeutig ihr Name dort. Nicht Maria. Sie las es noch ein drittes Mal, ein viertes Mal. Eindeutig „Marie ...". 8.13 Uhr. Sie hörte die Stationsschwester nicht, die hinter ihr stand und eindringlich um Gehör flehte.

Wie ein Film spielte es sich jetzt in ihrem Inneren ab. Greifbar real und nah. Es nahm ihre Gedanken und, noch schlimmer, ihre Gefühle ein. Krankenhaus für Maßregelvollzug, Berlin. Abteilung III für Straftäter mit psychischen Störungen, mit Persönlichkeitsveränderungen, mit Sexualdevianz, aber ohne Schwerstdelinquenz. Das Gutachten. Marie Brenner, Psychiaterin. Die Erfahrene mit hoher Fachkompetenz, aber nicht ohne Fehler. Weihnachten 2001. Sie war auf dem Weg nach Hause. Sie freute sich auf die freien Weihnachtstage. Sie freute sich auf das Festliche, die Familie, das Weihnachtsessen, den Baum, die Feierlichkeiten und auf ihren Freund, der eine weihnachtliche Verlobung angekündigt hatte. Die Wettervorhersage hingegen kündigte eine kalte, aber keine weiße Weihnacht an. Sie musste noch ein Geschenk besorgen. Sie war spät dran. Dennoch nahm sie den Fußweg, der durch den Grunewald zu ihren Eltern führte. Sie liebte die „grüne Seele", wie sie von den Berlinern liebe- und erwartungsvoll genannt wurde, inmitten der geschäftigen Großstadt. Sie konnte auf ihrem Spaziergang die frische Luft genießen. Sie hielt für einen Moment inne, atmete mit der Gewissheit nie endender Glückseligkeit einmal tief ein und setzte guter Laune ihren Weg durch den riesigen Park fort. Sie hatte das Gefühl, am Heiligen Abend, während andere Familien schon zur Bescherung zusammensaßen, dort ganz alleine zu sein. Aber sie war nicht alleine. Sie kam nie zur Verlobung, nie zur Bescherung, nie zu den Weihnachtsfeierlichkeiten. Seit 2001 gab es für Marie Brenner kein Weihnachten mehr. Es gab keine Feierlichkeiten mehr, es gab keine Wünsche mehr – abgesehen von dem einen, die Zeit zurückdrehen zu können. Doch was ihr blieb, war, die Zeit des Lebens zu überstehen.

Weihnachten, das Fest der Liebe. Er liebte sie. Er musste es ihr sagen, zeigen, beweisen. Sie hatte es nie verstanden; nicht vor Weihnachten 2001, nicht am Heiligen Abend, nicht an einem einzigen Tag danach. Simon Reiter konnte seine Sehnsucht nach ihr nur mit äußerster Mühe verbergen. Das war ungerecht, aber notwendig. Für ihn war es unmenschlich.

8.15 Uhr. Evangelische Stiftung Tannenhof. Jetzt nahm sie die Krankenschwester wahr, die in ihrem Arztzimmer ungeduldig und auffordernd nah neben ihr stand. Sie spürte den trockenen Atem, den Schwester Gaby ihr in den Nacken hauchte. Sie sah die Gänsehaut, sie hörte ihr Herz laut und allzu schnell schlagen. Sie hörte auch die Worte, die sich hektisch aus dem Mund der Schwester ergossen, aber sie kamen aus der Ferne, sie hinterließen einen Geschmack von Bedeutungslosigkeit in Anbetracht der lebendigen Erinnerung an Weihnachten 2001. Sie hielt den Zettel mit den Zeilen noch in der zitternden Hand. Unterschrieben mit „S."

Die Krankenschwester sprach laut. Marie Brenner verstand nur einzelne Worte, die sie in ihrem Hirn wie ein Puzzle zusammensetzen musste. „Ausgangsreglung ... Gelände verlassen … nur in Begleitung … ärztliche Anordnung … Herr Sandberg … Suizidversuch … Depression … wahnhaft … nicht zu Hause … Gefahr … Suizid". Der ärztliche Direktor wie die Kriminalpolizei in Wuppertal wurden informiert. Sie fasste die Fakten zusammen. Sie gab eine Personenbeschreibung wie auch ihre Einschätzung kund: „… Eigen- und Fremdgefährdung …" Der ärztliche Direktor war besorgt, aber ebenso „irritiert", wie er sich auszudrücken pflegte. Es lag, seit Marie Brenner als Stationsärztin tätig war, außergewöhnlich häufig eine Fremdgefährdung der Patienten vor. Es war jetzt nicht der rechte Zeitpunkt, darüber ein Gespräch zu führen.

Der Einsatzleiter des Kommissariats in Wuppertal hatte an diesem Montag alle Hände voll zu tun. Es war eben ein echter Montag. Er setzte nicht nur motorisierte Polizeikräfte ein, sondern auch solche, die zu Fuß mit oder ohne Hund unterwegs waren;

und auch den „Heli“, wie sie ihn fast liebevoll nannten. Gerade waren die Polizeibeamten in Lüttringhausen eingetroffen, als die Psychiaterin aus der Evangelischen Stiftung Tannenhof ihre Besorgnis über den Patienten, der auf der geschlossenen Station per richterlichem Beschluss behandelt wurde, aber entweichen konnte, zum Ausdruck brachte. Mit durchaus besorgniserregender Gewissheit sprach sie davon, dass Herr Andreas Sandberg sich selbst und andere Menschen gefährde. Das klang wahrhaft bedrohlich und zweifellos. Der Einsatzleiter konnte zum ersten Mal in seiner langjährigen Dienstzeit in Lüttringhausen zwei Fliegen mit einer Klappe schlagen. Das hörte sich spaßig an, war es aber für die Kollegen nicht. Jetzt mussten sie einen Mann finden, der sich selbst und andere gefährden konnte und zeitgleich nach einem anderen Mann suchen, der gerade nicht gedachte seinen Hafturlaub zu beenden und in die JVA, wie zeitlich vereinbart, zurückzukehren. Was für ein Tag.

Der Heli, die Hunde und die Fahndungskräfte waren Stunden unterwegs. Sie hatten jeden Winkel in Lüttringhausen durchkämmt und die Suche auf die umliegenden Stadtteile in Remscheid und Wuppertal ausgeweitet. Sie konnten die Gesuchten, Andreas Sandberg und Michael Mendes, bis zum Mittag nicht finden.

Es stellte sich ein Gefühl von Schuld, Versagen und Kontrollverlust ein. Marie Brenner war erschüttert. Hatte sie schon wieder einen Fehler gemacht? Sie war untröstlich, verzweifelt, sie war außer sich. Sie telefonierte mit ihrem Therapeuten. Alles war gut.

Die Krankenschwester stand vor ihr. Sie war es, die davon überzeugt war, einen Fehler gemacht zu haben. Aber das hatte sie nicht. Andreas Sandberg war es, der sich der Behandlung entzogen hatte, nun lief er davon, vor sich und der Welt. Marie Brenner verstand es gut, Schwester Gaby Trost zu geben. Und die Gewissheit, nicht versagt zu haben.

Als sein Dienst begann, war der Polizeihauptkommissar frohen Mutes und bester Laune. Kaum setzte er einen Fuß in die Lüttringhauser Polizeiinspektion, sah er das Gesicht seines rotierenden, missgestimmten, besorgten Kollegen und seinen ruhigen Montagsspätdienst, wie ebenso seinen zeitgerechten Feierabend dahinschwinden. Alsbald durfte er sich auf den Weg machen zur katholischen Kirche im Ortskern. Nur wenige Schritte und schon hatte er Heilig Kreuz erreicht. Als er um die Ecke bog, traute er seinen Augen nicht. Der junge Fotograf der *Bergischen Morgenpost* legte sich ins Zeug und auf den nackten Asphalt, um die Sensation des in sich ruhenden Städtchens als Gesamtbild festhalten zu können und die Bürger daran teilhaben zu lassen.

Da stand es, in unfassbar großen, blutroten Buchstaben an der zartgelben Heilig-Kreuz-Wand festgehalten:

TAG FÜR TAG MUSST DU ES TUN
DOCH AM 7. DARFST DU RUHN

„Was für eine Schweinerei!" Klaus Nussbaum war nicht der einzige Zeitzeuge, dem diese Worte beim Anblick der Lüttringhauser Kirche als erstes in den Sinn kamen. Die Presse, die Anwohner, die Katholischen aus dem Pfarramt, die Bürger, sie sprachen genau das mit lauter Empörung aus, was ausnahmslos alle dachten. Zu der nicht anzuzweifelnden Schweinerei-Aussage gesellte sich die Frage: „Wer macht so etwas?" Es herrschten Entsetzen und Ratlosigkeit vor. Der Hauptkommissar beschäftigte sich zudem mit der drängenden Frage: Wie konnte jemand unbemerkt unter großem zeitlichen und konstruktiven Aufwand diese Buchstaben an der Kirchenwand hinterlassen? Die Botschaft erstreckte sich über die gesamte Fläche der zur Richard-Pick-Straße zugewandten Längsseite der stattlichen Kirche. Unübersehbar.

Er überlegte, wie oft die Leiter hin- und hergestellt worden sein musste, um diese riesigen Zeichen anpinseln zu können. Waren es mehrere Täter? Was sollten einem diese Zeilen überhaupt sagen – welche Botschaft für Lüttringhausen und die Welt waren dahinter verborgen? Nussbaum wurde aus seinen Gedanken gerissen, als er aus den Räumen des ehemaligen katholischen Kindergartens laut kreischende Gitarrenklänge hörte. Der Synthesizer mischte sich ein und er erkannte die Stimme von Jakob, die sich laut durchsetzte.

Er sang: „... dich zu verurteilen wäre recht ... was kümmert dich der Dreck? Dein Herz aus Stein verrät dich, doch es wäre echt so leicht … Es reicht! ... Schuld bist du!“.

Die Textfragmente überschlugen sich in seinem Hirn. Nussbaum wollte wissen, wieso die Jungs so früh am Tag mit ihrer Musik die Aufmerksamkeit auf sich zogen. *Dickes Gebäude*, wie sich die Rockband nannte, gehörte damit zweifelsohne zu den Verdächtigen. Das Bandhaus lag gegenüber der Kirche. Sollten die Zeilen ein PR-wirksamer Unfug von übermütigen jungen Musikern sein, die ihre christliche Einstellung und Zugehörigkeit zur Gemeinde mit plakatgroßen Buchstaben demonstrieren wollten? Wie dem auch sei, es war Sachbeschädigung, die strafrechtliche Konsequenzen nach sich ziehen würde – musste.

Nach ihrem Dienst ging sie, wie an jedem Montag, ins Fitnessstudio. Sie konnte die Gedanken an und Sorgen um Andreas Sandberg in der Klinik lassen, nicht aber ihre Erinnerungen an Weihnachten 2001, die von der unbedenklich lächerlichen Notiz am Morgen ausgelöst worden waren. Damals. Das Gutachten. Simon Reiter. Sie hatte ihm stundenlang zugehört. Sie hatte ihn verstehen wollen. Er war ein besonderer Mensch. Er war Lagerist. Er war außergewöhnlich intelligent. Davon sprachen auch seine Geschichten und Gedichte, die er schrieb, bevor sie ihn näher – allzu nah – kennenlernte. Sie wurden nie veröffentlicht, aber sie waren geistreich, humorvoll und auf ihre Weise vortrefflich. Zwischen Psychiaterin und Patient entwickelte sich eine gute Beziehung, gewiss jedoch eine therapeutische, die durchaus die vorgesehene Distanz wahren konnte. Marie fühlte sich zu Simon hingezogen, aber sie blieb die Psychiaterin Brenner.

Die neue Fassade der katholischen Kirche beschäftigte die Bürger von Lüttringhausen. Es war das Gespräch. Aber das sollte sich bald ändern. Nussbaum hatte alle Hände voll zu tun mit der Befragung von Zeugen. Es gab bisher keinen Hinweis, niemand hatte etwas gesehen oder gehört. Es war, als habe die Kirche sich selbst für ihre unübersehbare Veränderung entschieden. Der Polizeihauptkommissar war bis kurz vor Dienstende beschäftigt. Er sah seinem verdienten Erholungsurlaub in den Bergen entgegen.

Die Suche des Straftäters und des schwer depressiven Patienten blieb bis zum späten Abend erfolglos. Für die Polizei waren beide die erste Wahl im Kreis der Verdächtigen. Beide kamen als potenzielle Kirchenschmierer in Frage. Es war ein anstrengender Tag, der für Nussbaum im Nu verging. Aber bald durfte er zusehen, wie das Dienstende in weite Ferne rückte.

Der Mann sah sie unentwegt an. Er folgte ihr mit seinen gierigen Blicken. Mit jedem Atemzug kam er näher. Sie mobilisierte all ihre Kraft. Oder war es Wut? Sie fühlte sich stark. Sie war unantastbar. Er ließ sie nicht aus seinen Augen. Sie ließ ihn nicht im Unklaren darüber, wie sehr sie ihn verachtete. Marie Brenner setzte ihr Training fort. Niemand konnte ihr mehr etwas anhaben. Niemals würde je ein Mann sie wieder verletzen. Als sie das Fitnessstudio verließ, hörte sie die Schritte, die ihr im Einklang mit ihren wieselgleichen Bewegungen folgten. Ihr Herz schlug – viel zu schnell. Sie schnappte nach Luft und nach ihrem Autoschlüssel. Es war die Angst, die bei ihr war. Marie Brenner wusste nicht, ob die Angst in dem Moment ein hilfreicher Begleiter für sie war.

Noch heute spürte sie die Narben, die sich mitunter wie offene Wunden mit unerträglichen Schmerzen zu Wort meldeten. Es gab Tage, da hätte sie schreien können. Aber sie tat es nicht. Sie tat es nie. Als Simon Reiter Weihnachten 2001 mit ihr fertig war, sah sie ihrem Ende entgegen, sie war schon auf dem Weg in ein unbekanntes Jenseits. Nur der junge Mann, der nicht an ihr vorbeieilte, schenkte ihr Beachtung und das Leben. Ihr Körper gehörte ihr nach der Vergewaltigung nicht mehr. Marie Brenner war körperlos, aber sie lebte. Die Messerstiche hinterließen sichtbare Wunden, die sich als Mahnmale in hässliche Narben verwandelt hatten. Schmerzlicher als jeder Einstich, der sie sichtbar jeden Tag an den Heiligen Abend erinnerte, waren die seelischen Wunden, Traumata. Bis zu jenem Tag hatte sie keine Vorstellung, wie ein Trauma sich tatsächlich anfühlte, wie es das Sein, den Sinn und das Leben mit unendlicher Grausamkeit in Frage zu stellen vermochte. Die Psychiaterin verfügte über eine außerordentliche fachliche Kompetenz ein Trauma zu behandeln, sie hatte ein theoretisch ausgesprochen gut fundiertes Wissen, aber damals wurde dies um die lebensbedrohend brutale praktische Erfahrung ergänzt.

Es war nicht zu glauben. Nun sollte sein Traum doch noch der Realität gleich werden. Nicht genug der Sachbeschädigung, der Vermissten aus JVA und Psychiatrie, jetzt auch noch das. Sie war vor der Leichenhalle des Evangelischen Friedhofs abgelegt worden. Nussbaum informierte die Kollegen der Remscheider Kriminalwache. Die Frau am Telefon weinte. Sie war hysterisch. Sie schrie sich das Entsetzen von der Seele. Sie hatte die Leiche gefunden. Das war zu der Zeit, als der Hauptkommissar gerade seinem Feierabend mit ruhigem Ausklang des belebten Tages bildlich entgegensah. Dann ging alles ganz schnell. Eine Mordkommission schien von Wuppertal nach Lüttringhausen geflogen zu sein. Klaus Nussbaum sah blass aus, hatte sich jedoch vom ersten Anblick des skalpierten Frauenkörpers schon erholt.

Ihr Körper selbst war nahezu unversehrt. Es war kein Blut zu sehen. Die langen schwarzen Haare waren, inklusive Kopfhaut, wie ebenso der Körper der jungen Frau, vor der Leichenhalle geordnet abgelegt worden. Demütigend. Wer konnte so etwas Grausames tun? Die Fahndung nach den beiden Abgängigen wurde ausgeweitet. So viele Einsatzkräfte der Polizei waren noch nie zuvor in Lüttringhausen unterwegs gewesen. Einer der gesuchten Männer, so der dringende Tatverdacht, hatte der jungen Frau das Leben genommen.

Der Mord war in aller Munde. Die Worte an der Kirchenwand waren mit einem Mal in den Hintergrund getreten, aber nicht in Vergessenheit geraten. Der Zweizeiler kam ihr irgendwie bekannt vor, aber sie wusste nicht, wo ihr die Worte schon mal begegnet waren. Sie dachte nach. Angestrengt, aber es wollte ihr einfach nicht einfallen. Anke Kur las für den *LA* täglich unzählige von Texten, Artikeln, holte Informationen ein, beschäftigte sich unentwegt mit Buchstaben, die zu Worten wurden und ihrerseits Sätze bildeten, die einen vorgesehenen Zusammenhang herstellten. Nicht jeder Text ergab jedoch einen Sinn, nicht jedes

Wort sagte das, was der Schreibende eigentlich mitteilen wollte. Alles ergab mehr oder weniger einen Sinn. So war es im Leben schlechthin, philosophierte Anke Kur in ihren Gedanken vor sich hin.

Der Rechtsmediziner stellte fest, dass die Frau mit einem „sauberen", das waren seine Worte, einzigen Messerstich ins Herz getötet wurde. Vor dem Tod wurde die Kopfhaut der schönen Frau, „fein säuberlich", ohne den Haaransatz zu beschädigen, abgetrennt. Dies, so der Pathologe, wurde Skalp genannt. Das war Klaus Nussbaum bekannt, aber er wusste nicht, wie sehr ihn dieser Anblick erschüttern würde.

Als Schwester Gaby am nächsten Tag, es war Dienstag, 8.03 Uhr, ins Dienstzimmer der Ärztin stürmte, wollte sie Marie Brenner über die Lüttringhauser Neuigkeiten, vor allem über die Gerüchte, auf dem Laufenden halten. Die Psychiaterin ließ auf sich warten. Schwester Gaby war irgendwie beunruhigt, ging jedoch aus dem Arztzimmer und zur Tagesordnung über.

Jetzt erinnerte sie sich wieder. Sie wusste, dass sie diese Zeilen schon irgendwo gelesen hatte. Während ganz Lüttringhausen über den Mord diskutierte, hatte Anke Kur des Rätsels Lösung gefunden. Die Heilig Kreuz-Wand-Schmiererei entstammte aus einem Gedicht, das dem *LA* zur Veröffentlichung zugeschickt wurde. Nun tat sich das nächste Problem auf, das gelöst werden musste. Wo sollte sie das Gedicht jetzt finden? Der Ablage fehlte ein System. Anke ermahnte sich selbst immer wieder zur Ordnung, aber die Fülle der Informationen und die Flut der Eingänge waren nicht mehr zu bewältigen. Jetzt ärgerte sie sich. Aber das war ihr Alltag.

Als die Tür laut ins Schloss fiel, war Schwester Gaby erleichtert. Nach der Blutabnahme des letzten Patienten überschlug sie sich fast, um Marie Brenner alles zu erzählen. Die Ärztin wirkte irgendwie verstört. Sie hatte sicher schon von dem Mord in Lüttringhausen gehört. Die Krankenschwester erzählte von der

Frisörin, die tot aufgefunden wurde. Sie hielt die Tatsache fest, dass die Vorstellung einer skalpierten Frisörin noch schlimmer sei, weil sie ihr bekannt war. Sie stellte außer Frage, dass Marie ihr sicher noch nie begegnet war. Wie sehr Schwester Gaby sich irrte.

Die Frisörin hatte der Ärztin kurz vorher noch die Haare geschnitten. Sie war dabei kaum zugänglich und wenig redselig gewesen, aber das war Marie sehr recht. Sie erinnerte sich noch, dass die Frau ihr im Wald noch einmal begegnet war. Beim Joggen. Es war unfassbar, wie sehr sie sich geähnelt hatten. Das lange schwarze Haar, zusammengebunden zu einem Zopf, die in dunkel gehaltene Laufkleidung. Und was Marie Brenner völlig unerträglich gefunden hatte, war, dass die Frisörin schneller gelaufen war als sie. Marie Brenner hatte sich dabei schwach gefühlt. Das war nicht gut.

Sie telefonierte mit ihrer Kollegin in Berlin und wollte die beruhigende Antwort auf die Frage der Woche hören, die sie jetzt täglich stellte. Aber die Antwort entsprach keineswegs ihrer beruhigenden Erwartung. Marie Brenner zuckte zusammen, als es an der Tür klopfte. Sie drohte die Kontrolle, vielleicht auch ihren Verstand, zu verlieren. Simon Reiter gehörten jetzt all ihre Gedanken. Sie geriet in Panik.

Dienstag. Die Fahndung lief auf Hochtouren, ebenso die Kollegen des KK 11 im Mordfall der jungen Frisörin. Klaus Nussbaum hatte keine Zeit mehr, an seinen Urlaub in den Bergen zu denken. Er kam früher zum Spätdienst, aber nicht dazu, endlich seine schon längst überfälligen Berichte zu schreiben. Es war noch vor Dienstende, als ein Telefongespräch seine ganze Aufmerksamkeit forderte. Er traute seinen Ohren nicht, noch weniger seinen Augen, als er den Tatort erreichte. Sie lag da, eingewickelt in eine blütenweiße Damasttischdecke, eine der Art, der man einen besonders festlichen Charakter nachsagen würde. Sie wurde nicht erstochen, nicht skalpiert, sie wurde „ertrunken" – jedenfalls waren das die Worte, die Nussbaum einfielen, als er dem Kriminalhauptkommissar des KK 11 sein Entsetzen zum Ausdruck brachte.

Sie lag da wie ein unschuldiges Kind, in das weiße Tischtuch eingewickelt, an dem kleinen idyllischen See, der von Wald umgeben war. Ihr Auto stand in unmittelbarer Nähe, direkt auf dem Wanderparkplatz, Olper Höhe. Sollte die Mordkommission nun von einem Serienmörder ausgehen? Keiner wagte das zu denken, aber es stand zweifellos und aufdringlich zur Diskussion. Es war wieder eine Frau, die ermordet worden war, wieder in Laufkleidung, wieder in Lüttringhausen.

Die Anzahl der Menschen, die in Lüttringhausen eilig unterwegs waren, wuchs stetig. Da waren die Presse, das hohe Polizeiaufgebot und Neugierige, die sich freundlicher auch als Interessierte hätten bezeichnen lassen, aber Nussbaum hatte seine Geduld, vor allem seinen Gerechtigkeitssinn, verloren. Aus Heli-Perspektive betrachtet würde es vermutlich so aussehen, als würden alle kreuz und quer durcheinander laufen.

Nach Aussagen des Rechtsmediziners, der sich eines Verbrechens sicher war, wurde der Kopf der jungen Frau unter Wasser gehalten, bis ihre Lungen ohne Luft, aber mit Wasser gefüllt waren. Es muss ein heftiger Todeskampf bis zum Ertrinken gewesen sein, dies jedenfalls sagte die Spurensicherung. Nussbaum wollte das alles am liebsten nicht hören. Der Mörder musste sehr kräftig sein, daher sollte die Ermittlungskommission von einem männlichen Täter ausgehen. Jetzt blieb die Frage, ob die Morde zusammenhingen und ob ein oder zwei Täter gesucht wurden. Der Polizeihauptkommissar war sich jedoch sicher, dass es mindestens zwei Morde in Lüttringhausen zu viel waren.

Noch bevor er in die Nacht hinausging, um einem mordlosen Mittwoch entgegenzusehen, schneite es draußen – und die Presse herein.

Nachtschicht. Er wollte gerade mit einem tiefen Atemzug und darauf folgendem grässlich lauten Seufzen seiner Verzweiflung und seinem Widerwillen Ausdruck verleihen, als Anke Kur mit einem verheißungsvollen Gesichtsausdruck auf ihn zukam. Sie knallte ihm einen Zettel auf den Tisch, so als habe sie den Mörder schon in der Tasche oder eben gerade aus der Tasche geholt.

„Ich habe es gefunden. Sieh hier und lies“, sagte die Redakteurin des *LA*.

Alltag
Tag für Tag musst du es tun
Doch am 7. darfst du ruhn
Der Erste ist der Schwerste
doch Montag ist kein Schontag
Am 2. solltest du es lassen
Denn sie werden dich schon recht bald hassen
Am Mittwoch ist die Arbeit schön
Mit Leichtigkeit wird es jetzt gehn
Der 4. war der Mühe wert
Wenngleich sich jedermann beschwert
Am Freitag macht die Arbeit Freude
Alle sind des Werkes Zeuge
Der Samstag lässt das Leid erahnen
Der Alltag der kennt kein Erbarmen
Tag für Tag musst du es tun
Doch am 7. darfst du ruhn

Erstaunt sah er sie an, als er die Frage formulierte, die sich unweigerlich stellte: „Warum zeigst du mir das?“

„Verstehst du denn nicht, Klaus?“, forderte sie ihn heraus.

„Äähhmm, nein.“

„Lies die ersten oder letzten beiden Zeilen.“ Der Stress und die Aufregung machten ihn wohl blind für das Wesentliche. Doch jetzt sah er es. „Woher hast du das?“

„Das hat mir jemand geschickt, um es im *LA* zu veröffentlichen. Kein Absender. Ich habe gewusst, dass mir die Worte schon mal begegnet sind.“

Er schüttelte den Kopf: „Weißt du, wie egal mir die Schmiererei an Heilig Kreuz ist? Es gibt zwei Morde und zwei dringend Tatverdächtige. Die Sachbeschädigung der Kirche interessiert mich einen Dreck.“ Er reagierte heftig, zu heftig, das tat ihm leid. Anke rang sich ein Lächeln ab und seufzte kaum hörbar. Mehr um ihr einen Gefallen zu tun und weniger aus tatsächlichem Interesse nahm er den Text und dankte ihr. Zudem fütterte er sie noch mit der Information, dass es niemanden gab, auf den der Verdacht fiel. Niemand hatte in der Nacht, als die Gedichtzeilen an die Kirchenwand gepinselt wurden, etwas gehört oder gesehen. *Dickes Gebäude*, die in der Nacht im Bandhaus gegenüber probten, kamen für die Tat nicht in Frage. Mehr wollte und durfte er darüber nicht preisgeben. Anke Kur verließ hängenden Kopfes die Polizeidienststelle. Sie war enttäuscht, mehr jedoch verärgert. Sie hatte sich vorgestellt, wie es ist, den entscheidenden Hinweis zur Festnahme des Täters geben zu können.

In dem Restaurant an der Ecke war sie nur einmal zum Essen. Es schmeckte ganz ordentlich, aber es gefiel ihr dort nicht, weil sie alleine war. Sie wurde angesprochen und fühlte sich von den Blicken der Gäste vereinnahmt. Sie mochte das nicht. Sie erinnerte sich noch gut an die Bedienung, mit der sie eine kurze Diskussion um die kalte Lammkeule führen musste. Jetzt war die Kellnerin tot. Marie Brenner fand keine Ruhe mehr. Sie telefonierte mit ihrem Therapeuten. Sie war beruhigt. „Angst zulassen!“ war die Devise. Ihre Reaktion beschrieb er als verständlich in Anbetracht der zwei grausigen Morde im beschaulichen Lüttringhausen.

Sie zog kurz in Erwägung, den Rat ihrer Mutter zu befolgen. Dann entschied sie sich dagegen, den Tatort Lüttringhausen zu verlassen. Sie wollte gemeinsam mit ihrer Angst den alltäglichen Verpflichtungen nachgehen. Ihre Mutter konnte das nicht verstehen. Das war auch egal. Wichtig war nur, dass Marie sich stark fühlte und keine Schwäche zuließ.

Doch auf dem Weg ins Fitness-Studio fühlte sie sich wieder verfolgt. Simon Reiter. Er beherrschte ihre Gedanken. Sie musste etwas tun. Sie wusste, welche Apotheke Notdienst hatte. Sie konnte noch rasch das erledigen, wozu sie während der Arbeit keine Zeit fand. Marie Brenner brauchte die Medikamente regelmäßig. Sie wirkten beruhigend, ohne ihr den klaren Verstand, den starken Willen, die Kraft und die lebensnotwendige Kontrolle zu nehmen. Das war gut. Sie kam später zum Training als in ihrem strukturierten Tagesablauf vorgesehen. Irgendwie war alles durcheinander geraten, seit sie es erfahren hatte.

Die Nacht war unruhig, er auch. Klaus Nussbaum fand keinen Schlaf. Irgendetwas stimmte nicht, aber er konnte seine Gedanken nicht ordnen. Er hatte etwas übersehen. Die derzeit chaotischen Verhältnisse auf der Polizeidienstelle erlaubten es ihm nicht, klare Gedanken zu fassen. Die Stille der Nacht führte ebenso wenig zu einer Eingebung. Alles überschlug sich in seinem Kopf. Er fing an Schafe zu zählen, er sehnte sich nach Ruhe. Beim siebten Schaf blieb er hängen und war mit einem Mal hellwach. Er saß aufrecht im Bett, zog sich an und machte sich auf den Weg zur Polizeiwache. Vor Aufregung stolperte er fast an seinen Schreibtisch und stürzte sich auf das Gedicht, dem er in Anwesenheit von Anke Kur keine Beachtung geschenkt hatte.

Er war nicht der einzige, der in Sorge vor einem weiteren Mord war. Noch eine Leiche durfte nicht sein, das konnte auch nicht sein. Am liebsten hätte er allen Frauen der Umgebung verboten, alleine zu joggen. Es war unvernünftig, nahezu lebensgefährlich. Nussbaum war besorgter denn je. Den Grund seiner Unruhe kannte er jetzt. Nachdem er die Mordkommission über die Zusammenhänge informiert hatte, drehte er seine Runden durch die Straßen von Lüttringhausen.

Es war fast halb sechs, als er die Frau, die in ausnahmslos dunkler Laufkleidung unterwegs war, von der Richthofenstraße zur Schmittenbuscher Straße im schnellen Laufschritt abbiegen sah. Er rief hinter ihr her. Sie reagierte nicht. Er sah sie erst den Weg Richtung Friedhof nehmen, als sie nach rechts zum Schmittenbusch abbog. Er konnte das nicht glauben. Sie rannte wie vom Teufel gefolgt Richtung Wald. Wie ein Wolf nahm er ihre Fährte auf. Er fluchte, weil er das Lauftraining vernachlässigt hatte. Nachlässigkeit hasste er. In seinem Ärger schrie er lauthals auf sie ein, aber sie reagierte nicht. Wie ein Uhrwerk setzte sie Schritt für Schritt in einem Wahnsinnstempo ihren Weg durch den Wald fort. Klaus Nussbaum fühlte sich verantwortlich für sie, genau wie für alle Lüttringhauser Frauen.

Sie fühlte sich kraftvoll, als sie am Mittwochmorgen ihrem Tagesprogramm nachkam. Wenn sie ihren Plan änderte, dann bekamen er und die Angst die Überhand, die Übermacht. Simon

Reiter sollte nie wieder Einfluss auf ihr Leben haben. Er hatte jetzt mehr Freiheiten, sagte die Kollegin aus Berlin. Das war erschütternd unmenschlich. Marie Brenner lief, sie stellte sich der Angst, der Gefahr, die Simon Reiter hieß. Mit jedem Schritt fühlte sie sich besser. „Nur Stärke zeigen, Marie." Das war ihr Motto der Woche. Das hatte sie im Hinblick auf die Ereignisse der letzten Stunden mit ihrem Therapeuten vereinbart. Und es funktionierte. Sie fühlte sich nicht schwach. Mit lauter Musik musste sie sich von der Welt abschirmen. Sie wollte keine Geräusche hören, die einen Pakt mit ihrer Angst zu schließen fähig waren. Es war ihre Angst und die sollte es auch bleiben. Durch ihre kleinen, kaum sichtbaren Kopfhörer hörte sie in einer gerade noch zu ertragenden Lautstärke Queen: *„… don't stop me now I'm having such a good time …"*, als ihr ein Mann, der um 5.42 Uhr unbedarft durch den Schmittenbusch spazierte, entgegen kam. „Nur Stärke zeigen, Marie."

Die Mordkommission teilte Nussbaums Vermutung, dass es eine Verbindung gab zwischen dem Zweizeiler, der noch immer an der katholischen Kirchenwand zu lesen war, und den Morden. Die Kriminalpolizisten mussten zugeben, dass weitere Morde nicht auszuschließen waren und von einem Serienmörder auszugehen war. Nussbaum ging nicht nur davon aus, er war sich sicher. Er konnte das Unheil schon spüren.

Das Gedicht. Es sagte vorher, dass es nicht der letzte Mord gewesen war. Jeder Tag brachte, bringt und wird einen Mord bringen. Wie lange sollte das so weitergehen? Der Polizeihauptkommissar kannte die Antwort: Am 7. wird er ruhn. Er dachte an die Läuferin, die er am frühen Morgen des Mittwochs warnen wollte. Er hätte sich gerne nach ihrem Wohlbefinden erkundigt, aber er kannte sie nicht. Er war sich fast sicher, dass ihr lebloser Körper bald gefunden würde. Nussbaum klammerte sich an die Hoffnung, dass sie stark genug war, sich gegen den Täter zur Wehr zu setzen.

Der Apotheker war schon fast ein Fall für den Bestatter. Der Notarzt parkte gerade, als der Apotheker im Beisein seiner Mitarbeiterinnen den letzten Atemzug tat. Der Aufmerksamkeit der Apothekenhelferin war es zu verdanken, dass die Symptome einer Vergiftung zwar nicht sofort, aber immerhin am Nachmittag erkannt wurden – dennoch zu spät. Der Apotheker hatte seit dem Vormittag irgendwie einen verwirrten Eindruck gemacht. Er war davon überzeugt gewesen, dass sein Herz unregelmäßig schlägt, hatte sich in den Räumen der modernen Apotheke nicht mehr zurechtgefunden und seine Umgebung mit vehementer Überzeugung andersfarblich eingeschätzt. Der Rechtsmediziner ging von einem langsam wirkenden Gift aus, das einige Stunden zuvor bereits vom Magen des Opfers resorbiert wurde. Auf Grund der geschilderten Symptome, aber ohne sich vor der Obduktion festlegen zu wollen, ging er von einer Vergiftung mit Fingerhut, einem heimischen Gewächs, aus.

Es gab jetzt keine Gerüchte mehr über den Serienmörder, der in Lüttringhausen am Werk war, denn am dritten Tag gab es schlichtweg keine Zweifel mehr daran. Der Remscheider Stadtteil stand unter Schock. Die Straßen waren wie ausgestorben, jedenfalls was die Menschen betraf, die für gewöhnlich dort unterwegs waren. Sie gingen nicht mehr zum Bäcker, zum Apotheker, zum Metzger, zum Arzt, zur Physiotherapie, sie trafen sich nicht mehr zum Essen, es gab keine oberflächlich freundlichen Gespräche, sie besuchten einander gar nicht mehr. Stattdessen zeigte sich ein Bild des Ausnahmezustandes. Unterwegs waren Heerscharen von Polizisten, die auch aus anderen Teilen NRWs angefordert wurden, Pressefotografen und Redakteure, mehr überregionale als Remscheider, ein Polizeipsychologe, erfahren und mit besonderer Fachkompetenz für Serientäter.

Doch die beiden Hauptverdächtigten blieben wie vom Erdboden verschwunden, verschluckt, nicht mehr existent. Die Fahndung nach den Vermissten wurde mit mehr Einsatzkräften auf „bundesweit“ erhöht.

Er war überglücklich. Seine Gedichte waren so voller Liebe, nur für sie, als ihm das Geschenk der „mehr Freiheiten“ überreicht wurde. Simon Reiter hatte lange darauf gewartet, mehr oder weniger geduldig, aber auf keinen Fall untätig, denn er hatte viel dafür tun müssen. Seine Erkundigungen führten ihn nach Remscheid, Stadtteil Lüttringhausen.

Es gab kaum jemanden, der sich nicht vor dem Donnerstag fürchtete. Die Einsatzkräfte der Polizei und die Presse verliehen trotz ihrer eigenen Unruhe, die sie in ihrer Geschäftigkeit hinterließen, eine kleine Spur von Sicherheit. Der Täter hatte es jetzt jedenfalls schwer, unbemerkt in Lüttringhausen zu Werke zu gehen. Jeder Atemzug eines jeden, der in Lüttringhausen unterwegs war, wurde von der Polizei registriert, analysiert und mit äußerster Sorgfalt dokumentiert.

Donnerstag, 23.59 Uhr. Das Telefon klingelte. Hauptkommissar Nussbaum, der mittlerweile die Gedanken an seinen Skiurlaub und gleichwohl seine innere Ruhe verloren hatte, zuckte zusammen. Es stellte sich ein Gefühl der Erleichterung ein, als am Donnerstag keine Leiche irgendwo in Lüttringhausen herumlag. Das hohe Polizei- und Presseaufgebot schien seine Wirkung zu zeigen. Das Klingeln des Telefons sollte jetzt nichts Gutes verheißen. Nussbaum dachte an die Läuferin, die er am Mittwoch hatte retten wollen. Er fragte sich, ob sie noch am Leben war. Er fragte sich, ob die männliche Leiche ein Versehen war – in der Serie von Frauen, die ermordet wurden.

Er wurde im Wald gefunden. Mit seinen Handschellen am Baum gefesselt. Von seiner Kleidung, inklusive Unterhose, keine Spur. Im Wald zwischen Danielshammer und Sirachskotten erregte ein kleiner Terrier großes Aufsehen. Es war 6.53 Uhr, Freitag, als die ältere Dame, die nicht vernehmungsfähig war, den noch warmen Körper des jungen Polizisten entdeckte. Es war ein grauenvoller Anblick. Die Dienstwaffe lag, noch auf den Ermordeten gerichtet, hinter ihm, als sollte sie auf eine Hinrichtung weisen. Mit seinen Armen umschlang er den Baum, kniend, von hinten in den Kopf geschossen. Sein Körper war unversehrt. Es musste alles sehr schnell gegangen sein.

Der Polizeipsychologe gab Erklärungen zur Psyche des Täters

ab. Er wies auf einen Zusammenhang hin, der so offensichtlich war, dass ein Studium der Psychologie dafür keine notwendige Bedingung war. Die Berufe der Mordopfer hingen zweifellos mit der Art des Tötens zusammen. Es waren Morde, die von langer Hand und mit präziser Planung vorbereitet worden waren. Der Täter hatte es nicht nur auf Frauen abgesehen.

Er fragte sich jetzt schon, wann die nächste Leiche gefunden würde. Noch immer beschäftigte Nussbaum sich mit der quälenden Frage, ob die Läuferin, die im Schmittenbusch unterwegs war, noch lebte. Mehr als dies jedoch war er unsagbar wütend, entsetzt, erschrocken, betroffen, traurig, verzweifelt. Hätte es auch ihn treffen können? Sein neuer Kollege, jung, motiviert, mit Lebensplänen, voller Ideen und Freude an der Arbeit war mit seiner eigenen Dienstwaffe erschossen worden. Der Polizeihauptkommissar fühlte sich nicht mehr arbeitsfähig, er war müde, erschöpft, hoffnungslos, resigniert.

Samstag, die harte Arbeitswoche ging zu Ende. Wieso wurde der verdammte Orthopäde sogar nach nunmehr drei Tagen einfach nicht gefunden? Das konnte doch nicht sein. Ob die dummen Polizeibeamten den Mord geheim hielten? Unmöglich. Es war ein Werk sondergleichen. Den chirurgischen Eingriff, ohne Anästhesie, hatte er gut überstanden. Die Ohnmacht hatte sich erst bei den ersten Knochenbrüchen eingestellt, der Tod war später eingetreten – langsam. Es war ein Meisterwerk: ein Mensch – im wahrsten Sinne zerbrochen – in seine Einzelteile.

Fieberhaft und ohne Pause ging die Suche nach dem Täter weiter. Der Polizeipsychologe war von einem Einzeltäter, männlich, überzeugt. Er rechtfertigte dies mit einer Reihe von Tatsachen, Hinweisen und Fakten. Aber das alles führte nicht zur Festnahme. Es gab Unmengen von Zeugenaussagen, die alle der Mordkommission zugetragen wurden, aber keine führte auch nur annähernd in eine Richtung, die eine Verhaftung hätte rechtfertigen können. Die Tatorte waren nicht spurenlos. Der Täter hinterließ jedoch nichts, was zur Identität seiner Person hätte beitragen können. Obwohl Michael Mendes und Andreas Sandberg die

Hauptverdächtigen blieben, sprachen die Indizien keineswegs für die Vermissten.

Erst am Sonntag, als die Glocken der rosafarbenen Kirche der Evangelischen Stiftung Tannenhof die Gläubigen zum Gottesdienst einluden, sorgte die Leiche einer Frau für Verwirrung. Die Prosektur der Klinik war, entgegen den Erwartungen, besetzt. Der diensthabende Arzt wurde über die junge Patientin, die in der Leichenhalle auf dem nackten Metallwagen aufgebahrt lag, informiert. Sie sah friedlich aus, als sie, zugedeckt mit einem reinweißen Laken, nicht übertrieben geschminkt, mit einer roten Rose geschmückt, da lag. Der Arzt vom Dienst verlor sein Gleichgewicht und die Fassung. Es war keine Patientin, es war seine ärztliche Kollegin, die da aufgebahrt, tot, vor ihm lag. Der ärztliche Direktor und die Polizei wurden informiert.

Die Frau sah der ersten Leiche sehr ähnlich, aber auch der Mittwoch-Läuferin. Nussbaum musste sich selbst zugestehen, wenn es auch bitter war, dass er Recht behalten hatte. Die Läuferin hatte ihr Ziel nie erreicht. Der diensthabende Arzt informierte den Rechtsmediziner darüber, dass dem Notarztkoffer eine „ganz ordentliche" Dosis Morphium fehlte, die nachweislich nicht für einen Notfall gebraucht worden war. Der Pathologe äußerte daher vorsichtig die Vermutung, dass der Psychiaterin wahrscheinlich ein Opiat injiziert wurde, eine „ganz ordentliche Überdosis". Die Einstichstelle am Arm war von jedermann und mit bloßem Auge zu erkennen.

Kein Mord am Sonntag, keine Leiche am Montag, kein Toter am Dienstag ... Kein Skiurlaub für Klaus Nussbaum.

Er hatte nicht den Mut. Er stand auf der Müngstener Brücke. Er dachte an die Sonntage, seine Eltern, die Wupper. Da unten hatte er im Wasser gespielt, erinnerte er sich beim Blick in die aussichtslose Tiefe. Oft verbrachte die Familie Stunden an ihrer Brücke. Er fühlte sich verbunden, berührt von den Erinnerungen. Er sah sich im *Exit* tanzen, als es das noch gab – ausgelassen, unbeschwert – bis zum frühen Morgen. Jetzt stand dort ein schicker Glaskasten. Er bedauerte es, er bedauerte sein Leben. Aber er hatte nicht den Mut, zu springen. Dann zog er umher, verwirrt und in seinen Gedanken gefangen. Die Polizei fand ihn zwei Wochen später. Doch Andreas Sandberg gehörte nicht mehr zu den Beschuldigten. Er konnte den Worten der Polizei nicht folgen. Er wusste nichts von einem Serienmörder und von sechs Toten. Er lebte in seiner eigenen Welt, in der keine Morde vorkamen. Er ließ sich in der Lüttringhauser Klinik freiwillig weiterbehandeln. Er stellte aber eine Bedingung, er wollte wieder von der guten Ärztin therapiert werden, von Frau Dr. Brenner. Er war heimlich verliebt in sie, aber sie hatte auf seinen kleinen Brief nie geantwortet. Das behielt er für sich. Man brachte ihm Verständnis entgegen, aber man konnte seiner Bedingung nicht nachkommen.

Er brachte es nicht übers Herz, ihr weh zu tun. Immer wieder hatte er es sich vorgestellt. Er wollte sie zu Tode prügeln. Als er sie sah, war alles vergessen. Sie war so schön. Sie war schuld, aber es traf sie keine Schuld daran, dass er seine Aggression nicht unter Kontrolle hatte. Michael Mendes war seit jeher jähzornig gewesen, aber nie ungerecht. Es hatte immer einen Grund, wenn er zuschlug. Er wollte sie nie mehr verlassen und nie mehr verletzen. Den Hafturlaub hatte er überschritten, was soll's. Das war es wert. Die zwei Wochen gemeinsamer Urlaub in dem abgelegenen Dörfchen an der Mosel mussten sein, um sie zu überzeugen. Niemand würde von den Wutanfällen erfahren, die neue Hämatome auf ihrem zarten Körper zur Folge hatten. Dieses Versprechen gab sie ihm, unter der Bedingung, dass er wieder in die JVA zurückkehrt. Er tat es. Seine Haftstrafe wurde verlängert, weitere Hafturlaube ausgesetzt. Das machte nichts, denn er hatte ja eine beruhigend sichere Zukunft.

Alltag. Sie hatte alles erledigt. Fertig. Zufrieden konnte sie das Wort Orthopäde mit einem Häkchen versehen. Ihr „Lüttringhauser Gesellenstück" konnte endlich bewundert werden. Die ärztliche Kollegin, ebenfalls Psychiaterin, hatte einen vagen Verdacht geäußert, ihr galt daher der letzte Haken. Sie hatte mit ihrer Vermutung zufällig ins Schwarze getroffen. Das war schade, denn Marie mochte sie eigentlich sehr gerne. Ihr wurden daher ein sanfter Tod, eine Rose und eine angemessen friedliche Atmosphäre zugedacht.

Die Bäckereifachverkäuferin indes war es, um die sich Marie Brenner am ersten Tag der neuen Arbeitswoche kümmern musste. Sie hatte schlichtweg ein Wort zu viel gesagt. Es würde danach wieder ein Jahr in Anspruch nehmen, bis Marie alle notwendigen Informationen gesammelt und einen neuen strategisch perfekten Plan entwickelt hätte.

Alles brauchte eben seine Zeit.

Weihnachten 2013. Es war besinnlich. Der Schnee. Die Lichter. Wärme. Geborgenheit. Weiße Weihnacht in Lüttringhausen. Sie lud ihre Mutter zu Heilig Abend ein. Endlich Weihnachten. Alles war perfekt. Sie war ohne Angst. Sie hatte auch verdammt viel dafür tun und sich mörderisch anstrengen müssen. Seither fühlte sie ihre Kraft, Macht und Stärke. Marie Brenner saß am festlich gedeckten Tisch. Sie sprach das Abendgebet: „Tag für Tag musst du es tun. Doch am 7. darfst du ruhn."

Sie hielt einen andächtigen Moment inne.

Die Stiftung Tannenhof und die Justizvollzugsanstalt in Remscheid-Lüttringhausen gibt es wirklich. Personen und Handlung sind indes frei erfunden, eventuelle Ähnlichkeiten rein zufällig.

Vita:
Monika Wilhelmi wurde 1963 in Trier geboren. Ihre Jugendzeit verbrachte sie in der Eifel, bis sie 1989 ins Bergische Land kam. Seit Abschluss ihres Psychologiestudiums ist sie als Psychologische Psychotherapeutin in der Evangelischen Stiftung Tannenhof tätig. Ihre Kreativität fand neben innovativen Konzepten zum Thema Demenz bisher Ausdruck in Musik, Tanz, Kabarett und Fotografie. Ihr erster Roman „Ein Fisch ohne Wasser" erschien im September 2013 im JUHRVerlag: Kriminalroman, Gedächtnistraining und Vorlesebuch für Menschen mit Demenz.

Stefan Melneczuk: Verboten!

Der Todeskampf dauerte Stunden. Zumindest aus Sicht des verzweifelt um sich schlagenden Mannes, der jetzt auf dem Bauch am Boden lag und einfach keine Luft mehr bekam. Um den Hals des Elektrikers lag das giftgrüne Kabel eines alten Vorwerk-Staubsaugers, und gleich neben dem Mann, der immer noch wild vor sich hin strampelte, lag der dazu gehörende Kobold selbst. Er war umgefallen im Eifer des Gefechts, im wilden Handgemenge, am unteren Ende der Kellertreppe. Und jetzt war er der einzige Zeuge dieses Trauerspiels hier – mit aufgeblähtem Staubbeutel. Irgendwann lief der sterbende Elektriker aus Elberfeld blau an. Er versuchte nicht länger, nach seinem Hals zu greifen, wo das Kabel ihn strangulierte, hart, effizient, staubig, ohne Rücksicht auf Verluste. Das Letzte, was der Handwerker in seinem Leben sah, war die weiße Kellertür, edel in Klavierlack-Optik. Lohnte es sich wirklich, dafür zu sterben? Lohnte es sich wirklich, dafür keine, keine, keine Luft mehr zu bekommen? Zu einer Antwort kam der vor sich hin röchelnde Mann zwei Wochen vor seinem 60. Geburtstag nicht mehr. Mit grauenhaftem Zischen verließ ihn die allerletzte Luft, und sein Kopf sank nach vorne auf den teuren Parkettboden. Nichts mehr zu machen.

TRAUTES HEIM
STROM MUSS SEIN!

Das war auf dem Rücken des Toten zu lesen. Aufgenähte Buchstaben auf einer grauen Latzhose, jetzt nass im Schritt nach fünf Minuten Todeskampf. Aus den Taschen des Handwerkers ragten die blutroten Kunststoff-Köpfe zweier Stromtester. Wider Erwarten hatte er die Dinger nicht zur Waffe gemacht, als noch Zeit für ein letztes Befreiungsmanöver war, weiter oben auf der Kellertreppe, auf dem Weg nach draußen, nur schnell nach draußen, um die Welt an diesem Geheimnis hier teilhaben zu lassen. Seine Rechnung hatte der unglückliche Elektriker allerdings ohne den Besitzer dieser heiligen Hallen hier gemacht, der ihn erwischt hatte, der ihn zur Rede gestellt hatte auf halbem Weg nach draußen.

„Was machen Sie hier unten? Habe ich Ihnen nicht gesagt, dass Sie nicht in den Keller dürfen?"

Neugier, pure Neugier! Bis zuletzt hatte der zunächst geschockte und jetzt tote Elektriker sich herauszureden versucht. Zuerst mit technischen Notwendigkeiten, dann mit Beteuerungen, nichts von all dem hier zu verraten. Genutzt hatte ihm beides nichts, denn er hatte sich über ein Verbot hinweggesetzt. Dieser Keller hier war in der Tat frei von allen Schaltschränken und Sicherungen, die Handwerker hierher führen könnten, und das aus gutem Grund. So war dem Herrn des Hauses bei der finalen Auseinandersetzung nur noch der Griff an den Kobold geblieben. Ein guter Freund seit alten Zeiten, zuverlässig, diskret und leise, wie es sich für einen Hausangestellten aus Barmen gehörte. Der Handwerker war angesichts des Anblicks im Keller viel zu perplex, um auf dem Weg hinaus zu begreifen, wie ihm geschah. *Wache oder träume ich? Haben mich meine Augen getäuscht? Sie müssen mich getäuscht haben, denn das hier ist einfach UNMÖGLICH!*

So lag der erdrosselte Elektriker auf dem Parkettboden, und in einer seiner Hosentaschen brummte ein Handy vor sich hin. Wie eine Stubenfliege in Übergröße, eingefangen und vorhin beim Aussteigen mit nach draußen in das Unwetter genommen, um im Ernstfall Hilfe holen zu können. Oder um einfach nur die bessere Hälfte anzurufen. Wider Erwarten hatte das verdammte Taschentelefon hier unten im Keller wieder ein Netz. Unverhofft, nachdem es auf dem Weg durch die verschneiten Straßen gestreikt hatte, nach dem Ausfall eines UMTS-Senders nicht weit von hier. Wieder summte der Vibrator mit Lautsprecher und Kamera.

Das Display leuchtete selbst durch den Stoff der toten Latzhose. EINGEHENDER ANRUF! BIENCHEN!

Zu dumm, dass der Elektriker niemals wieder ein Gespräch annehmen geschweige denn eine SMS an Bienchen schicken würde. *Schatz! Ich komme etwas später! Bin noch bei einem schwierigen Kunden und kann jetzt nicht reden! Lass schon mal Badewasser ein und zieh dir was Hübsches an. Nachher gibt es Hochspannung, Bienchen! Die ganze Nacht! Bis morgen früh! Versprochen!*

Gesagt, gestorben. Es fiel dem Herrn des Hauses unglaublich schwer, den toten Elektriker auf den Rücken zu drehen – physisch wie auch psychisch. Die Augen des Toten standen weit offen, ganz so, als habe er gerade eben eine Abschlagsrechnung der Wuppertaler Stadtwerke aus dem Briefkasten gezogen und studiert. Für einen Nachtspeicherofen, der von heute auf morgen hunderttausend Kilowattstunden verschlungen hatte und die Energiewende praktisch allein finanzierte.

STROM MUSS SEIN
IM TRAUTEN HEIM!

war vorne auf der Latzhose des Handwerkers zu lesen. Das Gesicht der Leiche war jetzt so blau wie ein WSV-Fan nach der Aufstiegsfeier. Aus seinem halb geöffneten Mund (ungepflegt, mit rissigen Lippen, denn draußen war es immer noch bitterkalt) ragte ein Stück Zunge. Spitz und glänzend und ebenfalls zu nichts mehr nutze. So zu sterben, war alles andere als eine erhebende Erfahrung. Noch dazu auf den letzten Metern, voller Tatendrang. So war der Elektriker seinem Henker geradewegs in die Arme gelaufen, ohne zu ahnen, wie leicht sich das Kabel eines in die Jahre gekommenen Kobolds zum Töten einsetzen ließ, wenn es darauf ankam.

Ironie des Schicksals: Elektriker mit Stromkabel erdrosselt! Was zur Hölle wollte er im Keller dieser von Gott und allen guten Geistern verlassenen Stadtvilla? Doch diese Schlagzeilen würden niemals im *General-Anzeiger* zu lesen sein. Zumindest nicht in dieser Form. Der Mann in der Latzhose trat unterdessen, ein paar Kilometer weiter oben, im vom Schneesturm zerzausten Himmel, seinem Schöpfer gegenüber. Punktgenau an der Stadtgrenze zwischen Barmen und Elberfeld, wie es sich für den alten Herrn gehörte, in dreitausend Metern Höhe. *Gott ist Diplomat, und das schon seit 1929! Für Gott sind alle Menschen gleich, ganz egal, woher sie kommen! Für Gott gibt es weder Osten noch Westen, weder Süden noch Norden, weder Arm noch Reich und weder Barmen noch Elberfeld.*

Bevor sich die Seele des strangulierten Elektrikers aus der Nordstadt auf den Weg in das Licht machte, das gleich hinter Gott auf ihn wartete, blickte sie noch einmal auf Wuppertal hinab. Von hier oben war die Stadt kaum zu erkennen. Der Schnee fiel zu dicht. Der Winter hatte das Oberzentrum des Bergischen Landes, wie Politiker es beim Ringen um neue Einkaufszentren und um Fördergeld gerne bezeichneten, seit Tagen fest im Griff. Und heute Nacht fielen die Flocken besonders heftig. Von der eisglatten Parkstraße aus kommend, hatte es den Elektriker am späten Nachmittag auf die Obere Lichtenplatzer Straße verschlagen, auf seinem Weg ins rettende Fischertal und von dort aus auf die B 7. Nur auf dieser Route hatte er sich Chancen ausgerechnet, im allgemeinen Chaos noch vor Mitternacht zu Hause zu sein. Am Straßenrand türmten sich die Schneeberge fast zwei Meter hoch. Der Winterdienst stand – so hieß es zumindest im Radio – kurz vor der Kapitulation.

Verehrte Hörer! Bleiben Sie bitte zu Hause oder suchen sie beheizte Räume auf. Der Deutsche Wetterdienst kündigt bis morgen früh einen halben Meter Neuschnee an. Wie wir soeben erfahren haben, wurde das Rathaus in Barmen geräumt und die Stadtspitze mit einem Schneemobil in Sicherheit gebracht. Vom Lagezentrum in Niedersprockhövel aus appelliert der Oberbürgermeister an alle Wuppertaler, bloß nicht vor die Haustür zu gehen, denn es ist tierisch glatt und tierisch kalt. Nach wie vor ist das Schlittschuhlaufen am Islandufer und auf dem Werth untersagt. Wir melden uns wieder, wenn alles überstanden ist und wünschen Ihnen jetzt noch einen schönen Abend, ho, ho, ho!

Der Vertrag, den Petrus seinem unterlegenen Gegner beim Winterdienst der Stadt Wuppertal vorlegen ließ, war jetzt unterschriftsreif und der dazu passende Füllfederhalter längst aufgeschraubt. *Wir geben auf! Alle Wagen zurück ins Depot! Bis morgen früh, wenn Gott will! Und Gott will doch? Oder?*

Zu dumm, dass der Elektriker mit dem chronisch vollen Auftragsbuch an diesem verhängnisvollen Wintertag kaum noch Sprit im Tank seines Sprinters hatte und den Wagen im Leerlauf auf den Barmer Höhen in eine monumentale Schneewehe rutschen ließ. Der Rest war Geschichte: Zehn Minuten später stapfte der Meister in der Latzhose im dichten Schneetreiben durch ein Villenviertel, das er nie zuvor gesehen hatte, vor sich hin frierend und zitternd wie Espenlaub – auf der Suche nach einer rettenden Haustür. Das Handy in seiner Hose streikte. Und zwischen allem tobte der teuflisch kalte Wind, wütend vor sich hin heulend und die Schneemassen vor sich hertreibend wie ein aufgescheuchtes Tanztheater in Zeiten des Bühnensterbens.

Der zunächst freundlich lächelnde alte Herr an der schweren Haustür aus Eichenholz hatte zur großen Überraschung des noch nicht toten Elektrikers ein Einsehen gehabt und aus der Not eine Tugend gemacht, als er den verschneiten Handwerker von Kopf bis Fuß musterte und schließlich einließ. Das Angebot, das der Mann mit der Villa zu machen hatte, war in der Tat verlockend: ein Dach über dem Kopf, ein heißer Kaffee und ein gutes Stück Bienenstich für einen kleinen Dienst per Handschlag.

„Wenn ich das richtig sehe, mein Bester, sind Sie Elektriker. Wie wäre es, wenn Sie sich kurz mal eben die Steckdose im Wohnzimmer ansehen? Die Stehlampe flackert, und ich denke, das ist einfach nur ein Wackelkontakt, der sich schnell beheben lässt. Für Sie doch kein Problem. Ich mache Ihnen in der Zeit Bohnenkaffee. Sie kommen hier ohnehin nicht weg. Das schneit ja immer schlimmer!“

Richtig: Draußen war Frau Holle immer noch auf Speed, und mit einem Blick durch das große Fenster der Empfangshalle war zu sehen, dass auf den Serpentinenstraßen runter ins Wuppertal gar nichts mehr fuhr. Geschweige denn in der Gegenrichtung. Kein Linienbus weit und breit. Nur hin und wieder ein tapferes Blaulicht, weit entfernt verkündend, dass in der Stadt das Chaos herrschte.

„Ich kann mich nicht daran erinnern, wann wir hier oben den letzten echten Winter hatten."

Der Elektriker hatte sich auf den Handel eingelassen: eine reparierte Steckdose für einen Kaffee, ein Stück Bienenstich und einen Griff zum Festnetztelefon, um nach getaner Arbeit schnell mal eben zu Hause anzurufen. *Schatz! Ich komme etwas später! Bin noch bei einem schwierigen Kunden und kann jetzt nicht reden! Lass schon mal Badewasser ein und zieh dir was Hübsches an. Nachher gibt es Hochspannung! Die ganze Nacht! Bis morgen früh und von mir aus noch länger, wenn wir eingeschneit sind! Versprochen! Bienchen!*

„Sie müssen noch nicht einmal runter in den Keller, um den Strom abzustellen: Den Sicherungskasten finden Sie gleich da vorne an der Treppe."

Soweit die Theorie. Die Praxis sah etwas anders aus. Hand auf die Lüsterklemme: Klingt so ein Verbot? Während der Herr des Hauses nebenan wie versprochen Kaffee machte und im Radio hörte, dass entlang der A 46 das Rote Kreuz und das Technische Hilfswerk in Stellung gingen, um der im Schnee festgefahrenen Schicksalsgemeinschaft zwischen Sonnborn und Oberbarmen Wolldecken, Tee, Nato-Kekse und erotische Heftromane gegen die Langeweile zu reichen, riskierte der Elektriker in der Latzhose, neugierig, wie er nun einmal war, einen Blick in den Keller der schmucken Villa. Den Kasten mit den Sicherungen ließ er für eine Minute außer Acht. Da unten war warmes Licht, soviel warmes Licht, und es schien im Keller ein Orchester zu spielen, wenn auch nur aus der Konserve. Tschaikowskys *Schwanensee*, soviel war zu hören, und zu genau dieser Musik sollte der Handwerker ein paar Minuten später sein Leben verlieren. So stieg der Elektriker still und heimlich die Stufen hinab. Die Musik wurde mit jedem Meter abwärts lauter. Dann war der Mann in der Latzhose am Ziel. Er schob die Flügeltür ein Stück zur Seite, um gleich danach die Fassung zu verlieren und sie Zeit seines restlichen Lebens nicht wieder zu finden.

Oh mein Gott! Das kann nicht sein! Nie und nimmer! Das träume ich nur, und ich sollte machen, dass ich schleunigst wieder nach oben komme, dass ich schleunigst wieder nach draußen komme, raus in den Schnee, raus in den Schnee in den Schnee in den Schnee in den Schnee!

Mit bekanntem Ergebnis: Auf dem Rückweg nach oben, mit wild schlagendem Herzen die Treppe bergauf stolpernd, traf der Elektriker den Kobold, und mit einem Mal blieb ihm nach einem sinnlosen und auch noch schlecht choreografierten Faustkampf auf den Stufen die Luft weg. Der Mann mit der Villa war zwar wie sein Opfer ein Senior, hatte aber immer noch immense Kraft, wenn es darauf ankam. Und es kam jetzt darauf an: Der Handwerker da würde alles tun, nur nicht schweigen. Und genau das galt es zu verhindern. Ein für alle Mal. Dann gab es nur noch das Kabel, ein Stück Hals und zwei erbarmungslose Hände, zu allem bereit.

Von ganz oben gesehen, auf Gottes Veranda, sah Wuppertal aus wie eine Stadt in der Schneekugel. Und Petrus? Der schüttelte das Ding lieblos hin und her und her und hin. Da half auch kein Streusalz. Die Straßen des bergischen Oberzentrums waren so glatt wie ein Parteiprogramm im Wahljahr, und die Autos am Straßenrand ließen sich nur noch erahnen. Barmen war seit Stunden aus Puderzucker. Als der Herr des Hauses nach dem vollbrachten Mord aus dem Keller kam, beobachtete ihn durch das Fenster zur Straße der Haribo-Goldbär.

Der possierliche Geselle mit dem roten Schleifchen um den Hals (würde es halten, wenn man es über der Kehle fest genug zuzog?) lächelte wie eh und je, mit seiner süßen Stupsnase und den ebenso süßen wie kreisrunden Ohren, als könne er kein Wässerchen trüben. Selbst am Murmelbach nicht. So schaute der Goldbär von der Straße aus in den Flur der Villa, sachte hin und her rutschend, während sein Chauffeur – ein verzweifelter Lastwagenfahrer aus Hamm-Uentrop – nach wie vor alles daran setzte, doch noch den verdammten Berg rauf zu kommen, um die Supermärkte in Ronsdorf und Cronenberg mit Weingummi und Lakritz zu beliefern. Verfahren, der Truck mit Süßwaren hatte sich verfahren in einer von Gott verlassenen Seitenstraße! Dem Goldbären selbst war das egal. Er schaute einfach nur durchs Fenster. Der Chauffeur mit viel zu wenig Fahrpraxis für den bergischen Winter gab am Steuer des Lastwagens alles – mit heulendem Motor und nach Gummi-Abrieb stinkenden Reifen, verzweifelt auf den nächsten Schneeschieber des Eigenbetriebs Straßenreinigung Wuppertal wartend, den Bleifuß immer auf dem Gas.

Der Hausherr ließ den Goldbären nicht aus den Augen. Im Fall der Fälle wären auch der possierliche Geselle und sein Chauffeur ein Fall für den Kobold. *Ist das Kabel lang genug?* Das weitaus größere Problem war aber nach wie vor der tote Elektriker, der zu viel gesehen hatte im Keller da unten. Gestorben in den Tiefen des Schwanensees, stranguliert mit beiden Händen, während die Äderchen an seinen Schläfen anschwollen wie Wasserleitungen bei Überdruck.

„Was! Machen! Sie! Hier?" Das hatte der Herr des Hauses den Mann in der Latzhose gefragt, als der panische Handwerker ihm mit weit aufgerissenen Augen entgegen kam mit nur einem Ziel. Nach draußen! Nach draußen! „Ich habe Ihnen doch untersagt, nach unten zu gehen. Ich habe es Ihnen VERBOTEN!"

So weit, so schlecht. Die Leiche des Elektromeisters musste weg, so schnell wie möglich. Und mit ihr sein verdammter Sprinter mit Firmenlogo am Straßenrand in der Nachbarschaft. Ihn mit dem letzten Tropfen Sprit hoch nach Ronsdorf zu fahren, war die einzige Lösung. Ihn dann in einem verlassenen Waldstück mit dem Toten in der Latzhose an Bord in Brand zu setzen, ein Kinderspiel. *Die Feuerwehr wird bei diesem Wetter ewig brauchen.* In der Garage der Villa stand ein Kanister mit zehn Litern Sprit. *Das wird reichen.* Nur keine Zeugen, nur keine Spuren, die in dieses Haus hier führten. Danach musste nochmal der Kobold ran, diesmal aber wirklich in seiner Eigenschaft als Staubsauger, überall, wo der unglückliche Mann in der Latzhose herumgeschnüffelt hatte, als es draußen schneite, weil Petrus es so wollte. Es gab viel zu tun. *Keine DNA! Kein Spurenbild! Der Staubbeutel wird noch heute Nacht ersetzt und sofort im Kamin verbrannt!*

Allmählich beruhigte sich der Mann mit der Villa, und selbst der Goldbär, der auf eisglatter Straße jetzt haltlos bergab rutschte, immer noch lächelnd, war nicht wirklich ein Problem. *Alles im Griff, alles im Griff! Es gibt immer einen Ausweg aus der*

Klemme, wie auch schon im Herbst 1944, in einer stürmischen Nacht im Oktober: Zwei Lastwagen der Wehrmacht lassen das Tal der Wupper rumpelnd hinter sich. Die Ladefläche schaukelt hin und her, und die Scheinwerfer der Transporter sind abgedeckt und abgedunkelt wie die ganze Stadt. Es geht in diesem Trümmermeer nur noch im Schritttempo voran, von der Münzstraße aus, zunächst einmal steil bergab, mitten durch die zerbombte Stadt, dann über die Wupper und von dort aus wieder steil bergauf. Überall im Tal heulen die Sirenen, wieder einmal. Kein Mensch auf der Straße. Alle Barmer hocken in den Kellern, wieder einmal, und die Soldaten, die den Weg säumen und in den Himmel blicken, schenken den beiden Lastwagen, die von der Eisenbahnstrecke kommen, keine Beachtung. So arbeiten sich die Dieselmotoren hoch hinauf in den Barmer Süden, vorbei an verdunkelten Häusern und blinden Fenstern. Vier Soldaten und zwei SS-Schergen sind mit den Lastwagen unterwegs. Ihnen bleibt im Chaos nur wenig Zeit, die Ladung wie befohlen fortzuschaffen, in Sicherheit, möglichst weit weg von der Eisenbahn, die heute Nacht wieder das Ziel der Alliierten ist. Die sechs Männer wollen mit ihrer Fracht hoch nach Ronsdorf, und von dort aus in einen Bunker mitten im Wald, auserkoren als Versteck, sicher vor jeder Fliegerbombe und vor jedem neugierigen Blick.

Doch auf halber Strecke ist die Fahrt zu Ende. Die Lastwagen verlassen die Verbindungsstraße und schleppen sich jetzt durch ein Villenviertel, während in der Ferne Geschütze zu hören sind. Die Flugabwehr im Ruhrgebiet hat eine Menge zu tun, wieder einmal, und auch auf den Südhöhen wird dem Lärm nach zu urteilen schon gekämpft. Der Güterzug, der vor Stunden in einem Keller an der Münzstraße entladen worden ist und von weit her kommt, steht jetzt im Tunnel Schee. Der Lokführer macht bis auf Weiteres Pause. So lange, bis die Sirenen verstummen.

Doch das ist den vier Soldaten und ihren beiden Begleitern egal. Sie haben einem Befehl zu folgen und müssen die Kisten in Sicherheit bringen, die unter den schweren Planen der Lastwagen gestapelt sind. Die Männer wissen nicht, was da unter den Holzdeckeln liegt. Alles streng geheim. Der Regen prasselt unaufhörlich, und wenig später halten die Lkw vor einem Anwesen, das versteckt zwischen riesigen Buchen steht und offensichtlich noch unversehrt ist. Endstation! Die Soldaten lassen die Motoren verstummen, steigen aus, hasten mit ihren beiden Begleitern den Aufgang hinauf und schlagen mit ihren Fäusten auf die mächtige Eichentür ein. Selbst das ist im Lärm der Flugabwehr weiter oben kaum zu hören. Es dauert lange, bis ein Mann und eine Frau öffnen, voller Angst.

„Ihr Keller ist beschlagnahmt", ruft einer der beiden Schergen und drängt sich an den Zivilisten vorbei ins Haus, um die Räume in Augenschein zu nehmen. Dem Lichtschein am Himmel nach zu urteilen, bleibt kaum noch Zeit. „Wir brauchen bombensichere Stellflächen im Keller! Sofort!"

Der Transport der siebenundzwanzig hölzernen Kisten ins Haus nimmt fast eine Stunde in Anspruch. Sie sind lang und schwer und nur mit vereinten Kräften überhaupt von der Ladefläche der Lastwagen zu bekommen. Die Stichstraße im Schutz der Bäume ist verlassen. Die Soldaten geben sich unter den wachsamen Augen ihrer Begleiter Mühe, auf dem Weg in die Villa möglichst leise zu sein. Sie wissen nicht, dass die beiden Schergen vor der Abfahrt die Anweisung bekommen haben, die vier Lkw-Männer sofort zu liquidieren, sobald sie den Bunker erreicht und die Kisten hineingebracht haben. Keine Zeugen. Streng geheim. WASSER- UND STRASSENBAU KÖNIGSBERG ist auf einigen der Holzkisten zu lesen. Sie sind vernagelt und schwer zu fassen, und sie haben eine tagelange Odyssee ins Bergische Land hinter sich. Die Kellerräume der Villa fassen sie alle, nachdem die Soldaten auf Befehl der beiden Schergen da unten einen Schrank und etliche Regale kleingehackt und hinausgetragen haben. Die vom Regen nassen Kisten stapeln sich jetzt bis zu den Kellerdecken und lassen noch nicht einmal erahnen, was in ihnen ruht.

„Morgen früh, wenn alles sicher ist, kommen wir zurück und holen die Kisten ab. Siebenundzwanzig! Keine weniger!" Das ruft einer der beiden Schergen dem Hausherrn im Vorbeigehen zu. „Sie bürgen bis dahin mit Ihrem Leben."

Nach einem Gruß, der auch in diesem Haus nicht mehr erwidert wird, sind die Männer verschwunden und kurven die beiden Lastwagen zurück auf die Hauptstraße. Sie haben es eilig und hoffen, gemäß ihres Befehls alles richtig gemacht zu haben: „Kein Risiko! Der Schutz der Ladung hat absolute Priorität! Hüten Sie sich vor Tieffliegern und bringen Sie die Kisten sicher und ohne Aufsehen ans Ziel!“

So fahren die sechs Männer davon, die Flieger am Nachthimmel beobachtend, und die Planen der Lastwagen flattern im Wind.

Die Frau des Hauses lässt sich auf den Fußboden sinken und weint so laut wie nie zuvor, denn sie fürchtet, jetzt auch noch auf einem Berg aus Waffen zu sitzen, der sie bei einem Volltreffer alle umbringen wird. Der Mann nimmt seine Frau in die Arme, und es dauert nicht lange, bis ein kleiner Junge oben auf der Treppe erscheint, in kurzen Hosen. Er folgt seinen Eltern in den Keller und zeigt neugierig auf die Kisten aus Holz.

„Papa, was ist das?“, will der Kleine wissen, doch sein Vater schweigt. „Sind das alles Gewehre? Oder Bomben?“

Wenig später, keine drei Kilometer entfernt, gehen die beiden Lastwagen in Flammen auf. Der vordere ist auf einen Blindgänger gefahren und hat sein Feuer in Windeseile an seinen Nachfolger weiter gereicht. Drei Soldaten und die beiden Schergen sind sofort tot. Der vierte Soldat stirbt fünf Minuten lang neben einer Krankenschwester, ohne ein Wort sagen, geschweige denn Meldung machen zu können. Er denkt bis zuletzt an die Kisten, die sie im Keller an der Münzstraße vom Waggon gewuchtet haben, beobachtet von Wachleuten, denen sie nie zuvor begegnet sind: Der Trupp aus dem Osten wird in den nächsten Tagen fieberhaft nach der verschwundenen Ladung suchen. Allerdings nicht in der richtigen Straße. Die Kommandoleute werden für den Verlust der Fracht mit ihrem Leben zahlen und ebenso schweigen wie die sechs Männer, die auf den Barmer Höhen beim Fliegeralarm auf Nummer sicher gehen wollten und vom Kurs abgekommen sind. Im Oktober 1944.

Die siebenundzwanzig Kisten im Keller der Villa auszupacken, so behutsam wie möglich, hat im Jahr nach Kriegsende viel Zeit und Geschick in Anspruch genommen. Das Staunen über ihren Inhalt Jahre. Und längst nicht alles haben die neuen

Besitzer aufbauen können, um sich daran zu erfreuen, still und heimlich, in der Verschwiegenheit ihres Hauses. Der kleine Junge, der mit seinen Eltern in der Stadtvilla aufwächst und seinen Augen nicht traut, hält sich fortan an das Gesetz: KEIN WORT ZU MEINEN FREUNDEN! KEIN WORT ZU MEINEN LEHRERN. SONST KOMMEN WIR DREI INS GEFÄNGNIS!

So stand er viele Jahre später da, der Elektriker in der Latzhose, immer noch sprachlos im Türrahmen des großen Kellers, das Unglaubliche im Blick, perfekt und warm ausgeleuchtet in einem Untergeschoss, das schon lange kein Untergeschoss mehr war, sondern eine Residenz. Und ein nach allen Regeln der Kunst gehütetes Familiengeheimnis. Nicht für fremde Augen bestimmt. *Wir haben leider nicht alles hier unten aufbauen können. Zu wenig Platz. Aber das, was möglich war, das haben wir getan. Beeindruckend, nicht wahr?*

„Ich glaub das nicht! Ich glaub das einfach nicht!"

Und dann schlug sie, die Stunde des Kobolds, auf halbem Weg hinaus, fest entschlossen, die Welt da draußen an dieser Pracht hier niemals wieder teilhaben zu lassen. Die Stücke aus den Kisten waren auf den ganzen Keller verteilt und nur so zusammenmontiert, wie es die Maße der Räume hier unten zuließen – im Schein von Leuchtern, die mehr Arme haben als ein Mensch und die ihr unglaubliches Licht auf geschwungene goldene Rahmen werfen. Auf Spiegel, auf Ornamente. Und auf Wandtafeln, über und über besetzt mit Bernstein. Gesucht seit Jahrzehnten, überall und nirgendwo. Nicht ein Wort ist der Familie dazu jemals über die Lippen gekommen, seit jener Kriegsnacht im Regen, als alles anders wurde. Seine Eltern hat der Mann mit dem Kobold schon vor langer Zeit zu Grabe getragen – und sich immer an das ihnen auf dem Sterbebett gegebene Versprechen gehalten. Bis heute. Archiviert hatte er selbst die Zeitungsberichte, die sich darum drehten, dass der Schatz aus Russland nun auch in Wuppertal gesucht wurde. Irgendwo da oben, entlang der alten Bahnstrecke, die alle nun die Nordbahntrasse nannten.

Aber so lange sie ihn da draußen auch suchen: Sie werden den Schatz nicht finden. Wie schon die Männer in den langen

Mänteln aus schwarzem Leder, die nach der Regennacht ruhelos durch die Stadt gezogen sind, ohne zu wissen, welche Route die beiden Lastwagen mit ihrer Ladung tatsächlich genommen hatten, streng geheim, nach einem Befehl von ganz oben. Stillschweigen bis zuletzt.

So weit wie der Elektriker aus der Nordstadt war noch kein Mensch gekommen. In all den Jahren nicht. Der Keller der Villa war perfekt gesichert und gut verschlossen. Vom Abend des Schneesturms abgesehen, als einmal mehr nur Peter Tschaikowsky und der Hausherr dem Schatz hier nahe kamen, durch alle Zeiten hindurch, getragen von Musik, die den Tod überdauert. *Mutter, Vater? Hört ihr mich? Ich war nicht vorsichtig. Ich war nicht aufmerksam, als ich diesen Gast hier ins Haus gelassen habe.* So sprach der Mann mit dem Staubsauger nur zu sich. *Ich habe den Keller nicht verschlossen, bevor ich an die Haustür ging, um nachzusehen, wer da um Himmels Willen so laut klopft. Ich habe mich mit unserem Schatz hier sicher gefühlt, viel zu sicher, im Schneesturm des Jahrhunderts. Und ich habe zu allem Übel auch noch einen Elberfelder ins Haus gelassen!*

Wenig später zog der Herr des Hauses den toten Elektriker die Kellertreppe hinauf, Stufe um Stufe, Meter für Meter, die beiden Träger der Latzhose fest in den Händen und das Ziel aller Kraft immer im Blick. Draußen vor der Villa stand der Sprinter mit laufendem Motor, nachgetankt und bereit für seine letzte Fahrt. Der Goldbär war längst verschwunden, an einem Abend im Dezember, als Frau Holle in Barmen keine Gnade walten ließ. Und nicht nur Frau Holle. *Es wird schwer werden, mit dem Sprinter bis nach Ronsdorf zu kommen. Hoffen wir nur, dass dann alles gut brennt. Hoffen wir nur, dass der Sprit aus dem Kanister für beides reicht.* Nach getaner Arbeit gönnte sich der Hausherr Stunden später eine heiße Dusche, frische Kleidung, ein paar Runden mit dem Kobold und danach ein gutes Glas Rotwein im Keller seiner Villa – in einem Meer aus Bernstein und zur Musik von Peter Tschaikowsky.

Draußen schneite es immer noch.

Vita:

Stefan Melneczuk, Jahrgang 1970, lebt in Hattingen an der Ruhr, arbeitet als Redakteur in Wuppertal, ist dem Bergischen Land seit fünfzehn Jahren verbunden, schreibt seit 1985 dunkle Literatur und wurde mehrfach ausgezeichnet. Seine Bücher erscheinen im BLITZ Verlag: Dazu gehören die Short-Story-Sammlungen GEISTERSTUNDEN (2009) und SCHATTENLAND (2013) sowie die Romane MARTERPFAHL (2007) und RABENSTADT (2011). 2014 erscheint mit WALLENSTEIN sein dritter und finaler regionaler Thriller bei BLITZ. Die Story VERBOTEN! ist bislang unveröffentlicht. Die Suche nach dem Bernsteinzimmer in Wuppertal durfte der Verfasser mehrfach begleiten, und er hat sich dabei auch ein Bild von Bunkeranlagen und Kellerräumen entlang der Nordbahntrasse zwischen Schee, Nächstebreck und Vohwinkel machen können. Das ändert nichts daran, dass dieser Krimi hier fiktiver Natur ist und Ähnlichkeiten mit lebenden oder verstorbenen Personen dem Zufall überlassen sind. Jenseits dessen verdient die ehrenamtlich geführte Suche nach dem Bernsteinzimmer in Wuppertal weiterhin Unterstützung. In der Anthologie MORD IM DREIECK ist auch Stefan Melneczuks rabenschwarze Short-Story *Deadline* erhältlich – mit Schauplätzen in Beyenburg und Müngsten. Mehr Informationen gibt es online.

www.rabenstadt.de

www.blitz-verlag.de

Felix Lothar: Lenneper Maskerade

„Man kann spüren, dass die Alte Welt am Ende ist: Wie aber wird das Neue aussehen?“

Alexis de Tocqueville (1850)

Wir schreiben das Jahr 1844 und befinden uns in einer Epoche des fundamentalen Wandels: Die moderne Gesellschaft hat quasi schon den Fuß auf der Schwelle, zögert aber noch, das europäische Haus zu betreten und ist sich darüber hinaus noch nicht sicher, in welcher Gestalt sie die alte Ordnung ablösen möchte. Verschiedene Gesellschaftsmodelle, die von allen politischen Richtungen entworfen und propagiert werden, konkurrieren um die Gunst der Zeitgenossen. Doch nicht alle Gruppierungen spielen mit offenen Karten, manches lichtscheue Gesindel, das auch vor dem Einsatz von Gewaltmitteln nicht zurückschreckt, zieht es wohlweislich vor, seine subversiven Strippen im Verborgenen, im Dunklen zu ziehen. Erlangen die Behörden in Preußen von solchen Aktivitäten Kenntnis, dann trete meist ich, Kriminalkommissar Carl Eduard Anton Kroll, auf den Plan. So auch im März 1844. Alles beginnt damit, dass ich am 24. des vorgenannten Monats ein Schreiben des Geheimen Oberregierungsrates Mathies beim Ministerium des Inneren zugestellt bekomme, in welchem ich ersucht werde, ihn am folgenden Tage mit größter Diskretion in einer dienstlichen Angelegenheit aufzusuchen. Ich leiste der Aufforderung des hohen Beamten neugierig Folge und erhalte von Mathies die vertrauliche Nachricht, dass die Provinzialbehörden im Rheinland einer Verschwörung von Bewohnern im Kreis Lennep im Bergischen Land auf die Spur gekommen seien, wonach eine Anzahl derselben sich zum Sturze des derzeitigen Regierungssystems vereinigt haben sollen. Hinreichende Beweise, die ein gerichtliches Einschreiten ermöglichen würden, wären aber noch nicht ermittelt, und der Minister des Inneren, Graf von Arnim, habe deshalb angeregt, mich, den erfolgreichen Kriminalisten, ins Rheinland zu entsenden zwecks geheimer Führung von Recherchen und Suche nach den Verschwörern und deren Plänen. Nicht zum ersten Mal fand ich in dem Minister einen mir wohlgesinnten Fürsprecher und Förderer. Seit ich vor einiger Zeit durch entschlossenes Eingreifen das scheuende Pferd seiner geliebten Gattin, die kurz davorstand, vom selbigen zu fallen, bändigen konnte, fühlt sich Graf Adolf Heinrich von Arnim in meiner Schuld. Was er nicht weiß, ist, dass ein von mir eigens engagierter Gassenjunge das Pferd der Gräfin erst dazu brachte, durchgehen zu wollen.

Doch zurück zu den Verschwörern im Bergischen. Ich erkläre mich sogleich mit der Mission einverstanden, und noch am selben Tage lasse ich mir vom Polizeipräsidium einen Pass auf den Namen eines Porträt- und Landschaftsmalers Friedrich Müller ausstellen, der zur Ausübung seiner Kunst nach Lennep und Umgebung reist. Ganz zeitig mache ich mich am nächsten Morgen auf den weiten Weg von Berlin nach Lennep. Vielen Menschen mag ein solcher Transfer mittels Postkutsche beschwerlich und langweilig vorkommen, nicht jedoch mir, denn wenn ich will, kann ich ein charmanter Unterhalter sein, der durch seine Wortgewandtheit nicht nur die Damenwelt zu beeindrucken weiß. Während der Reise nach Lennep lasse ich es mir nicht nehmen, meine Mitreisenden mit Anekdoten aus meinem vermeintlichen Künstlerleben zu unterhalten und auf diese Weise meiner Tarnung als Maler den letzten Schliff zu geben. Wobei ich meine Rolle durchaus zu variieren weiß: mal gebe ich das exzentrische Genie, einige Mitfahrer später bin ich der bodenständige Kunsthandwerker, nach einigen Stunden verwandele ich mich in einen unverstandenen Visionär.

Es ist früher Nachmittag, als unsere Postkutsche in der Kreis- und vormaligen Hansestadt Lennep eintrifft. Gerne wäre ich im ersten Hause am Platze, dem Hotel Berliner Hof, abgestiegen, ziehe aber, da ich inkognito bleiben möchte, eine kleine Privat-Pension in der Nähe des Marktes als Unterkunft vor. Die Betreiberin war mir zuvor von einem Gewährsmann bei einem Zwischenstopp an einer Postkutschenstation in Radevormwald als unverdächtig empfohlen worden. Auf ganz unverfängliche Weise setze ich mich zunächst mit dem Arbeiter Hermann Dicke, der die ganze Sache bei der Regierung angezeigt hat, in Verbindung: Durch einen Boten bestelle ich ihn für den nächsten Morgen als Porträtmodell in meine Unterkunft. Anschließend lasse ich es mir nicht nehmen, zu einer ersten Inspektionsrunde durch die Gassen von Lennep aufzubrechen. Ungewohnt für mich als Berliner Bürger sind die Verschieferungen an vielen Häusern, der grüne Anstrich der Fensterläden und Türen und die Tatsache, dass der Ortskern sich doch recht zügig durchschreiten lässt. Da bin ich als Großstädter andere Dimensionen gewöhnt. Lediglich die evangelische Stadtkirche mit ihrem gewaltigen mittelalterlichen Turm nötigt mir Respekt ab, auch wenn ich selber der organisierten Religion mit ihrem engen moralischen Korsett nicht sonderlich zugetan bin. Ich bin mehr Anhänger einer moralischen Flexibilität. Was mich aber keinesfalls davon abhält, den sonntäglichen Kirchgang zu pflegen, der mich regelmäßig in das Gotteshaus führt, das von meinen Vorgesetzten und den Mitarbeitern höherer Dienststellen für gewöhnlich frequentiert wird. Dort verstecke ich mein wahres Ich hinter der gewünschten Fassade, zeige Präsenz und pflege auf dem Kirchenvorplatz den einen oder anderen Kontakt. Hier in Lennep kann ich mir den Kirchgang sparen, denn von einem Künstler, einem Bohemien, erwartet kein Mensch ein gottesfürchtiges Leben. So kann ich den Abend unverfänglich in einer Gaststätte bei einigen Gläsern Bier ausklingen lassen.

Bei unserer morgendlichen Zusammenkunft vor der Staffelei teilt mir Hermann Dicke in seiner schlichten Art mit, dass in der ganzen Rheinprovinz eine Arbeiterverschwörung bestünde, welche darauf ausginge, alle Reichen zu enteignen, notfalls zu ermorden, um ihre zusammen geraubten Besitztümer dem Volke zurückzugeben. Der Denunziant führt mir am nächsten Tage noch einen weiteren Informanten zu, den Metzgermeister Ferdinand Nohl. Dieser vierschrötige und wortkarge Mensch wurde in einem Beichtstuhl der katholischen Klosterkirche von einem Mann, nennen wir ihn den großen Unbekannten, zur Mitarbeit an dieser Verschwörung aufgefordert. Hierzu erhielt der Metzgermeister eine schriftliche Proklamation, die er mir aushändigt. Diese Propagandaschrift schildert mit zornigen Worten die ausschweifenden Genüsse der Reichen im Gegensatz zu den Entbehrungen der Armen und sucht mit flammenden Argumenten nachzuweisen, dass der Unterschied zwischen den Menschen weder den Grundsätzen der Natur, des Rechtes, noch der Religion entsprechen würde, und stellt als einzige Abhilfe deshalb die Wegnahme allen Besitzes und dessen Verteilung an die Armen hin. Diese neue Ordnung soll durch eine mächtige Verschwörung verwirklicht werden, zu welcher sich gleichgesinnte Männer mit geheimem Eid verbinden sollen. Die Werbungsschrift endet mit folgendem Kampflied:

Ihr reichen Diebe, Satansbrut!
Ihr gierigen Schufte,
Ihr raubet euch des Volkes Gut –
Der Tod sei euch zum Lohne.

Das ist freilich starker Tobak! Kein Wunder, dass diese Flugschrift nur anonym verbreitet wird. Denn erstens würde ein solches Traktat nie im Leben die seit den Karlsbader Beschlüssen von 1819 bestehende Vorzensur für Presseerzeugnisse passieren. Und zweitens sind die in der aufrührerischen Werbeschrift gemachten Aussagen glatter Hochverrat, der Verfasser ist folglich von der Todesstrafe bedroht.

Apropos Verfasser. Am Stil der Niederschrift erkenne ich, dass sie kein ungebildeter Mensch aufgesetzt haben kann. In akribischer Kleinarbeit, bei der ich viele Schriftstücke auf bestimmte stilistische Auffälligkeiten hin abgleiche, ermittele ich schließlich mit sehr hoher Wahrscheinlichkeit den Lenneper Tuchfabrikanten Wilhelm Windgassen, eine im ganzen Kreis geachtete Persönlichkeit, als Verfasser der Proklamation. Außerdem verdächtige ich einen Tischlermeister Adalbert Halbach aus Lüttringhausen als Hauptmann und weiter eine Anzahl von Handwerkern als Anführer der umstürzlerischen Verbindung.

Nach etwa zehntägigen gründlichen Recherchen habe ich, immer als Porträtmaler Müller auftretend, völlig unbemerkt alle Umstände ermittelt, die ebenso die Angaben meiner Informanten wie meine Verdächtigungen bestätigen und speziell in Bezug auf Windgassen ergeben, dass der auffällig viel mit Arbeitern verkehrt.

Dies für sich alleine ist indessen noch kein Grund für polizeiliches Einschreiten. Um einen solchen Grund zu erhalten, biete ich dem besagten Arbeiter Hermann Dicke eine größere Summe Geldes, wenn er sich im Haus seines Arbeitsherren Windgassen, wo er bekannt ist, Eingang verschafft, um in dessen Schreibzimmer den Sekretär zu erbrechen, und mir den Inhalt zu überbringen.

Dicke gelingt dies auch wirklich, indem er wartet, bis die Köchin des Windgassen alleine in der großen Villa anwesend und mit dem Einkochen von Obst beschäftigt ist. Der Arbeiter spielt der gutgläubigen Frau vor, ihr Brotgeber, eben der besagte Fabrikant Windgassen, habe ihn während seiner Abwesenheit beauftragt, das Schloss seines Schreibpultes auszuwechseln. Zum Beweis zeigt er einen von ihm mitgeführten Werkzeugsack vor. Im Arbeitszimmer des Fabrikanten, von der Köchin, die es eilig wieder an ihren Herd zieht, alleine gelassen, ist es ihm dann ein Leichtes, das Behältnis zu erbrechen, den vollständigen Inhalt desselben in seinem Sack zu verbergen und ihn mir zu überbringen.

Doch auch meine sofortige Durchsuchung aller auf diese Weise erlangten Privatpapiere des von mir verdächtigten Windgassen befördert nichts eindeutig Belastendes zutage. Die bisherigen Ergebnisse meiner Ermittlungen berichte ich daraufhin mit Kurier an den Geheimen Oberregierungsrat Mathies im Ministerium des Inneren nach Berlin und schließe daran die Bemerkung, dass nach meiner Ansicht die einer Verschwörung verdächtigen Personen noch nicht zu verhaften seien, weil für deren Schuld bisher zu wenig Beweise vorhanden wären.

Doch auf dieses Schreiben befiehlt mir Mathies umgehend

mit Order vom 12. April, dass sämtliche von mir als verdächtig bezeichnete Personen, insbesondere Windgassen, sofort zu verhaften seien. Nachdrücklich bemerkt Mathies:

„In dieser Sache von solcher Wichtigkeit ist es unmöglich, auch nur eine der als Verschwörer verdächtigten Personen auf freien Fuß zu lassen. Ihre Verhaftung kann deshalb, unter der Voraussetzung, dass die bisherigen Ermittlungen nicht noch wesentliche Veränderungen erfahren, keinesfalls unterbleiben, bis etwa einer von ihnen ein Geständnis abgelegt hat. Alle Genannten sind deshalb unverzüglich festzunehmen und müssen sogleich nach Berlin verbracht werden."

Auf diesen unausweichlichen Befehl hin ersuche ich die Ortsbehörden um Amtshilfe, um mit deren Unterstützung die sofortige Verhaftung aller verdächtigen Personen zu betreiben. Wobei aller nicht ganz richtig ist, denn der Name Windgassen fällt bei meinem Gespräch mit den lokalen Behörden nicht. Ich glaube nämlich, dass Windgassen mangels Beweisen aus dieser Sache als unbescholten herauskommen und mir dadurch eine satte Extra-Prämie durch die Lappen gehen wird. Also will ich persönlich dafür sorgen, dass meine Ermittlungen gegen Windgassen eine wesentliche Veränderung erfahren werden.

Mein Plan ist folgender: Ich werde dem Lenneper Tuchfabrikanten einige brisante und belastende Schriftstücke aus der Feder des Barmener Friedrich Engels unterschieben – fragen Sie mich bitte nicht, wie ich in den Besitz dieses Materials gekommen bin – und diese aufrührerischen Pamphlete bei einer Hausdurchsuchung dann triumphierend bei Windgassen sicherstellen. Schade, dass Dicke für diese Aktion nicht einsetzbar ist, aber ich kann ihn schlecht ein zweites Mal in das Haus seines Arbeitgebers einschleusen. Metzgermeister Ferdinand Nohl ziert sich, als ich ihm mein Vorhaben schildere, bietet sich aber immerhin nach einigem Zögern maulfaul an, mich in der Nacht zur Fabrikantenvilla zu begleiten.

Das war vor zwei Stunden. Wenn ich es recht bedenke, ist mir bei der ganzen Sache auch nicht ganz wohl, schließlich muss ich mir diesmal selber die Finger schmutzig machen. Um für den Abend und das nicht ungefährliche Vorhaben ausgeruht zu sein, habe ich mich noch eine Stunde hingelegt. Da ist dieser merkwürdige Traum über mich gekommen: Als ich um 21 Uhr wie verabredet den Hinterhof der Metzgerei am Gänsemarkt betrete, vernehme ich ein verdächtiges Geräusch hinter mir, will mich rasch umdrehen, aber da habe ich schon einen Schlag auf den Hinterkopf erhalten. Als ich wieder zu mir komme, hänge ich an einem Fleischerhaken und habe einen Knebel im Mund. Vor mir hat sich Metzgermeister Nohl aufgebaut und wetzt ein großes Beil. Wie konnte ich nur so dumm sein, denke ich: Dieser Nohl muss ein Doppelagent sein. Er hat Windgassen gewarnt, dieser verlässt daraufhin eilig Lennep mit den belastenden Papieren und Dicke kann deshalb natürlich kein belastendes Material in seinem Sekretär finden. Jetzt sehe ich die Auflösung klar vor meinen Augen, nur schade, dass ich auch das Beil sehe, dass auf mich zusaust …

Als ich aufwache, schüttele ich zwar den Kopf über das konfuse Zeug, das ich geträumt habe, kann aber nicht verhindern, dass mich das seltsame Gefühl beschleicht, dass dies nichts Gutes zu bedeuten hat.

Oberregierungsrat Mathies lehnt sich in seinen Sessel zurück, legt die Aufzeichnungen Krolls, die man in dessen Unterkunft gefunden hat, auf den Tisch und seufzt. Er kann es immer noch nicht fassen, dass Kriminalkommissar Kroll seit etlichen Wochen einfach spurlos verschwunden ist. Ein kleiner Trost ist ihm, dass Kroll, sein bester Mann, sich immerhin zugute halten kann, in Bezug auf Windgassen Recht behalten zu haben.

Denn als Windgassen seinerzeit nach einigen Tagen nach Lennep zurückkehrt war, wurde er umgehend festgenommen. Nur wenige Stunden nach seiner Arretierung wurde der Industrielle nach Berlin transportiert, wo ihn das Kammergericht vier Monate lang in Untersuchungshaft hielt, währenddessen jedoch abermals nichts wirklich Belastendes gegen ihn zu Tage gebracht wurde. Er musste schließlich entlassen werden und konnte sein subversives Treiben im Kreis Lennep fortsetzen.

Vita:
Felix Lothar ist ein Pseudonym. Der Autor, im Rheinland aufgewachsen, lebt seit einigen Jahren im Bergischen Land. Im Jahr 2007 erschien von ihm der Rheinland-Krimi „Angst und Schrecken in Sankt Jakobus“. Mitautor der Krimianthologien „Mordsjahr“ (2010) und „Mord im Dreieck“ (2011).

Harry Luck: Tod in der Bever

Das Sonnenlicht spiegelte sich in der Wasseroberfläche. Ein paar Segelboote waren auf der Bevertalsperre unterwegs. Nur noch wenige Badegäste tummelten sich im Wasser. Ich ließ meinen Blick das Ufer entlang schweifen. Die Bever ist sozusagen mein Arbeitsplatz. Es ist mein Traumjob! Wir, die rettenden Engel von der DLRG-Ortsgruppe Hückeswagen, von Mitte März bis Ende September, Tag für Tag zur Stelle, um Badegäste vor dem Ertrinken zu retten. In der Amtssprache heißt das, wir sind zuständig für die Verhinderung des Ertrinkungstodes sowie die Durchführung der damit verbundenen vorbeugenden Maßnahmen. Dafür stehen uns ein Mercedes-Geländewagen, ein Schlauchboot und ein modernes Motorrettungsboot mit einer auffälligen orangegelben Lackierung, einem neunzig PS starken Motor und dem Funkrufnamen „Adler Hückeswagen" zur Verfügung. Bis zu drei verletzte Personen können darin liegend transportiert werden. Stationiert sind wir in der Wachstation direkt am Damm. Seit 1951 gibt es die DLRG-Retter an der Großberghausener Bucht. Vier Jahre später übergab der Bezirk Wuppertal unserer Ortsgruppe das erste Motorrettungsboot an der Bever. Seit 1990 sind wir ein eingetragener Verein. Und darauf sind wir schon sehr stolz.

Wenn es mal brenzlig wird, greift ein Rädchen in das andere. Es ist jedes Mal aufs Neue eine faszinierende Maschinerie, die mit jedem Notruf in Gang gesetzt wird.

Die Bevertalsperre hat für Taucher viel zu bieten. In etwa sieben Metern Tiefe verbergen sich mehrere Holzplattformen als Anlaufstelle. Außerdem liegt in der Bucht ein gesunkenes Segelschiff, das sich hervorragend für Erkundungstauchgänge eignet. Doch tödliche Bade- und Tauchunfälle ereignen sich selten.

Wie viele Wasserleichen unentdeckt auf dem Seegrund liegen, weiß keiner. Niemand kennt ihre Namen, niemand kennt ihre Zahl. Für die meisten, die nach einem Tauchgang nicht mehr heimkehren und von den Angehörigen als vermisst gemeldet werden, wird der See zum ewigen Grab. Trotzdem versuchen wir von der DLRG immer wieder, das Unmögliche möglich zu machen. Geht eine Vermisstenmeldung über den Notruf ein, dann ist in kürzester Zeit die ganze Mannschaft im Einsatz: der Rettungshubschrauber aus Köln, Rettungstaucher, unsere orange-gelben Boote … Wenn es ernst wird, stellt unsere Ortsgruppe für die örtliche Gefahrenabwehr im Bereich Hückeswagen und Umgebung einen Bootstrupp. Die ehrenamtlichen Rettungsschwimmer werden durch die Leitstelle des Oberbergischen Kreises per Funkmeldeempfänger alarmiert. Und neuerdings auch per SMS. Wir sind ja modern. Dann rücken wir von der Wachstation aus. Unterstützt werden wir von der Wasserrettungsgemeinschaft aus Feuerwehr und DLRG aus Radevormwald. Dort stehen nämlich die Tauchergruppe Nord und ein Gerätewagen zur Verfügung, der im Einsatzfall mit Radevormwalder Tauchern besetzt wird. Je nach Lage rückt von hier auch noch ein Feuerwehrfahrzeug mit einem DLRG-Hochwasserboot aus.

Es ist ein Spektakel, das mir auch nach über zwanzig Dienstjahren bei der DLRG unvergleichbare Adrenalinstöße versetzt. Ich kann es nicht leugnen: Ich bin süchtig danach. Wenn die Polizeiwagen mit flackernden Blaulichtern am Ufer stehen, wenn die Hubschrauber tief über der Wasseroberfläche fliegen und kreisförmige Wellen verursachen, wenn es am nächsten Tag in der Zeitung heißt: Die Rettungsdienste waren mit über hundert Einsatzkräften vor Ort. Und dann folgt meist der Zusatz: Die Suche nach der vermissten Person musste schließlich ergebnislos abgebrochen werden. Ergebnislos ist aber nicht das richtige Wort. Auch das Verschwinden, der Tod, ist ein Ergebnis. Ich betrachte dies nie als Niederlage, denn es ist immer ein ungleicher Kampf. Das Wasser ist ein unbezwingbarer Gegner, vor dem man Respekt haben muss. Ein Toter in fast dreißig Metern Tiefe ist eine unlösbare Aufgabe für die Rettungskräfte. *Mission impossible* sozusagen. Nur wenn der Tote irgendwo im Gestrüpp hängen bleibt und nicht auf den Grund absinken kann, gibt es einen Glückstreffer.

Während ich da saß, lief wie immer *Radio Berg*. Die Sprecherin der Regionalnachrichten, in deren Stimme ich mich schon vor Jahren verliebt hatte, hatte offenbar nichts Aufregenderes zu vermelden als ein verschwundenes Verkehrsschild von der Baustelle vor dem Strandcafé Kürten. War denn immer noch Sommerloch? Aber die Meldung war schlampig recherchiert, denn sonst hätte es auch geheißen, dass von der Baustelle auch der dem Schild zugehörige Betonsockel abhanden gekommen war. Aber gut, das sind Details, die den Hörer des Dudelfunks vielleicht nicht so interessieren. Mich aber schon.

Ich schweife ab. Was ich eigentlich erzählen will, ist die Geschichte über den Spaziergänger. Es war alles so einfach. Es war gestern Abend, als die Dämmerung bereits hereinbrach und am Ufer wieder nichts los war. Die Touristen werden immer weniger um diese Jahreszeit. Die Cafés hatten schon geschlossen. Warum der Mann, er war etwa Mitte vierzig, um diese Zeit allein am Ufer des Campingplatz 2 in Großberghausen spazieren ging und gelegentlich einen Stein ins Wasser warf? Ich weiß es nicht. Vielleicht war er auf dem Weg zu seiner Geliebten. Nein, dann hätte er glücklicher ausgesehen. Vielleicht hatte er sich mit seiner Ehefrau gestritten und brauchte einfach nur frische Luft. Seeluft. Oder war er ein einsamer Junggeselle, der voller Selbstmitleid darüber grübelte, warum er keine Frau abbekam? Der arme Mann im unauffälligen braunen Kord-Anzug hatte jedenfalls Pech. Er war zur falschen Zeit am falschen Ort.

Ich lauerte ihm auf, er konnte mich in der Böschung unweit des Stegs nicht sehen. Dann ging alles sehr schnell. Sicherlich war ihm nicht bewusst, dass der dumpfe Schlag auf den Hinterkopf, der ihm den Schädel zertrümmerte, von der Stange eines Halteverbotsschildes herrührte. Ich glaube, es war ein eingeschränktes Halteverbot, muss ich der Korrektheit halber hinzufügen. Ich vermute, der Mann war sofort tot. Jedenfalls wehrte er sich nicht, als ich ihm das Seil um die Beine wickelte und mit einem fachmännischen Seemannsknoten festband. Am anderen Ende befestigte ich den Zementsockel des Verkehrsschildes, der wie ein Anker wirken sollte. Mit dem wendigen 25 PS starken Rettungsschlauchboot war ich einige Zeit später an der Stelle des Sees an der alten Sperrmauer, wo er fast dreißig Meter tief ist. Nachdem ich den Toten mit dem Betonklotz an seinen Füßen über Bord geworfen hatte, verursachte dies auf der Wasseroberfläche ein klatschendes Geräusch. Zurück blieben zuerst schäumende Wellen, dann noch ein paar Luftblasen. Und wenig später, noch bevor der Tote auf dem Grund angekommen war, war dem Wasser nichts mehr anzusehen. Als wäre da nie etwas hineingefallen.

Ich fuhr mit dem Boot wieder ans Ufer zurück. Dann brauchte ich etwas Geduld. Denn ich wusste: Wenn ein erwachsener Mensch verschwindet, dauert es eine Weile, bis die Polizei sich zu Maßnahmen veranlasst sieht. Während die Ehefrau oder die Geliebte oder wer auch immer vermutlich von Stunde zu Stunde unruhiger wurde, konnte ich in aller Ruhe meinen Dienstbeginn am nächsten Morgen abwarten. Den Abend verbrachte ich daheim in Wipperfürth mit Fernsehen. Sie werden lachen, aber ich schaue mir immer noch gerne die Wiederholungen von *Baywatch* an. Dabei interessieren mich weniger die mit Silikon aufgepusteten Badenixen als das Gefühl, bei ihren Rettungseinsätzen hautnah dabei zu sein. Ja, ich bin der David Hasselhoff von Großberghausen.

Und da sitze ich jetzt wieder in der Wachstation. Vor mir eine heiße Tasse Kaffee und das alte Transistorradio. *Radio Berg* bringt die Vermisstenmeldungen immer als Erstes. Nun ist es nur noch eine Frage von Minuten oder Stunden, bis von der Polizei zuerst die Vermisstenmeldung und dann der Einsatzbefehl für die Suchaktion kommt.

Die Blaulichter der Einsatzfahrzeuge werden am Ufer flackern. Boote werden Rettungstaucher auf den See bringen. Die Rotoren von Christoph-3 lassen mein Herz jetzt schon höher schlagen. Und ich bin wieder hautnah dabei. Ich gehöre dazu. Ich spüre schon jetzt das Adrenalin. Ja, ich kann es nicht anders sagen: Ich bin süchtig danach.

Und morgen wird es dann wieder in der Zeitung stehen:
Die Suche wurde ergebnislos abgebrochen.

Vita:

Harry Luck wurde 1972 in Remscheid geboren. Nach seiner Tätigkeit beim „Remscheider General-Anzeiger“ und einem Studium der Politikwissenschaften in München arbeitete er dort als Korrespondent und Redakteur für verschiedene Zeitungen und Nachrichtenagenturen, zuletzt war er stellvertretender Nachrichtenchef bei „Focus Online“. Seit 2012 ist er Pressesprecher und Leiter der Öffentlichkeitsarbeit des Erzbistums Bamberg. Seit seinem Debütkrimi „Der Isarbulle“ (2003) hat er zahlreiche Kriminalromane und Kurzgeschichten geschrieben. Soeben erschienen ist sein Sachbuch „Wie spießig ist das denn?“.

www.harryluck.de

Die beliebte Krimi-Anthologie aus Wuppertal, Solingen und Remscheid:
Mord im Dreieck

Stellen Sie sich vor, einige der Top-Krimiautoren des Bergischen Landes verbringen einen Spätsommerabend unter der Müngstener Brücke. Jeder von ihnen erzählt eine spannende Kriminalgeschichte. Eins haben sie alle gemeinsam: Sie spielen in Wuppertal, Solingen oder Remscheid. Ein echt mörderisches Dreieck!

In Wuppertal kommt eine Frau aus mysteriösen Gründen ums Leben ... Auf Schloss Burg eskaliert ein Streit zwischen Eheleuten ... In Remscheid bekommt ein Kommissar nächtlichen Besuch von Unbekannten ...

Mit Geschichten von:
Oliver Buslau, Holger Dauer, Christopher Jonas, Daniel Juhr, Felix Lothar, Henrike Madest, Stefan Melneczuk, Moritz Platzer, Michael Schreckenberg

Div. Autoren	Mord im Dreieck
ISBN:	978-3-89796-231-6
Format	12,5 x 19,0 cm, Broschur
Seiten:	176 Seiten
Preis:	**9,90 Euro**